GEMMA BURGESS

Verliebt steht mir gut

ROMAN

Deutsch
von Claudia Geng

blanvalet

Die Originalausgabe erschien 2015 unter dem Titel
»The Wild One« bei St. Martin's Griffin, New York.

MIX
Papier aus verantwortungsvollen Quellen
FSC® C014496
FSC
www.fsc.org

Verlagsgruppe Random House FSC® N001967

1. Auflage

Redaktion: Margit von Cossart
Umschlaggestaltung und -motiv: © Johannes Wiebel | punchdesign,
unter Verwendung von Motiven von Shutterstock.com
AF · Herstellung: sam
Satz: DTP Service Apel, Hannover
Druck und Bindung: GGP Media GmbH, Pößneck
Printed in Germany
ISBN 978-3-7341-0360-5

www.blanvalet.de

Für alle

Kapitel 1

»Zieht das Salz in die Nase, kippt den Tequila, drückt euch die Zitrone in die Augen!«, schreit Pia über die Musik hinweg.

»Zieht! Zieht!« Angie hämmert mit der Faust auf die Theke.

Die beiden Männer ziehen jeweils eine Line Salz durch einen Strohhalm, trinken ihren Patrón auf ex und drücken sich unter Schmerzgeheul die Zitronenschnitze auf die Augen.

»TEQUILA SUICIDE!«, brüllen sie.

Pia und Angie fallen vor lauter Lachen gegeneinander und japsen nach Luft, aber ich kann mich nicht überwinden mitzulachen.

Ich bin irgendwie gestresst.

Ich habe Ethan, meinen Freund, schon eine Ewigkeit nicht mehr gesehen, und dabei habe ich mir eigentlich gewünscht, dass meine Freundinnen ihn heute Abend näher kennenlernen. Stattdessen stehe ich mit den Mädels an der Bar neben zwei Zufallsbekanntschaften, die bisher kein Wort mit mir gesprochen haben. Es ist ätzend, die am wenigsten attraktive Frau in der Gruppe zu sein. Total ätzend.

»Das brennt wie Feuer! Gleich noch mal!«

»Scheiße, ja!«

Zwei *dumme* Zufallsbekanntschaften.

Wir sind in einem düsteren Nachtclub – na ja, eigentlich hocken wir in der Lobby eines Hotels im West Village zwischen Samtsofas und Riesenfarnen. Aber samstags um Mitternacht pulsiert hier immer das Leben, und das macht eine Lobby zu einem Nachtclub, richtig?

Die Location hat definitiv nichts gemein mit den Clubs, in denen ich bisher war. Aber ich bin nicht gerade das wildeste Partygirl von New York. Woher soll ich also wissen, was normal ist? Es macht mich immer ganz nervös, in angesagten Clubs zu sein, als könnte jeden Moment einer kommen, mich von oben bis unten mustern und mir dann sagen, dass ich hier nichts verloren hätte. Und das lässt mich in meinem Kopf Selbstgespräche führen …

»Echt geil hier, oder, Coco?«, schreit Angie und reißt mich aus meinen Gedanken.

»Ja, echt supi!«

»Supi. Du bist so süß«, sagt Pia und kneift mir in die Wange.

»Wir haben eine Mission. Wir wollen Coco dazu bringen, dass sie selbstbewusst flucht«, erklärt Pia einem der beiden Typen. Ich glaube, er heißt Nick. Oder Patrick. »Aber sie ist viel zu anständig.«

Nick/Patrick dreht den Kopf zu mir und nickt kurz, dann richtet er seine Augen wieder auf Pia. »Ich wette, dir mangelt es nicht an Selbstbewusstsein«, sagt er zu ihr mit einem Zwinkern. Pia wechselt einen raschen Blick mit Angie. »Woher kommst du? Aus Venezuela? Ich hab mal ein Mädchen aus Venezuela gekannt. Die war genauso heiß wie du.«

Pia und Angie sehen sich wieder an und prusten los.

Pia ist halb indischer, halb Schweizer Abstammung, und sie ist eine wahre Schönheit. Die Leute rätseln immer, woher sie kommt. Angie ist von Geburt an Pias beste Freundin, und sie ist ebenfalls eine Schönheit, allerdings im Stil einer platinblonden Punkprinzessin. Die beiden benutzen eine Art Freundschaftsgeheimcode, was bedeutet, dass sie oft über Insiderwitze lachen. Es ist lustig mit ihnen, aber man fühlt sich unweigerlich ein bisschen ausgeschlossen.

Wir sind nun seit ungefähr zwei Stunden hier. Mit »wir« meine ich meine Mitbewohnerinnen Madeleine, Pia, Angie und meine Schwester Julia, mich und meinen Freund Ethan.

Der Abend fing eigentlich gut an. Wir haben ein paar Drinks gekippt, und Ethan hat von Oregon erzählt, wo er als Kind übersommert hat, wie er es nannte. »Du verwendest Sommer als ein Verb?«, hat Julia entgeistert gefragt, bevor ich sie mit einem scharfen Blick zum Schweigen gebracht habe. Dann wurde es richtig voll in der Lobby oder im Club, was auch immer, und Madeleine ist verschwunden, und Julia ist losgegangen, um sie zu suchen, und als Nächstes haben diese Typen hier angefangen, Angie und Pia anzubaggern. Und nun hab ich irgendwie Ethan verloren.

Ich möchte gern wissen, wo er ist, aber ich rühre mich nicht vom Fleck. Ich versuche nämlich, nicht anhänglich zu wirken. Jungs hassen das, richtig?

Was soll's, wahrscheinlich hängt Ethan nur irgendwo mit meiner Schwester herum, richtig?

»Jetzt du!« Nick/Patrick hält Angie den Salzstrohhalm hin.

»O nein.« Angie lacht. »Salz in die Nase zu ziehen ist total gefährlich.«

»Ja«, bekräftigt Pia düster. »Habt ihr gewusst, dass eure Nasenhöhlen direkt mit eurem Gehirn verbunden sind?«

»Du meinst mit unseren Schwänzen«, sagt Nick/Patrick, plötzlich ganz ernst.

Angie zieht eine Augenbraue hoch. »Eure Nasenhöhlen sind direkt mit euren Schwänzen verbunden?«

»Nein. Unsere Schwänze sind direkt mit unserem Gehirn verbunden.«

Angie und Pia sehen sich an und kreischen wieder los.

»O mein Gott! Das ist mein Song! Das ist mein Song!« Pia und Angie steigen auf einen Couchtisch hinter uns. Wenn es etwas gibt, das sich als Tanzpodest eignet, dann finden Angie und Pia es. Ich hab sie schon auf Esstischen, Stühlen, Bänken, Treppen und sogar auf Pias Food Truck Toto tanzen sehen.

»Coco!« Pia streckt mir ihre Hand entgegen. »Komm rauf!«

Ich steige gehorsam auf den Tisch neben Pia. Auf Möbeln zu tanzen ist nicht wirklich mein Ding. Vor ein paar Monaten hab ich auf einem Stuhl getanzt, bin heruntergestürzt und musste schließlich ins Krankenhaus. Okay, das lag weniger an meinen Tanzkünsten als an dem Cocktail aus Medikamenten, Alkohol und Shit, den ich irgendwie absichtlich oder eigentlich doch überwiegend unabsichtlich zu mir genommen hatte.

Aber lasst uns jetzt nicht weiter darüber reden.

Angie brüllt mir ins Ohr: »Alles klar, Süße?«

»Alles prima. Absolut toll.«

»Braves Mädchen!«

Von hier oben kann ich endlich meinen Freund sehen. Da drüben steht er, mit seinen flaumigen hellbraunen Haaren …

Augenblick.

Er unterhält sich gerade, doch nicht mit Julia oder mit Madeleine, sondern mit einer Frau, die ich nicht kenne. Sie ist klein und schlank und hübsch, und sie lächelt ihn auf dieselbe Weise an, wie ich ihn anlächle, und sie wirft ihre Haare zurück und …

O mein Gott.

Ich spüre, dass mein Herz einen Takt lang aussetzt, während ich beobachte, wie mein Freund, *mein* Freund, sich grinsend zu der Unbekannten beugt, mit seinem Finger langsam über ihre Wange streicht und …

O Gott, er küsst sie. Ethan küsst *sie*, nicht *mich*.

Mir dreht sich so schnell der Magen um, dass ich das Gleichgewicht verliere und vornüber auf den Boden stürze.

Bitte, sagt mir, dass ich nicht gerade mitten in einem überfüllten Nachtclub von einem Couchtisch gefallen bin. Bittebittebittebittebitte …

Am liebsten würde ich mich hier unten verstecken und nie wieder aufstehen, niemals wieder. Vielleicht kann ich mich unter den Tisch rollen und dort bleiben. Für immer. Dort hätte ich es angenehm und ruhig.

Bevor ich mich unter dem Tisch auf Lebenszeit einrichten kann, ziehen Angie und Pia mich hoch auf die Beine.

Pia lacht. »Coco! Das nenne ich mal eine Tanzeinlage!«

Ich schaue suchend in die Menge, um Ethan wiederzufinden, aber es ist einfach zu voll hier.

»Hast du dir wieder was reingezogen?« Angie mustert prüfend meine Pupillen.

»Nein, nein, nein«, sage ich rasch. »Ich würde nie … Ich meine, nie wieder, du weißt schon … Ich würde niemals …«

»Bist du sicher?« Pia sieht mich mit zusammengekniffenen Augen an.

»Absolut sicher.« Ich setze mein strahlendstes Lächeln auf. »Ich hab bloß das Gleichgewicht verloren. Äh … und ich muss mal pinkeln.«

»Sollen wir mitkommen, Süße?«, fragt Angie.

»Nein, nein, ich kann allein aufs Klo, das mach ich schon seit Jahren …«

Mir ist schlecht.

Auf der Damentoilette ist es brechend voll, es wird geschnattert und gegackert und mit Lipgloss hantiert. Ich bahne mir einen Weg zu der einzigen freien Kabine, schließe mich darin ein und hocke mich auf den Klodeckel. Mein Atem geht stoßweise.

Mit auf die Knie gestützten Ellenbogen starre ich auf meine Schuhe und versuche, mich zu beruhigen. Ich hasse diese Schuhe. Es sind meine Arbeitsschuhe. Ich habe sie nur angezogen, weil ich meine anderen Schuhe noch mehr hasse.

Mein Freund betrügt mich.

Mein Brustkorb tut weh. Ich kann nicht richtig atmen.

Wie soll ich damit umgehen? Was mache ich jetzt? Ernsthaft, was soll ich tun? Ethan und ich haben uns vor ein paar Monaten über eine meiner Kolleginnen kennengelernt. Ethan hat auf mich einen ziemlich tollen Eindruck gemacht. Es war nicht Liebe auf den ersten Blick, aber er hat einen guten Job, und er schien wirklich nett zu sein, und er hat mich zu einem Date eingeladen. *Mich*. Meine Familie – ich meine Julia und meinen Vater – fand auch, dass es mit Ethan was werden könnte.

Also bin ich mit ihm ausgegangen.

Dann hab ich angefangen, ihn gernzuhaben, weil ich eben so gestrickt bin.

Es ist viel einfacher, als Einundzwanzigjährige in New York zu leben, wenn man einen Freund hat. Ich weiß nicht, warum, es ist einfach so. Mit Ethan hab ich jemanden zum Abhängen, wenn meine Freundinnen zu beschäftigt sind, wisst ihr? Wenn ich mich einsam fühle, kann ich mit ihm simsen. Wir gehen zusammen ins Kino. Er gibt mir einfach ein sicheres Gefühl.

Beziehungsweise hat er mir das gegeben.

Wer zum Teufel ist diese andere Frau überhaupt? Was fällt der ein, den Freund einer anderen zu küssen, als wäre das absolut in Ordnung?

Vielleicht, oje, vielleicht hat Ethan ihr nicht gesagt, dass er vergeben ist. Es sah nämlich so aus, als hätte er sie geküsst und nicht sie ihn – das heißt, er hat zumindest die Initiative ergriffen …

Atme, Coco. Atme.

Das letzte Mal, dass ich mich so gefühlt habe, war auf meinem Abschlussball. Als ich erfuhr, dass Eric – der Typ, für den ich damals geschwärmt habe, den ich begehrt, nach dem ich mich verzehrt habe, im Ernst, sucht euch einfach ein Verb aus, ihr wisst schon, was ich meine – an jenem Abend mit meiner (nun ehemaligen) besten Freundin geschlafen hatte. Ich hatte Eric so lange angehimmelt, es war wie ein Schlag ins Gesicht. Und dann … Nein, eigentlich kann ich jetzt nicht über Eric sprechen, ich kann nicht einmal an ihn denken. Sonst rege ich mich nur noch mehr auf.

Und nun betrügt Ethan mich. Mein erster richtiger Freund überhaupt.

Ich bin so ein Loser.

Wäre ich wie Pia oder Angie oder die anderen Mädels, würde ich die Kabinentür aufsperren, in die Lobby zurückgehen, auf Ethan zugehen, ihm eine knallen und brüllen: Wie kannst du es wagen, mich zu betrügen? Oder: Es ist aus, du Mistkerl!

Aber ich kann nicht. Ich bin nicht wie die anderen. Ich habe zu viel Angst davor, etwas zu tun, das ich nicht rückgängig machen kann.

Und überhaupt, alles, was ich eigentlich zu Ethan sagen möchte, ist: Wie kannst du mich so behandeln, wo ich doch immer so nett zu dir war?

Nein, wirklich. Warum kann er nicht einfach *nett* zu mir sein? Ich bin immer so nett zu ihm! Ich bügele seine Hemden, wenn er bei mir übernachtet, und ich lese die Bücher, dic er mir empfiehlt. Und wenn ich für ihn koche, packe ich die Reste in eine Tupperdose, damit er sie am nächsten Tag zur Arbeit mitnehmen kann. Heute Abend konnte ich ihn sogar überreden, mit mir und meinen Freundinnen auszugehen. Ich hab ihm angeboten, alle Getränke zu bezahlen, weil er im Moment knapp bei Kasse ist. Was okay ist, wirklich …

Nein, das stimmt nicht. Es ist nicht okay.

Super, jetzt höre ich schon Stimmen. Vielleicht bin ich wirklich verrückt.

Nein, du bist nicht verrückt. Du bist absolut normal. Und du bist besser als das hier.

Meine Augen werden schmal, tief in mir entzündet sich ein winziger Funke.

Ich bin besser als das hier. Ich habe so etwas nicht verdient – so einen Mist.

Ich werde Ethan einen Arschtritt verpassen.

Als ich die Toilettenkabine verlasse, um in das Foyer zurückzukehren und Ethan zu konfrontieren, platzt Madeleine plötzlich herein. Halb trägt sie, halb schleift sie meine Schwester mit sich, der Erbrochenes aus dem Mund läuft. Julia ist sturzbetrunken.

Mit einem schrill geschrienen Iiihhh! springen die Frauen, die vor den Waschbecken stehen, auseinander, die Menge teilt sich wie das Rote Meer.

»Coco!«, ruft Madeleine, deren lange Haare hin und her wippen. »Gott sei Dank. Jules hat gerade auf ein Sofa gekotzt.«

»Ich reagiere allergisch auf Wodka und Cranberrysaft«, artikuliert Julia langsam.

»Jeder reagiert allergisch auf Wodka und Cranberrysaft, wenn er neun Gläser davon trinkt.« Madeleine spritzt Julia Wasser ins Gesicht. »Coco, Papierhandtücher?«

Das hier ist ungewöhnlich. Julia ist normalerweise die Vernünftigste in unserer Wohngemeinschaft. Sie ist nicht diejenige, die sich unkontrolliert betrinkt.

Julia schuftet hart für ihre Karriere in einer Investmentbank. Sie legt jeden Monat fünfundzwanzig Prozent ihres Gehalts zurück. Ernsthaft, wer macht das?

Madeleine ist die stille Buchhalterin chinesisch-amerikanischer Abstammung, die besessen ist von Sport und von der Band, in der sie singt.

Angie ist frech und sarkastisch, immer. Sie arbeitet in der Modebranche.

Pia ist eine partyerprobte Dramaqueen. Sie leitet ein kleines Food-Truck-Imperium.

Und ich? Ich bin … keine Ahnung.

Ich arbeite als Erzieherin in einer Brooklyner Vorschule. Ich lese gern, und ich backe gern.

Die Brave. Ich bin die Brave.

»Coco!«, fährt Madeleine mich an. »Papiertücher.«

Ich ziehe eine Handvoll Handtücher aus dem Spender. In diesem Moment klappt Julia plötzlich nach vorn und übergibt sich in das Waschbecken. O mein Gott. Tatsächlich glaube ich nicht, dass der Wodka und der Cranberrysaft das Problem sind, sondern vielmehr der Wein vor dem Dinner und der Flachmann, den Angie während der Fahrt von Brooklyn nach Manhattan in der U-Bahn hat herumgehen lassen. Aber was soll's.

»Das ist ja widerlich«, sagt eine der Lipgloss-Frauen und sieht angeekelt auf Julias braunen Pferdeschwanz, der im Waschbecken hängt.

»Halt die Klappe!«, schnauze ich sie an. »Wenn's dir hier nicht passt, dann such dir ein anderes Klo.«

Madeleine wirft mir einen überraschten Blick zu.

Julia blinzelt auf ihr Erbrochenes. »Karotten!«, ruft sie. »Immer Karotten. Ich werde ab sofort keine Karotten mehr essen, und wenn ich mich das nächste Mal übergeben muss, können wir …« Sie unterbricht sich, weil es ihr schon wieder hochkommt.

»Super Idee«, sagt Madeleine. »Wir machen aus unserem Kampfsaufen ein wissenschaftliches Experiment.«

In diesem Moment kommen Angie und Pia in die Damentoilette.

»Was ist denn hier los?«, fragt Pia.

Julia richtet sich auf. »Ich bin ein bisschen angetüdelt. *Gimme five!*«

Pia und Angie heben eine Hand, um sich von Julia abklatschen zu lassen. Meine Schwester schafft es tatsächlich, beide Hände zu verfehlen.

»Ich bring sie nach Hause.« Madeleine streift ihre dunklen Haare hinter die Ohren. »Na los, Julia, hoch mit dir!«

»Ich komme mit euch«, sage ich und lege Julias Arm über meine Schulter, um sie beim Gehen zu stützen.

»Wir auch«, sagt Pia. »Ist ja nicht so, als wären wir hier, um Typen aufzureißen.«

Pia und Angie haben beide eine Fernbeziehung, Julia und Madeleine sind Singles. Und ich habe einen Freund … der mich betrügt. Und nun werden wir uns trennen, und ich werde wieder Single sein, und es wird keine SMS mehr geben und keine Kinobesuche am Samstagabend und keine … Nichts mehr. Ich werde wieder allein sein. Kein Mann wird jemals mehr mit mir ausgehen. Mein Leben wird leer sein. Ich werde allein bleiben. Für immer.

Ich ertrage das nicht.

Während ich meine schwankende Schwester festhalte, starre ich einen Moment lang ins Leere. Vielleicht kann ich so tun, als wäre es nicht passiert.

Soll ich Ethan suchen gehen, bevor wir verschwinden? Ihm wenigstens Bescheid geben? Nein. Ich werde mich ganz auf Julia konzentrieren. Bei Julia zu bleiben ist jetzt das Richtige. Sie braucht mich. Ich bin gut darin, mich um andere zu kümmern. Das war ich schon immer. Diese seltsame, glimmende Wut geht langsam weg.

Ich möchte einfach nur mit meinen Freundinnen nach Hause gehen. Und dass so schnell wie möglich alles wieder ganz normal ist.

»Dreh das Radio auf, Mr. Taxi Driver!«, ruft Julia.

Vielleicht ist es gar nicht passiert.

Vielleicht hab ich es mir eingebildet.

Vielleicht wird alles wieder gut.

Vielleicht auch nicht.

Kapitel 2

Übrigens, ich hasse meinen Job.

In meiner Vorstellung liebe ich meinen Beruf – den ganzen Tag mit süßen kleinen Kindern lesen und singen und spielen zu können macht Spaß. Aber die Realität sieht völlig anders aus. Der Job ist furchtbar anstrengend und irgendwie auch einsam. Sogar langweilig. Er ist einfach nicht das, was ich erwartet habe.

Ich bin von morgens bis abends müde, und trotzdem kann ich nachts nicht schlafen. Ich spüre dann immer eine große Unruhe und Unerfülltheit, wisst ihr? Und ich habe den ganzen Tag Hunger, ununterbrochen. Heute Morgen hatte ich ein wirklich üppiges Frühstück – Haferbrei, einen Bagel mit Butter, Obst. Jetzt knurrt mir schon wieder der Magen, und dabei ist es gerade einmal zehn Uhr. Er knurrt richtig laut.

»Kinder?« Miss Audrey klatscht in ihre knochigen Hände. »Zeit zum Aufräumen!« Sie wirft mir einen raschen Blick zu und zischt: »Aufwachen, Coco!«

Ach ja. Das ist der andere Grund, aus dem ich meinen Job hasse. Miss Audrey.

Miss Audrey ist eine richtige Zimtzicke. Während der letzten fünf Jahre hat sie drei Erzieherinnen verschlissen. Sie sieht mager und vertrocknet aus wie ein Apfelkerngehäuse, das einen Monat lang draußen herumgelegen hat.

Ich weiß, was ihr jetzt denkt. Wenn ich meinen Job so sehr hasse, warum kündige ich dann nicht einfach?

Dies hier ist mein erster Job, und es sähe nicht gut aus, wenn ich jetzt schon kündigen würde, versteht ihr? Ich habe auch nichts anderes gelernt. Dazu kommt, dass die Vorschule nur fünf Gehminuten von unserem Haus entfernt liegt. Ach ja … Bei meinem Vorstellungsgespräch war ich so nervös, dass ich alles tun würde, um zu vermeiden, jemals wieder eins bestreiten zu müssen.

Vielleicht gehöre ich einfach nicht zu diesen strahlenden Menschen, die das Glück haben, einen Job zu finden, den sie lieben. In den letzten Monaten habe ich miterlebt, dass sowohl Pia als auch Angie zielstrebig ihre Wünsche verfolgt haben, dass sie erfolgreich auf ihre Traumkarrieren zugestrebt sind. Julia und Madeleine haben manchmal so hart gearbeitet, dass ich fürchte, sie werden noch ihre Gesundheit ruinieren.

Ich habe nicht denselben Drive.

Oder vielleicht habe ich ihn, aber ich weiß noch nicht, in welche Richtung ich will.

Keine Ahnung. Ich habe einfach alles so satt.

Ich warte, bis Miss Audrey mir den Rücken zukehrt, und schleiche mich dann zu meinem Spind. Ich habe in meiner Tasche immer Süßigkeiten, falls ich unterwegs eine Heißhungerattacke bekomme.

Ich nasche viel zu viel, in letzter Zeit bin ich allerdings machtlos dagegen. Ich war schon immer ein bisschen kräftiger, als ich sein wollte, während meiner Highschoolzeit war ich sogar dick. Damals habe ich starke Antidepressiva genommen, meiner Meinung nach haben sie nicht geholfen. Zum Glück bin ich davon wieder losgekommen, ich habe es geschafft, ein paar Kilo abzunehmen. Nicht dass es eine Rolle spielen würde, es ist ja nicht so, als hätte es mir etwas genützt in Sachen Jungs.

Ethan.

Mein Magen zieht sich zusammen, als die Erinnerung an Samstagabend wieder in meinem Kopf aufblitzt, was sie seit den letzten achtundvierzig Stunden mit nervender Regelmäßigkeit tut. Ethan ist gestern nach Philadelphia verreist. Er hat angeblich geschäftlich dort zu tun. Wir haben nicht mehr miteinander gesprochen. Er hat mich gestern Nachmittag angerufen, aber ich konnte mich nicht überwinden, das Gespräch anzunehmen. Ich bin nicht fähig, ihn zu konfrontieren. Ich weiß! Ich weiß. Es ist so erbärmlich. Ich habe auch den Mädels nichts davon erzählt. Ich kann einfach nicht. Noch nicht. Es laut einzugestehen würde es real machen.

Schließlich geht der Tag zu Ende. Die Kinder stürmen alle in die offenen Arme ihrer Mommys oder Daddys oder Nannys. Endlich kann ich nach Hause gehen und allein sein.

»Coco, haben Sie einen Moment Zeit?« Mir läuft es kalt den Rücken herunter. Ich gehe zu Miss Audrey hinüber. Sie lässt ihr Kerngehäuselächeln aufblitzen. »Mrs. James und ich würden uns gern mit Ihnen unterhalten.«

Mein Magen krampft sich wieder zusammen. Ich muss in das Büro der Leiterin. In der Highschool musste ich nie in das Büro der Direktorin. Nie.

Ich folge Miss Audrey durch den Flur zu Mrs. James' Büro. In meinem Kopf herrscht Leere. Ich starre die meiste Zeit auf den Boden. Ich habe Böden so satt.

»Coco!« Mrs. James empfängt mich mit einem freundlichen Lächeln. »Kommen Sie herein. Nehmen Sie Platz.« Mrs. James ist das Gegenteil von Miss Audrey. Sie strahlt Behaglichkeit aus. Sie sieht aus wie eine Großmutter – großer Vorbau, Twinset, Perlenkette. »Miss Audrey und ich wollten kurz mit Ihnen sprechen«, sagt sie. Ich versuche, ihr Lächeln zu erwidern, doch mein Herz hämmert so laut, dass ich am liebsten meine Hand darauf legen würde, um es zu beruhigen. »Wir machen uns Sorgen, dass Sie Ihre Aufgabe hier nicht genießen.«

»Und das spiegelt sich in Ihrer Arbeitsleistung wider«, fügt Miss Audrey hinzu.

»Die Little Gardens School ist ein magischer Ort«, fährt Mrs. James fort und lächelt so breit, dass ich ihre Backenzähne sehen kann. »Wir möchten, dass alle hier glücklich sind, Sie eingeschlossen, Coco.«

Glücklich?

»Sind Sie hier glücklich?«, fragt Mrs. James.

»Äh …«, murmele ich kaum hörbar. Fällt es euch auch manchmal schwer, laut zu sprechen? Mir schon. Meine Stimme geht dann irgendwo tief in mir verloren. »Ich … äh … ich bin hier … glücklich.« Meine Stimme stockt, weil ich mich beinahe versprochen hätte.

Ich bin hier nicht glücklich.

»Sind Sie sicher, Coco?«, fragt Mrs. James. »Manchmal wirken Sie ein bisschen …«

»Hören Sie, Sie gehen Ihrer Arbeit nicht mit ganzem Herzen nach«, fährt Miss Audrey dazwischen. »Sie verbringen die halbe Zeit damit, vor sich hinzuträumen!«

»Coco, vielleicht wäre es ratsam, wenn Sie ein paar Tage zu Hause blieben und sich Gedanken darüber machen würden, ob die Little Gardens School der richtige Ort für Sie ist oder nicht«, sagt Mrs. James.

»Sie verweisen mich von der Schule?«, flüstere ich.

»Sie sind keine Schülerin. Sie können nicht verwiesen werden«, fährt Miss Audrey mich an. Sie richtet ihren Blick auf die Leiterin. »Sehen Sie? Sie ist wie ein Kind.«

»Ich bin kein Kind, ich bin einundzwanzig …« Meine Stimme klingt piepsig.

O Gott, halt den Mund, Coco.

»Wir geben Ihnen eine Bewährungsfrist.« Mrs. James hört sich begeistert an, als würde sie von einer Beförderung sprechen. »Ab sofort bis zum Ende des Schuljahres möchten wir sehen, dass Sie aus jedem einzelnen Tag in Little Gardens das Beste herausholen. Wir möchten«, sie senkt ihre Stimme, als würde sie mir ein Geheimnis verraten, »dass Sie hier glücklich sind!«

Sie klatscht in die Hände und steht fröhlich lächelnd auf.

Gespräch beendet.

»Danke … äh … Ich danke Ihnen, danke, Mrs. James, danke, Miss Audrey, vielen … vielen Dank«, stammle ich. Warum bedanke ich mich dafür, dass sie mir eine Bewährungsfrist geben? Warum bedanke ich mich nicht gleich auch bei Ethan dafür, dass er mich betrogen hat, wenn ich schon einmal dabei bin? »Äh … hat mich sehr gefreut, Sie zu sehen, Mrs. James. Vielen Dank für Ihre Zeit, wie immer …«

Halt die Klappe, Coco. Halt einfach die Klappe und geh.

Kapitel 3

Ich bin nicht gefeuert. Ich bin nicht gefeuert. Ich bin nicht gefeuert.

Trotzdem.

Ich weiß, dass ich nicht gefeuert bin, trotzdem kann ich die Unruhe nicht abschütteln. Nahrung. Ich brauche Nahrung. Wenn ich mit Kauen und Schlucken beschäftigt bin, kann ich nicht darüber nachdenken, was gerade passiert ist. Wenn mein Bauch dann voll ist und der Zucker in meinem Körper wirkt, fühle ich mich bestimmt besser. Oder?

Zumindest denke ich das immer.

Kaum zu Hause angekommen, schlinge ich das letzte Stück von dem Pekankuchen, den ich gestern in einem »Hey, mein Freund betrügt mich«-Anfall gebacken habe hinunter und trinke dazu ein Glas kalte Milch. Warum wirkt Milch beruhigend auf meine Nerven? Ich weiß es nicht. Tatsache ist, dass es funktioniert. Immer. Danach koche ich für die anderen Käsemakkaroni zum Abendessen, weil ich nicht weiß, was ich sonst tun soll. Madeleine wird nichts davon essen und Pia vielleicht auch nicht, Angie und Julia dafür umso mehr.

Das Geheimnis von guten Käsemakkaroni ist übrigens, drei verschiedene Käsesorten zu verwenden. Ich mag auch die Fertigmischung aus der Packung wie jeder andere, aber das ist keine richtige Nahrung. Das hat meine Mutter immer gesagt, und ich stimme ihr zu.

Nach dem Kochen gehe ich nach oben in mein kleines Mansardenzimmer, dem Zimmer meiner Mutter. Hier oben war ihr Reich. Die Einrichtung ist seit ungefähr vierzig Jahren unverändert: Blümchentapete und verblasste Sterne an der Decke, ein zartrosafarbener Vorhang vor dem schiefen kleinen Fenster, nur den Ganzkörperspiegel habe ich verbannt. Er steht jetzt in Julias Zimmer. Ich hasse Spiegel, ich betrachte mich nie, wenn ich es vermeiden kann.

Der hübsche Altbau fühlt sich immer noch nicht ganz wie ein Zuhause an, schließlich sind wir erst letzten Sommer hier eingezogen, aber er fühlt sich vertraut an. Ich fühle mich sicher hier. Während meiner Kindheit haben wir hier oft unsere Urlaube oder Wochenenden verbracht.

Seufzend setze ich mich auf mein Bett und lasse den Blick über meine Sachen schweifen. Meine Bücher. Meine Fotos. Mein Leben. Dann rufe ich meinen Vater an. Er hat eine sehr beruhigende Art, genau wie Julia. Er übernimmt in Notfällen sofort das Kommando. Wenn ich mit ihm rede, habe ich das Gefühl, dass ich mir wegen nichts Sorgen zu machen brauche, weil er immer weiß, wo es langgeht.

Heute geht er nicht ans Telefon. Das ist nicht weiter ungewöhnlich – er arbeitet jeden Tag ungefähr vierzehn Stunden.

Ich hinterlasse ihm eine Nachricht. »Hi, Daddy! Ich bin’s nur … äh … Hab dich lieb. Ruf mich mal zurück! Tschüs.«

Ich lege auf, und schon kehrt der große Gedanke zurück, den ich den ganzen Nachmittag verdrängt habe.

Was soll ich mit meinem Leben anfangen?

Gleich darauf höre ich unten die Haustür knallen. Jemand ist gekommen. Gott sei Dank! Ich eile hinunter in das Wohnzimmer, wo Pia auf der Couch sitzt und gerade den Poststapel durchblättert. Pia bricht immer sehr früh zu ihrer Arbeit auf, aber sie ist nach mir meist die Erste, die nach Hause kommt.

»Was steht an, Süße?«, fragt sie, als ich das Wohnzimmer betrete. »Ist es nicht verrückt, dass es immer noch Briefkastenwerbung gibt? Findest du nicht auch, die sollte man im Zeitalter des Internets endlich abschaffen? Für das Internet müssen keine Bäume gefällt werden.«

»Hm, absolut«, sage ich.

Plötzlich habe ich keine Lust, jemandem zu erzählen, was heute auf der Arbeit passiert ist. Genauso wenig, wie ich Lust habe, über Ethan zu reden. Es ist zu … Ich weiß auch nicht. Es ist zu persönlich.

Also schnappe ich mir einfach ein altes Kinderbuch aus dem Bücherregal und setze mich neben Pia auf die Couch. Ich liebe dieses Buch. Ich weiß noch, dass ich es im Sommer gelesen habe, auf einer Picknickdecke, als wir auf Martha's Vineyard waren. Ich finde es toll, dass man durch Bücher mit der Vergangenheit verbunden ist – und mit jedem anderen Menschen, der diese Bücher auch kennt und liebt. Das ist ungemein tröstlich.

Nach und nach trudeln auch die anderen zu Hause ein und belegen ihre üblichen Plätze im Wohnzimmer. Julia macht es sich mit einer Schüssel Makkaroni vor dem Fernseher gemütlich und schaut sich irgendeine schlechte

Krimiserie an. Madeleine ist mit ihrem Laptop beschäftigt. Angie näht an einer kleinen grünen Clutch – sie arbeitet seit ein paar Wochen an einer Handtaschenkollektion für ein Modelabel namens Serafina, das offenbar bevorzugt junge, aufstrebende Designer fördert. »Die bekommen mein Talent, und ich bekomme dafür Publicity. Und im Prinzip so gut wie kein Geld«, sagt Angie immer.

Für diejenigen, die mich gut kennen, die mir normalerweise viel Beachtung schenken, müsste es eigentlich offensichtlich sein, dass mit mir heute etwas nicht stimmt. Dass ich aufgewühlt bin oder gestresst oder was auch immer. Meine Mutter hätte es sofort bemerkt, und sie hätte mir längst die Wahrheit entlockt. Aber meine Mutter lebt nicht mehr. Hier in unserer WG schenkt mir nicht einmal jemand einen Blick.

»Was machst du gerade, Maddy?«, fragt Julia, als im Fernsehen eine Werbeunterbrechung kommt.

»Arbeiten. Ich habe heute eine Sache für meinen Boss nicht fertig bekommen.«

»Du weißt schon, dass du dafür keinen Extrabonus erhältst, oder?«, mahnt Pia.

Madeleine zeigt ihr den Mittelfinger. Pia grinst. Einen Moment später piept ihr Handy.

»Eine Nachricht von deinem Lover?«, will Julia wissen. »Kommt er dieses Wochenende?«

Pia liest die SMS, und plötzlich sinkt ihre Stimmung rapide. »Arschloch. Er kommt nicht, schon wieder nicht. Er muss das ganze Wochenende arbeiten.«

»Ich wette, er kommt nächstes Wo…«

»Ich scheiß drauf«, stößt Pia hervor, und ihre Augen füllen sich mit Tränen. »Ich hab es satt, eine Fernbeziehung zu führen. Das macht keinen Spaß. Kein Sex, keine Abende im Restaurant, kein verkatertes Kuscheln. Alles, was ich mache, ist zu planen, was ich zu unserem nächsten Skype-Gespräch anziehe. Und herauszufinden, wie ich mit der richtigen Beleuchtung meine riesige Nase kleiner erscheinen lassen kann. Das ist einfach nicht genug. Aidan lebt auf der anderen Seite des Kontinents! Was macht das für einen Sinn?«

»Pia, an deiner Nase ist nichts auszusetzen«, sagt Julia.

»Darum geht es nicht.« Pia starrt mit leerem Blick an die Decke. »Ich sehe einfach nicht, wie unsere Beziehung so jemals funktionieren soll. Sie ist zum Scheitern verdammt. *Verdammt!*«

Angie sieht von ihrer Näharbeit auf. »Du bekommst Aidan wenigstens alle paar Wochen zu sehen und hast Sex. Sam und ich haben uns bisher nur geküsst, und dann hieß es auch schon: *Sayonara*.«

»Angie! Vielleicht hat er ja einen winzigen Penis!«, ruft Julia in gespieltem Entsetzen.

»Ich bitte dich. Der Mann ist bestückt wie ein Elefant. So was sehe ich.«

»Wirklich?«, frage ich. »Wie?«

Alle sehen mich an und prusten dann los. Verdammt. Ich hasse es, wenn ich dumme Sachen sage.

»Also … äh … ich habe mich gefragt«, beginne ich, um das Thema zu wechseln, »was macht euch eigentlich glücklich? Ist das eine dumme Frage?«

»Es gibt keine dummen Fragen«, sagt Angie. »Das ist ein Zitat aus *Heathers*.« Sie schaut in die Runde. »Niemand? Nein? Mein Gott, ihr seid solche Kulturbanausen.«

»Meine Karriere macht mich glücklich«, sagt Julia und

schaltet durch die Programme. »Am Anfang hatte ich das Gefühl, als würde ich nicht dazugehören, versteht ihr? Aber nun bin ich schon fast ein Jahr dabei. Ich bin eine von denen, die was bewirken. Und wenn ich morgens in der Menschenmasse von der Subway zu meinem Büro gehe, ist das die glücklichste Zeit meines Tages.«

»Ich hasse die Innenstadt während der Rushhour«, sagt Madeleine. »Und ich hasse meinen Job.«

»Du hasst deinen Job? Das hast du noch nie erzählt«, sagt Julia. »Was macht dich dann glücklich? Das Singen?«

»Ich schätze schon. Möglich.«

Madeleine zuckt mit den Achseln. Wir warten alle darauf, dass sie weiterspricht, aber sie wendet sich wieder ihrem Laptop zu. Madeleine ist definitiv der verschlossenste Mensch, den ich kenne.

»Kreative Arbeit macht mich glücklich«, sagt Angie. »Ihr wisst schon, Entwürfe zeichnen, ausschneiden, nähen, mit meiner bloßen Vorstellungskraft und meinen Händen etwas erschaffen. Und Sam natürlich. Sam macht mich sehr glücklich.«

»Aidan macht mich nicht mehr glücklich.« Pia sieht aus, als würde sie gleich wieder anfangen zu weinen. Dann wandert ihr Blick zum Fernseher, und ihre Miene hellt sich auf. »Ist das *NCIS?* Ich liebe diese Serie!«

Angie ist fassungslos. »Ernsthaft?«

»Sei nicht so ein Snob, Angie. Wir wissen bereits, wie cool du bist«, erwidert Pia gespielt boshaft, ihr Kummer mit Aidan scheint vergessen.

Gott sei Dank fragt mich niemand, was mich glücklich macht. Ich meine, was sollte ich antworten? Lesen und backen? Wie langweilig ist das denn? Und machen diese Dinge mich wirklich glücklich? Anscheinend nicht, oder? Sie reichen einfach nicht aus, um mich glücklich zu machen.

Ich werde niemals glücklich sein.

Plötzlich habe ich das Gefühl zu ersticken. Ich muss gleich weinen oder schreien. Ich muss hier raus.

Ich stehe so unauffällig es geht auf und husche aus dem Wohnzimmer. Niemand nimmt von mir Notiz. Ich öffne die Haustür und gehe hinaus, ziehe die Tür rasch hinter mir zu.

Ich kann nicht richtig atmen. Ich bekomme nicht genügend Sauerstoff in meinen Körper, ich glaube zu ersticken, ich schnappe nach Luft …

Einatmen. Ausatmen. Ein. Aus. Ein. Aus.

Während ich draußen auf dem Treppenabsatz vor unserem Haus stehe und die Union Street entlangblicke, beruhigt sich mein Atem langsam wieder. Es ist ein herrlicher Frühlingsabend, einer von der Sorte, die einem das Gefühl gibt, man sollte draußen sein und jede Sekunde davon auskosten. Wenn man es nicht tut, ist man ein Versager.

Ich zwinge mich, langsam und gleichmäßig zu atmen, lasse meinen Blick über die Sandsteinfassaden der Nachbarhäuser schweifen. Auf der Straße wimmelt es von den üblichen Verdächtigen an einem Werktag um diese Zeit: Hausmänner mit ihren Babys in Tragetüchern, wetteifernde Mütter in enger Laufkleidung mit ihren Sportbuggys, gelangweilte Nannys, die auf ihren iPhones herumtippen, schlurfende Großmütter, Hundeausführer, selbstbewusste Kids, die auf Skateboards fahren und mehr Coolness ausstrahlen, als ich jemals vortäuschen kann. Es gibt hundert Möglichkeiten, zu Brooklyn zu gehören, und jeder hat eine.

Nur ich nicht.

Es sind Momente wie dieser, in denen ich meine Mutter am schmerzlichsten vermisse. Mein Vater ist gut darin, mir zu sagen, was ich tun soll, aber meine Mom war gut darin, mir einfach das Gefühl zu geben, dass alles gut wird.

Ich möchte nicht zu viel über sie nachdenken, das wühlt mich nur auf. Heute ist einer dieser Tage, an denen ich spüre, dass meine Trauer wieder an die Oberfläche rückt. Ich lasse mich auf die oberste Treppenstufe plumpsen und lege meine Arme auf die Knie und meinen Kopf auf die Arme.

Ich werde niemals glücklich sein.

»Mensch, wenn das mal nicht unsere kleine Coco ist«, sagt eine vertraute Stimme.

Ich schaue seitlich über die Treppenbrüstung. Es ist Vic, unser Nachbar von unten. Vic ist über achtzig und wohnt seit einer Ewigkeit in diesem Haus. Schon als meine Mutter noch ein Baby war, hat er hier gelebt. Man trifft ihn immer draußen auf der Bank vor seiner Wohnung, die nicht wirklich im Souterrain liegt, aber etwas tiefer gelegen ist als eine Erdgeschosswohnung. Von dort aus beobachtet er, wie die Welt vorbeizieht.

»Und, wie ist das Leben so?«

»Mein Leben ist total beschissen«, antworte ich.

Vic grinst. Sein Gesicht erinnert an die Karikatur einer uralten Eiche mit lauter knorrigen Furchen. »Und warum?«

»Tja.« Ich hole tief Luft, und plötzlich bricht alles aus mir heraus. »Mein Freund hat mich betrogen. Und wahrscheinlich werde ich bald gefeuert.«

»Okay …«, sagt Vic bedächtig. Er sieht mich nachdenklich an. Ich schwöre, seine Ohren sind so groß wie meine Hände. »Sprich weiter.«

»Ich kann mit den anderen nicht über meinen Freund reden, weil sie ihn dann nur hassen würden. Und das will ich nicht, und ich habe sonst niemanden, dem ich es erzählen kann.« Die Worte purzeln nur so aus meinem Mund heraus. »Ich hab gesehen, wie er eine andere geküsst hat, und ich hab nichts zu ihm gesagt, nicht einen Ton, ich möchte mich einfach nicht von ihm trennen …«

»Warum nicht?«

»Weil ich dann wieder Single sein werde!« Es kommt lauter heraus, als beabsichtigt. Dann wird mir bewusst, dass ich mit einem Achtzigjährigen nicht über meine Beziehung sprechen möchte. »Und … noch viel wichtiger, ich habe von meiner Chefin eine Gnadenfrist bekommen, weil sie findet, dass ich meinen Job nicht gut genug mache …«

»Du bist Erzieherin in einer Grundschule?«

»In einer Vorschule«, sage ich.

»Klingt unterhaltsam«, sagt Vic.

»Das ist es nicht. Jedenfalls nicht für mich. Ich meine, die Kinder sind süß, aber es gehört ja noch viel mehr dazu als nur die Kinder.« Zum Beispiel Miss Audrey.

»Warum hast du dann diesen Beruf gewählt?«

»Mein Vater und meine Schwester hielten das für eine gute Idee, weil ich früher immer gern babysitten gegangen bin und weil es mir an … an Aggressivität fehlt. Sie arbeiten beide in der Finanzbranche, und ich schätze, sie hatten Zweifel daran, dass ich mich in diesem speziellen …«, ich suche nach dem richtigen Wort, »… in diesem speziellen Umfeld durchsetzen kann.« Ich rede zu viel.

Halt die Klappe, Coco. Das hab ich dir schon mal gesagt.

»Coco, es gibt noch jede Menge Berufe, die weder etwas mit Finanzen noch etwas mit Kindererziehung zu tun haben«, sagt Vic. »Vielleicht liegt deine Bestimmung woanders.«

»Vielleicht …«

Was ich nicht aussprechen kann, ist der wahre Grund, weshalb mein Vater und Julia mir empfohlen haben, was ich aus meinem Leben machen soll.

Sie halten mich für dumm.

Sie würden das niemals laut sagen, aber ich weiß, dass sie so denken. Wusstet ihr, dass meine Mutter mir eine Erbschaft hinterlassen hat? Julia hat ihren Erbteil für ihr Studium verwendet, meine Ausbildung zur Erzieherin hat allerdings nicht annähernd so viel gekostet wie Julias Elite-Universität. Das habe ich irgendwann zufällig aufgeschnappt, als Dad und Julia sich darüber unterhielten. Mein restliches Geld ist eingefroren, bis ich alt genug bin, dass man es mir anvertrauen kann. Wahrscheinlich werden sie es meinem Ehemann geben, sollte ich jemals heiraten – wie eine Mitgift. Sie weihen mich nie in etwas ein.

Ich schätze, das liegt daran, dass ich in der Schule nicht besonders gut war. Es fiel mir einfach schwer, mich zu konzentrieren. Ich war die meiste Zeit bedrückt, und so habe ich mich quasi immer mehr in mir selbst eingesperrt. Falls das einen Sinn ergibt. Ich hatte den Eindruck, dass meine Lehrer bereits entschieden hatten, wer zu den intelligenten Kindern zählte, und ich war nicht dabei. Ich war eigentlich nur gut in meinem Englisch-Leistungskurs … und das auch nur, weil ich leidenschaftlich gern lese. *Leidenschaftlich* gern. Bücher sind wie Freunde. Man fühlt sich von ihnen verstanden.

Mein Vater hat immer gesagt, dass das Lesen nichts weiter sei als ein Hobby, dass man mit Büchern keine Karriere machen könne. Heute bin ich mir nicht sicher, ob das stimmt. Ich meine, was ist mit Verlegern und so weiter? Aber damals erschien es mir logisch, ich habe ihm einfach geglaubt und nicht weiter darüber nachgedacht.

»Du warst schon immer ein kluges Kind«, sagt Vic und unterbricht damit meine Gedanken.

»Von wegen!«, widerspreche ich, mit so viel Feindseligkeit in der Stimme, dass es mich selbst überrascht. »Ich bin nur … Ich bin nicht klug, nicht wirklich klug. Mein Vater hat mal gesagt, manche Leute sind schulklug und andere sind menschenklug, und ich bin menschenklug.«

»Ach was. Du hast hier draußen gesessen und *Little Women* gelesen, da warst du sechs Jahre alt. Du hast mehr Bücher verschlungen als jedes andere Kind, das ich kenne, abgesehen von meiner Nichte Samantha, und die hat in Soziologie promoviert. Samantha ist ein kluges Mädchen. Du bist auch klug, Coco, glaub mir. Du traust dir nur nicht genug zu.«

Meine Augen füllen sich plötzlich mit Tränen. Ich liebe Vic. Er versucht immer, uns aufzurichten. Er ist wie unser Schutzengel

»Was soll ich denn machen, wenn ich gefeuert werde?«, frage ich. »Ich habe Angst davor.«

»Du wirst eine Lösung finden«, sagt er. »Das verspreche ich dir.«

»Und was, wenn ich keine finde? Ich fühle mich …« Ich unterbreche mich, weil ich versuchen muss, meine Stimme unter Kontrolle zu halten und meine Tränen zurückzudrängen. Ich möchte nicht, dass Vic sie bemerkt. »… verloren. Als wäre mein Leben leer.«

»Leer? Du lebst in der besten Stadt der Welt, zusammen mit deiner Schwester, deinen Freundinnen …«

»Ich weiß, ich weiß«, sage ich rasch. »Es sind Freundinnen, aber eher Julias. Julia, Pia und Madeleine haben zusammen studiert, und Pia und Angie kennen sich schon von Geburt an. Sie wohnen nur mit mir unter einem Dach, weil Julia und ich das Haus geerbt haben und sie sich keine Wohnung hier leisten könnten.«

»Das heißt nicht, dass du ihnen nichts bedeutest.« Ich nicke und wische mit meinem Pulloverärmel heimlich die Tränen weg, die über meine Wangen kullern, in der Hoffnung, dass Vic es nicht sieht. Vic meint es gut, er hat trotzdem unrecht. Meine Mitbewohnerinnen sind alle außergewöhnlich und schön und witzig. Ich bin nichts davon. Ich gehöre nicht dazu. »Eigentlich kenne ich mich in … äh … Liebesdingen ja nicht so aus«, fährt Vic fort, »aber jeder Mann, der fremdgeht, ist kein richtiger Mann. Punkt, aus, Ende der Geschichte. Also vergeude keine weiteren Tränen wegen dieses Kerls.«

Plötzlich wird mir bewusst, dass ich gar nicht so sehr wegen Ethan geweint habe. Mein Herz fühlt sich nicht gebrochen an, ich spüre keinen Liebeskummer. Ich habe bloß Angst. Warum macht mir alles Angst? Und wenn ich Ethan nicht einmal genügend gernhabe, um Herzschmerz zu empfinden, warum bin ich dann überhaupt eine Beziehung mit ihm eingegangen?

Ich möchte einfach nur glücklich sein.

Doch ich weiß nicht, wie ich glücklich werden kann.

»Was macht dich glücklich, Vic?«

»Mich?« Vic zögert kurz. »Ich zu sein. Niemand außer mir kann ich sein. Niemand kann mein Leben haben, meine Erinnerungen. Ich bin gern ich.« Ich bin nicht gern ich. Vic überlegt kurz. »Es gibt noch was. Als es noch möglich war, habe ich die Liebe meines Lebens glücklich gemacht … Die Menschen glücklich zu machen, die man liebt – das ist das wahre Geheimnis.«

Ich habe keine Liebe meines Lebens. Ich kann mir nicht einmal vorstellen, eine zu haben. Ich kann mir nicht einmal vorstellen, das *auszusprechen*.

»Aber wie kann ich herausfinden, was ich mit meinem Leben anfangen soll?«

»Überleg dir einfach, was du aufrichtig liebst. Was dich zum Lächeln bringt. Und dann wird alles ganz einfach sein.« Ich nicke und schlucke. Nichts bringt mich zum Lächeln. »Gut. Hör zu, hast du vielleicht Lust, mir zu helfen? Ich möchte mich bei diesem … diesem Facebook anmelden«, sagt Vic schließlich.

»Klar!« Ich eile die Treppe hinunter, froh darüber, eine Ablenkung zu haben. »Hast du einen Computer, Vic?«

»Ja. Darauf ist ein angebissener Apfel abgebildet.«

Ich melde Vic bei Facebook an. Innerhalb von zwanzig Minuten verschickt er fünfzig Freundschaftsanfragen, und kurz darauf kommen jede Menge Nachrichten hereingeflattert. O Mann. Vic ist achtzig und hat mehr Spaß auf Facebook als ich.

»Du bist sehr beliebt«, sage ich.

Vic zuckt mit den Achseln. »Man lernt im Laufe seines Lebens eine Menge Leute kennen«, sagt er. »Stell dir vor, all meine Freunde würden noch leben! Die Hälfte ist schon tot.«

Ich lache gegen meinen Willen. Es erscheint mir unangemessen, doch ich kann nicht anders.

Vic starrt ein paar Sekunden auf den Bildschirm, dann runzelt er die Stirn. »Und was passiert jetzt?«

»Äh … nichts. Du kannst nach Leuten suchen, die du kennst, weißt du, oder nach Dingen, die du magst.«

»Und wenn man Dinge findet, die man mag, was macht man dann?«

»Man klickt auf ›Gefällt mir‹.«

»Warum?«

Ich zögere. *Warum?* »Damit jeder weiß, was dir gefällt.«

»Wen kümmert es, was mir gefällt? Mir ist es doch auch wurscht, was den anderen gefällt.«

»Oh«, sage ich.

Mir nicht. Mir ist es nicht wurscht. Wenn ich erfahre, was den anderen gefällt, lerne ich, was wichtig ist.

Vic steht auf. »Gut, das war ganz nett, aber ich muss jetzt zum Esposito, bevor die Lasagne ausverkauft ist. Hast du Lust mitzukommen?«

»Nein … Ich glaube, ich bleibe lieber hier und überlege, was mich aufrichtig glücklich machen würde.«

Ich verabschiede mich von Vic und gehe zurück ins Haus, direkt hoch in mein Zimmer. Ich lege mich auf mein Bett und starre an die Decke. Das Gedankenkarussell fängt an, sich zu drehen.

Was würde mich glücklich machen?

Unmögliche Dinge würden mich glücklich machen.

Ich wäre glücklich, wenn meine Mutter noch lebte.

Ich wäre glücklich, wenn ich nie mit Eric geschlafen hätte … Ich schüttle rasch den Kopf, bevor ich an die Abtreibung denken kann und an alles, was an jenem Tag und danach geschehen ist.

Ich wäre glücklich, wenn ich mich nie auf Ethan eingelassen hätte, vor allem, weil ich ihn anfangs nicht besonders sympathisch fand. Mir hat einfach gefallen, dass ich ihm gefiel. Ich wäre glücklich, wenn Ethan mich niemals betrogen hätte.

Ich wäre glücklich, wenn ich eine Figur hätte wie ein Victoria's-Secret-Engel, wenn ich auf magische Weise jegliche Kaloriensünde aus meiner Essgeschichte löschen könnte.

Ich wäre glücklich, wenn meine ehemals beste Freundin, die mit Eric geschlafen hat, Haarausfall bekäme.

Ich wäre glücklich, wenn ich nie wieder in Little Gardens arbeiten müsste.

Nach und nach sortiere ich meine Gedanken und beschränke mich dann auf das Wesentliche. Heraus kommt eine geheime Glücksliste, die sozusagen die Quintessenz enthält.

Drei Dinge, die ich in meinem Leben bräuchte, um aufrichtig glücklich zu sein:

– *schlank sein*
– *glücklich verliebt sein*
– *herausfinden, was ich mit meinem Leben anfangen soll*

Wenn so mein glückliches Leben aussehen würde, dann ist es kein Wunder, dass ich momentan tiefunglücklich bin. Ich bin meilenweit von all diesen Dingen entfernt.

Ich starre auf die winzigen Leuchtsterne, die meine Mutter an die Decke geklebt hat, als sie ein kleines Mädchen war. Zwischendrin gibt es lauter kleine selbst gemalte Sternumrisse. Meine Mutter war offenbar ein sehr unartiges Kind. Ich hätte mich nie getraut, die Decke in meinem Zimmer zu bekritzeln. Ihr wisst ja, dass in einer Familie jeder eine bestimmte Rolle einnimmt. Julia war die Temperamentvolle, die immer Grenzen übertreten hat, die ständig ausgerastet ist und in die Schmollecke musste, und ich war das genaue Gegenteil. Ich war still und schüchtern und habe nie Ärger gemacht. Ich war die Brave.

Genau.

Die langweilige Brave.

Immer.

Ich habe immer versucht, alles richtig zu machen, war immer gewissenhaft und gehorsam und rücksichtsvoll. Und seht, wohin es mich gebracht hat. Männer behandeln mich wie Dreck, meine Chefin hält mich für unfähig, niemand traut mir zu, etwas zu erreichen beziehungsweise mein Leben zu meistern.

Ich belüge mich selbst und rede mir ein, dass alles in Ordnung ist, obwohl es nicht stimmt. Mein Job ist nicht okay, meine Beziehung nicht gut genug. Ich besitze nicht das Selbstbewusstsein, um zu sagen, was ich denke, ich kritisiere mich selbst auf Schritt und Tritt. Ich verbringe meine ganze Zeit in meinem Kopf oder in der Küche. Oder sowohl als auch.

Die einzige Möglichkeit, wie ich glücklich werden kann, ist, indem ich das genaue Gegenteil der Person werde, die ich immer war.

Darum werde ich von nun an nicht mehr die Brave sein.

Ich werde die Wilde sein.

Kapitel 4

Ich kann nicht anfangen, wild zu sein, solange ich mit einem Mistkerl zusammen bin und meinen Job hasse, richtig? Also muss ich in der Little Gardens School kündigen und mich von Ethan trennen. Wenn man es so betrachtet, müssen das die nächsten, die einzig vernünftigen Schritte sein.

Ich warte die Woche noch ab, und dann, am Freitagnachmittag, nachdem die Kinder alle nach Hause gegangen sind und ich mit den Aufräumarbeiten fertig bin, gehe ich hinüber zu Miss Audrey und räuspere mich.

»Ich würde gern mit Ihnen sprechen. Und mit Mrs. James«, sage ich. »Sofort.«

Miss Audreys kleiner vertrockneter Mund zuckt überrascht. Ich habe sie nicht mehr angesprochen seit … Ich glaube, ich habe sie noch nie angesprochen.

Als wir schließlich vor Mrs. James sitzen, die mich auf diese gut einstudierte großmütterliche Art freundlich anlächelt, ergreife ich die Initiative. Es fühlt sich seltsam an.

»Ich möchte meine Kündigung einreichen«, sage ich. »Mit sofortiger Wirkung.«

Den Frauen klappt die Kinnlade herunter.

»Ich habe das Recht dazu«, sage ich weiter. »Ich habe meinen Arbeitsvertrag durchgelesen. Darin steht, dass mir innerhalb meiner Probezeit fristlos gekündigt werden, dass allerdings auch ich kündigen kann, ohne die übliche Frist einhalten zu müssen.«

»Das ist richtig, aber …« Mrs. James wirft Miss Audrey einen Blick zu. »Wir dachten eigentlich …«

»Es tut mir leid. Ich habe hier gern gearbeitet, doch das ist nicht der richtige Job für mich.« Wow, je deutlicher ich mein Empfinden ausdrücke, desto besser werde ich darin.

»Sie haben sich ja einen schönen Zeitpunkt für Ihre Entscheidung ausgesucht«, herrscht Miss Audrey mich an. »Wo es nur noch wenige Wochen sind bis zum Ende des Schuljahrs.«

»Tatsächlich haben Sie den Zeitpunkt ausgesucht, als Sie mir die Bewährungsfrist gegeben haben.« Ich erwidere ihren Blick, während ich das sage.

Ihre Augenbrauen schießen erstaunt empor. Das hätte normalerweise gereicht, um mich in stumme Unterwerfung zu versetzen. Doch meine Stimme bricht nicht weg, ich schlage nicht meine Augen nieder. In meinem Bauch entzündet sich wieder dieser Funke, der an jenem Abend in der Lobby des Hotels begonnen hat, mir zuzuflüstern.

Plötzlich weiß ich, was das für eine Stimme ist. Das bin ich. Das Ich, das sich bisher nie getraut hat, für sich selbst zu sprechen.

Wo zum Teufel ist es die ganze Zeit gewesen?

Ich stehe auf und fühle mich stärker als wohl jemals zuvor. »Wissen Sie, Mrs. James, Sie haben gesagt, dass Sie möchten, dass ich hier glücklich bin. Nun, ich kann hier nicht glücklich sein, solange ich mit … dieser Frau zusammenarbeite.« Ich richte meinen Blick auf Miss Audrey, und Mrs. James richtet ihren Blick auf Miss Audrey, die ein Gesicht macht, als würde sie sich gleich übergeben. »Vielen Dank für die Zeit, die Sie sich für mich genommen haben«, sage ich. »Leben Sie wohl.«

Dann drehe ich mich um und marschiere aus Mrs. James' Büro. Ich hole all meine Sachen aus dem Spind und verlasse schnurstracks die Little Gardens School.

Für immer.

Kapitel 5

Als ich zu Hause ankomme, bin ich natürlich nervlich völlig am Ende.

Was mache ich jetzt?

Wie kann ich ohne einen Job überleben?

Ich bezahle keine Miete, weil Julia und ich das Haus geerbt haben – die anderen überweisen ihre Miete direkt an unseren Vater, der das Geld für die Instandhaltung verwendet, wie zum Beispiel für die Reparatur der Sturmschäden vor ein paar Wochen. Aber was ist mit den Nebenkosten? Ich muss mich an den Kosten für die Lebensmittel beteiligen, ich brauche Tampons und Zahnpasta. Es ist nicht so, als würde ich das Geld zum Fenster hinauswerfen, aber es kostet allein schon Geld, am Leben zu sein. Was, wenn ich nie wieder einen Job bekomme? Werde ich dann nach Rochester zurückgehen müssen und bei meinem Vater leben? Würde er einfach mein Erbe freigeben? Ich bezweifle es. Allerdings würde auch das Erbe nicht ewig reichen. Ich bräuchte immer noch einen Plan …

Ernsthaft.

Was soll ich machen?

Ich gehe in die Küche und treffe dort Angie in einem weißen Lederkleid, in dem sie wie ein Albino-Hells-Angel aussieht.

»Was steht an, Süße?«

»Nichts«, sage ich. »Was … Ich meine, was gibt es bei dir Neues?«

»Ich hab ein Paket von Sam bekommen!«, quiekt Angie mit untypisch hoher Stimme und nimmt dann aus einem Karton, der vor ihr steht, zwei Martinigläser heraus. Sam, Angies umwerfend süßer, umwerfend netter Freund. Er arbeitet auf einer Jacht, die momentan vor den griechischen Inseln liegt.

»Er hat dir ein Paket geschickt?«

»Ja. Martinigläser und einen Shaker, und dazu eine Flasche Wodka und eine Flasche Wermut! Ist das nicht wahnsinnig aufmerksam?« Sie sieht mich verträumt an.

»Er hat dir einfach so ein Geschenk gemacht, ohne besonderen Grund?«

»Na ja, wahrscheinlich will er mir damit zeigen, dass er an mich denkt. Jedenfalls«, erklärt sie, während sie die Wodkaflasche aufschraubt, »haben wir heute im Atelier früher Schluss gemacht, weil ja langes Wochenende ist durch den Memorial Day am Montag. Die anderen hatten alle nur eins im Sinn: rausgehen und sich besaufen. Also dachte ich mir, ich fang mit dem Saufen schon mal an und weihe Sams Geschenk ein. Vor Maddys Auftritt sollten wir sowieso vorglühen.«

»Oh … Äh … cool. Übrigens, hübsches Kleid.«

Angie blickt an sich hinunter. »Gefällt es dir? Weißes Leder? Ich sehe nicht aus, als wäre ich einem Videoclip von Whitesnake entstiegen? Ich hab den ganzen Tag an dem Kleid gearbeitet, also dachte ich mir, ich kann es mir für das Wochenende ausleihen.«

Ich seufze. Ich würde niemals in dieses Kleid hineinpassen. Angie ist extrem schlank. Und dabei isst sie, was sie will. Das ist total unfair.

Ich sehe zu, wie sie den Martini mixt. Ihre Arme sind so straff, dass beim Schütteln kein bisschen Fleisch wackelt. Meine Arme gehören zu den Körperteilen, die ich am wenigsten an mir mag.

»Alles okay mit dir?«, fragt Angie besorgt. »Du siehst total gestresst aus.«

Ich hole tief Luft. »Ich habe gerade meinen Job gekündigt. Und ich werde mich von Ethan trennen.«

Angies Gesicht hellt sich auf. »Fuck, das sind ja hammergeile Neuigkeiten!«

Ich zucke zusammen. Ich gewöhne mich zwar allmählich an die derbe Ausdrucksweise meiner Freundinnen, so reden sie eben, aber manchmal schockiert es mich trotzdem.

Angie rudert zurück. »Sorry. Ich meinte nur, ich weiß ja, dass du deinen Job gehasst hast, und Ethan ist ein netter Kerl, nur … Du spielst in einer ganz anderen Liga.«

»Ich spiele in niemandes Liga«, sage ich.

»Coco, sei nicht albern! So, und jetzt hör gut zu, denn das ist nun vielleicht die wichtigste Frage, die ich dir jemals stellen werde …« Angie wird todernst. »Wie hast du deinen Martini am liebsten?«

»Äh …« Ich habe keine Ahnung. »Stark?«

»Ich mag ihn am liebsten eisgekühlt, trocken und dreckig. Ich werde dir denselben machen wie mir, und wenn er dir nicht schmeckt, probieren wir eine andere Variante. Gut, geh dich jetzt umziehen, um dein modisches Karma zu reinigen, und komm dann wieder runter.« Sie sieht mich an. »Beeil dich!«

Zehn Minuten später erscheine ich frisch geduscht und in meiner Lieblingsjeans und in meinem bequemen schwarzen Oberteil draußen auf der Vordertreppe. Angie mustert mich.

»Nein.«

»Nein?«

»Geh rauf in mein Zimmer. Auf dem Stuhl vor der Nähmaschine liegt ein Top.«

»Ich bin nicht dünn genug, um deine Sachen zu tragen, Angie.«

»Tu einfach, was ich dir sage, Süße.«

Angie experimentiert in letzter Zeit mit Eyeliner herum. Sie hat ihre Augen dick dunkelblau umrandet, was sie irgendwie noch cooler aussehen lässt. Und einschüchternder. Es ist schwer, Nein zu ihr zu sagen. Also gehe ich nach oben in ihr Zimmer. Auf dem Stuhl liegt tatsächlich ein Top. Ein blaues Seidentop. Ich bin mir sicher, dass es mir nicht passen wird, aber ich probiere es trotzdem an. Wenn ich versuche, ganz flach zu atmen, reißt vielleicht keine Naht.

Das Top passt.

Ich bin total verblüfft. Ich werfe einen kurzen Blick in den Spiegel, um mich zu vergewissern, dass ich nicht irgendeinen Fehler gemacht habe, dass ich es vielleicht falsch herum angezogen habe, doch es ist alles gut. Ich schaue genauer hin. Große Oberweite, rundes Gesicht, blonder Bob … Das ist wirklich mein altes Ich. Nein. Es ist mein *neues* Ich.

»Ich kann nicht glauben, dass mir dein Top passt!«, rufe ich, als ich wieder hinaus auf die Vordertreppe eile. »Das ist verrückt!«

Angie lässt vor Begeisterung ihre Zigarette fallen. »Ich wusste, dass es fantastisch an dir aussehen wird! Ich habe es im East Village bei AuH2O gekauft, aber meine Möpse sind zu klein dafür. Deine sind super.«

»Äh … danke.«

»Süße, du ziehst immer viel zu weite Klamotten an. Und ich sage dir das mit Liebe. Dieser Schlabberlook sieht an niemandem vorteilhaft aus.« Angie zündet sich die nächste Zigarette an. »Wann hast du dir das letzte Mal hübsche Unterwäsche gekauft? Meine Chefin sagt, als sie gelernt hat, wie sie ihre Brüste richtig verpacken muss, dachten alle, sie hätte einen ganzen verdammten Zentner Gewicht verloren.«

»Oh«, sage ich. »Krass.«

»Die richtige Verpackung heißt: Die Zwillinge strecken sich der Zukunft entgegen und hängen nicht bis an deine Knie hinunter. Verstehst du?«

Angie hat manchmal so eine Schnodderschnauze, dass ich nicht weiß, wie ich darauf reagieren soll.

»Ich wünschte, ich wäre so dünn wie du«, sage ich.

»Alles klar, und ich wünschte, ich hätte so perfekte Möpse wie du und einen Arsch, der nicht wie zwei traurige Ballons herunterhängt. Jeder ist anders.«

Sie gibt mir meinen Martini und stößt mit mir an, und wir nippen beide an unseren Gläsern.

Der Martini ist stark.

»Die Mischung ist richtig gut«, sagt Angie nachdenklich. »Ich hab jede Menge Websites gelesen, um herauszufinden, wie man einen perfekten Martini mixt. Wie haben die Leute bloß irgendwas rausbekommen, bevor es das Internet gab? Ich meine, ernsthaft.«

»Ich weiß es nicht.«

»Erzähl mir von deinem Job und von Ethan. Nein, warte! Vergiss den Job. Du hast ihn gehasst, du hast gekündigt. Erzähl mir nur von Ethan.«

Ich nehme einen großen Schluck von meinem Martini. »Er hat mich letzten Samstag quasi betrogen …«

Angie verschluckt sich an ihrem Drink. »Scheiße, er hat was? Warum hast du uns das nicht gesagt? Und was meinst du mit ›quasi‹?«

»Ich …«

Ich starre einen Moment lang in mein Martiniglas. Ich hasse es, über mich selbst zu sprechen. Besonders darüber, warum ich so dumme Sachen mache.

Dann fällt es mir wieder ein. Ich muss das genaue Gegenteil sein von der Person, die ich bisher war. Das heißt nicht nur, wild zu sein statt immerzu brav, das heißt auch, offen und ehrlich zu sein, selbst in Dingen, die mir peinlich sind, in Dingen, die außer mir wahrscheinlich niemand jemals verstehen kann.

Ich räuspere mich. »Ich hatte Angst.«

Angie runzelt die Stirn. Ich wette, sie hatte in ihrem ganzen Leben noch nie Angst. »Angst wovor?«

»Davor, Single zu sein, wieder allein zu sein«, antworte ich. »Wenn man Single ist, sitzt man die ganze Zeit nur zu Hause herum und wartet darauf, jemanden kennenzulernen, aber das passiert nie, weil man ja die ganze Zeit nur zu Hause herumsitzt! Und nehmen wir mal an, ich lerne tatsächlich wieder jemanden kennen, und entgegen allen Erwartungen hat er mich gern, kann er mich trotzdem verletzen, weißt du? Er könnte mich belügen oder sitzen lassen oder … betrügen, obwohl, ich schätze, genau das ist mir passiert. Ethan hat mich belogen und betrogen. Und weißt du, bevor ich mit anderen Jungs denselben Fehler mache, den ich … den ich mit Eric gemacht habe.« Ich unterbreche mich kurz, bevor mich der süße Beichtrausch weiter vorantreibt. »Ich habe noch nie mit Ethan geschlafen.«

»Wie bitte?«

»Wir haben es einmal probiert, aber ich bin ausgerastet und hab ihn abgewehrt«, sage ich. »Du weißt schon. Weil mein einziges anderes Mal mit Eric war.«

Angie nickt. Sie kennt mein schreckliches Erlebnis mit Eric. Okay, ich habe euch noch nicht die ganze Geschichte erzählt … Also, stellt euch vor, ihr schwärmt jahrelang für einen Jungen, während eurer ganzen Highschoolzeit, selbst nachdem er mit eurer besten Freundin geschlafen hat. Es ist wie ein gewaltiges, überwältigendes Gefühl der grenzenlosen Liebe und Lust. Stellt euch vor, ihr kommt dann Jahre später endlich mit ihm zusammen und verliert eure Jungfräulichkeit an ihn. Stellt euch vor, ihr werdet schwanger, weil er sich geweigert hat, ein Kondom zu benutzen. Stellt euch vor, er reagiert danach nicht mehr auf eure Anrufe und Nachrichten. Stellt euch vor, ihr müsst abtreiben. Das ist meine Geschichte mit Eric.

Seht ihr? Es war furchtbar, es war absolut das Schlimmste.

Angie war damals so gut zu mir. Sie und Pia haben sich richtig toll um mich gekümmert. Im Nachhinein staune ich, wie verständnisvoll und solidarisch und unvoreingenommen sie waren. Ich hätte nie erwartet, dass sie so gut damit umgehen. Ich glaube nicht, dass Julia oder Madeleine so reagiert hätten. Ich schätze, das ist der Grund, warum ich ihnen nichts davon erzählt habe.

»Möchtest du darüber reden?«, fragt Angie.

Ich überlege kurz. »Nein. Nicht wirklich.« Manchmal gibt es nichts zu sagen. Wenn ich an jenen Tag zurückdenke, fühle ich mich traurig und schlecht und innerlich ganz klein. Ich bereue es nicht, absolut nicht, trotzdem wünschte ich, es wäre nie passiert. Ich denke, so geht es jeder Frau, die zu einer Abtreibung gezwungen ist. Wir fühlen uns traurig und schlecht und innerlich ganz klein, wenn wir die Erinnerung heraufbeschwören, die uns nie wieder loslässt.

»Manchmal ist es blöd, ein Mädchen zu sein, nicht?«, murmele ich.

Angie lacht. »Immer noch besser, als ein Kerl zu sein. Kannst du dir vorstellen, wie es ist, wenn dir die ganze Zeit ein Schwanz zwischen den Beinen baumelt? Bah.«

»Denkst du, dass ich jemals wieder Lust haben werde, mit einem Mann zu schlafen?«, frage ich sie. »Bestimmt, oder? Ethan war einfach nicht der Richtige, weißt du. Er küsst richtig schlecht, und seine Küsse schmecken irgendwie falsch. Ich weiß nicht, wie ich das erklären soll, halt einfach falsch.«

»Tja, Süße, wenn seine Küsse falsch schmecken, kannst du darauf wetten, dass sein Schwanz auch nicht richtig schmeckt.« Angie nimmt einen großzügigen Schluck von ihrem Martini. »Natürlich wirst du wieder mit einem Mann schlafen. Und es wird hammergeil sein. So, und jetzt erzähl mir von Ethans schmutzigen kleinen Geheimnissen.«

Eine Stunde später haben wir einen Plan.

»Schreib ihm! Sofort!«, befiehlt Angie mir. »Lade ihn zu Maddys Konzert heute Abend ein. Wir werden seine verdammten Eier an die Wand nageln.«

»Er sitzt gerade im Zug nach New York. Er war die ganze Woche beruflich in Philly.«

»Mist.« Angie rümpft die Nase. »Schreib trotzdem die SMS.«

Ich tippe den Text, auf den wir uns geeinigt haben. Gleich darauf hupt jemand auf der Straße, und Pia hält vor unserem Haus mit Toto, ihrem ersten Food Truck, auch das SchlankMobil genannt. Mittlerweile hat sie eine ganze Miniflotte von Food Trucks, aber Toto wird für sie immer etwas Besonderes bleiben.

»Du sollst doch nicht hier auf der Straße parken!«, ruft Angie. Wir hatten ein paar Beschwerden von den Nachbarn.

Pia steigt achselzuckend aus und nähert sich der Vordertreppe. »Scheiß drauf. Ich hatte heute einen verdammten Scheißtag. Ist das Wodka?«

Sie springt die Stufen hoch, trinkt einen großen Schluck aus Angies Glas, schnappt sich deren Zigarette und nimmt einen tiefen Zug.

»Gibt's was zu feiern?«, ruft jemand.

Julia und Madeleine kommen auf unser Haus zu. Julia trägt auf dem Rücken ihren riesigen Sportrucksack, mit dem sie, ich schwöre bei Gott, eine alte Dame töten könnte, wenn sie sich in einer überfüllten Bahn zu schnell umdreht.

»Coco hat ihren Job geschmissen, und sie will Ethan zum Teufel jagen!«, ruft Angie zurück.

Ich werde verlegen, weil ich plötzlich im Mittelpunkt stehe. »Angie …«

»Ist schon gut, Coco, du hast dir dein Drama verdient«, erwidert sie unerbittlich.

Sie hat recht. Das Gegenteil von meinem alten Ich zu sein bedeutet, laut(er) zu werden. Ich darf mich nicht mehr darum kümmern, was das für Folgen haben könnte, beziehungsweise darf ich nicht mehr denken, dass ich die Aufmerksamkeit der anderen nicht verdiene.

Ich hole tief Luft. »Ich habe heute fristlos gekündigt. Und Ethan hat mich betrogen, deshalb werde ich mich heute Abend an ihm rächen!«

»Dieser miese kleine Drecksack«, sagt Julia. »Bist du okay? Warum hast du mir nichts davon erzählt?«

»Es gab nichts zu erzählen … bis jetzt.« Früher habe ich Julia alles erzählt, aber inzwischen arbeitet sie so viel, dass sie praktisch nie da ist. Außerdem muss ich meiner großen Schwester ja nicht immer alles erzählen. Ich bin erwachsen. »Ich denke, jetzt ist es höchste Zeit für mich, mal in Aktion zu treten. Was immer das bedeutet.«

»Sich betrinken«, sagt Pia. »Während der Arbeit.«

»Gelegenheitssex haben«, sagt Angie. »Auch während der Arbeit.«

»Seine Meinung äußern«, sagt Madeleine. »Egal, was passiert.«

»Seinem Chef eine Abfuhr erteilen«, sagt Julia. »Oder führt das zu weit?«

»Nein, das führt nicht zu weit. Ich habe es bereits getan«, sage ich. »Gewissermaßen. Ich meine, ich wollte meine Chefin nicht bloßstellen, aber … Hey, wie kommt es eigentlich, dass du vor neun Uhr zu Hause bist?«

Julia grinst. »Du weißt doch, dass ich die ganze Woche an diesem Deal gearbeitet habe, jeden Tag bis drei Uhr nachts. Der Deal ist geplatzt. Abermillionen von Dollar sind den Abfluss runtergespült worden.«

»Oh, Shit.«

»Soll das ein Witz sein? Das ist die beste Neuigkeit aller Zeiten! Ich dachte, meinem Chef platzt gleich eine Ader im Kopf. Er ist so ein Idiot. Und ich bin nicht einmal müde. Ich möchte mir einfach nur die Kante geben.« Julia wendet sich an Angie und Pia. »Ich möchte ein komplettes Styling für das Konzert heute Abend. Ich möchte dazu ein schmalziges Musik-Medley hören, und ich möchte vorglühen. Es ist langes Wochenende!«

»Party-Julia ist da!«, ruft Angie fröhlich. »Du kannst hiermit anfangen.«

Sie gibt Julia ihr Martiniglas, und Julia nimmt einen Schluck daraus und hustet dann.

»Das schmeckt ja widerlich. Ich geh mir ein Bier holen.«

»Ich trinke nichts. Ich muss meine Stimme schonen«, sagt Madeleine. »Leider.«

Pia schnappt sich Angies Martini und kippt sich den Rest davon hinter die Binde. Dann gibt sie Angie das leere Glas zurück und lächelt.

»Okay, ihr Süßen. Lasst uns verdammt noch mal Spaß haben!«

Kapitel 6

Wie man es von einer Gruppe junger Frauen Anfang zwanzig erwarten würde, verbringen wir den frühen Abend mit einer ausgiebigen Verschönerungssitzung, Alkohol inbegriffen. Ich schaue zu, bis Angie sich plötzlich auf mich stürzt und meinen Mund mit einem knallroten Lippenstift von Chanel schminkt.

»Das steht dir super«, sagt sie, als ich protestiere. »Du hast perfekte Haut und perfekte Zähne, und die schönsten Lippen, die ich jemals gesehen habe. Lippenstift sollte ein fester Bestandteil deines persönlichen Looks sein.«

»Was ist mein persönlicher Look?«, fragt Julia.

»Firmenhure«, sagt Angie.

»Immer noch besser als Modeopfer«, schießt Julia zurück.

»Ich bin viele Dinge, Süße, aber ich bin nie ein Opfer.« Angie lächelt.

»Würdet ihr beide aufhören, miteinander zu flirten?« Madeleine verdreht ihre Augen.

»Heilige Scheiße.« Julia betrachtet sich im Spiegel. »Wenn ich ein Kerl wäre, würde ich mich sofort knallen. Meint ihr, ich sollte noch eben meine Beine wach…«

»Wie dieser Satz auch immer endet, die Antwort ist ziemlich sicher Nein«, fällt Angie ihr ins Wort. »Es ist voll in Ordnung, wenn ein bisschen Gras auf dem Spielfeld wächst, du verstehst?«

»Seit wann findest du Schambehaarung gut?«, fragt Pia.

»Seit mir bewusst geworden ist, dass es krank ist, seine Vagina so aussehen zu lassen, als wäre man acht.«

Alle denken kurz darüber nach. Es ist tatsächlich krank, wenn man drüber nachdenkt. Trotzdem habe ich vorhin im Bad meine Intimzone gewachst, mit einem dieser Heimsets, das ich mir vor einer Ewigkeit mal gekauft habe. Ich weiß nicht einmal, warum ich es getan habe, es ist einfach … Das macht man halt so. Oder?

»Ist es nicht … sauberer?«, wendet Pia zaghaft ein.

»Wenn du Schambehaarung für unsauber hältst, hast du ein Problem, Süße. Vaginas sind perfekt. Die Kerle enthaaren auch nicht ihre Eier, und trotzdem erwarten sie von uns, dass wir sie dort mit Vergnügen liebkosen.«

Wieder entsteht eine Pause, sicher denken alle an behaarte Hoden. Würg.

»Na schön.« Pia seufzt. »Ich höre mit dem Waxing auf. Es sieht sowieso keiner, ob ich behaart bin oder nicht. Mein Freund lebt in einer anderen Zeitzone.«

»Ich hab nicht mal einen, der mich ab und zu flachgelegt«, erklärt Julia. »Aber Sex ist nicht wie Wasser, man stirbt nicht, wenn man keinen hat.«

»Ich hab es so satt, darüber zu reden, wer wie viel Sex hat oder nicht hat«, sagt Madeleine. »Na los, kommt endlich. Ich muss los, damit ich der Band beim Aufbauen helfen kann.«

Auf dem Weg zur Destille reden die anderen ununterbrochen über Aidan und Sam und über Sex, meine Gedanken dagegen schweifen zu meinem großen Racheplan für Ethan heute Abend ab. Ich spüre, dass mein Magen sich vor Nervosität zusammenkrampft. Vielleicht schicke ich Ethan heimlich eine zweite SMS und sage ihm ab. Ich glaube nämlich nicht, dass ich in der Lage bin, es durchzuziehen, echt nicht.

Aber ich muss es durchziehen. Das ist der erste Schritt, um das neue Ich zu sein. Das wilde Ich.

Ich bin schon hundertmal an der Destille vorbeigegangen, ohne jemals einen Fuß hineinzusetzen. In der vielfältigen Kneipenlandschaft von Brooklyn, genauer gesagt, in der Kneipenlandschaft von South Brooklyn, ist die Destille … Na ja, sie ist eine Spelunke. Der ganze Laden starrt vor Dreck, durch die Fenster kann man kaum gucken, die Möbel sind abgenutzt. Nicht auf diese charmante »Wie im Wilden Westen«-Art, sondern nur auf eine vergessene Art. Ich glaube nicht, dass sich seit den frühen Achtzigerjahren etwas an der Einrichtung geändert hat. Die meisten Lokale rund um den Gowanus-Kanal sind inzwischen hipsterisiert, die Destille ist nach wie vor ein alter, heruntergekommener Schuppen.

Der Eingangsbereich ist sehr schmal, dann kommt man in einen seltsamen, höhlenartigen Raum mit einer Bühne ganz hinten. Madeleines Band baut gerade ihre Instrumente auf. Eine Wand wird von einer mit unzähligen Flaschen bestückten Bar eingenommen, und der ganze Raum ist von kaltem Neonlicht erhellt, das jeden grau und blass aussehen lässt. Die Wände sind grün und völlig kahl, abgesehen von einer Handvoll schief hängender

Fotos aus den glanzvollen Tagen der Kneipe, willkürlich aufgehängt.

Wir betreten den Raum und bleiben kurz stehen, um das Ganze auf uns wirken zu lassen.

»Was für ein abgefuckter Schuppen«, bemerkt Angie.

»Maddy, solltest du nicht zu deiner Band gehen und beim Aufbauen helfen?«, fragt Julia.

»Ich kann nicht …« Plötzlich ist Madeleine kaum noch in der Lage zu sprechen. »Ich bin so nervös. Alles, was ich heute herunterbekommen habe, war Kaffee, und ich glaube, ich hab's damit übertrieben. Seht nur.« Sie hebt ihre zitternde Hand. »Mein Gott! Mir ist schlecht.«

»Iss was Salziges wie Kartoffelchips«, sagt Julia. »Das Natrium wirkt gegen das Koffein, und durch die Kohlenhydrate wird Serotonin ausgeschüttet, was deinen Adrenalinspiegel senkt. In dem kleinen Supermarkt an der Ecke kriegst du bestimmt so was.«

»Stimmt das?«, fragt Pia. Madeleine ist schon unterwegs, um sich Chips zu besorgen.

»Nein, das hab ich mir ausgedacht«, antwortet Julia. »Ich gehe davon aus, dass das bei ihr eine reine Kopfsache ist. Wenn sie also glaubt, dass sie gleich ruhiger wird, dann wird sie auch ruhiger … Scheiße, was soll's, die Kartoffelchips werden sie nicht umbringen. Sie ist ohnehin viel zu dünn.«

Madeleines Band heißt Spector. Sie covert im Hardrock-Stil klassische Frauenbands aus den Sechzigern wie zum Beispiel die Supremes oder die Ronettes. Madeleine hat früher in einer anderen Band gesungen. Als sie vor einiger Zeit bei einem Auftritt von Spector spontan als Ersatzsängerin eingesprungen ist, wurde sie prompt angeworben, und so hat sie die Band gewechselt. Schon lustig, dass Madeleine tagsüber Buchhalterin ist und abends Sängerin, nicht? Es ist, als würde sie ein Doppelleben führen.

»Ich fühl mich schon viel besser«, sagt sie, als sie zurückkehrt, den Mund voller Chips. »Vielleicht waren es nur die Nerven. Der Besitzer von diesem Laden hier, Gary, hat noch zwei weitere Kneipen drüben in Williamsburg. Wenn wir ihm gefallen, können wir vielleicht regelmäßig bei ihm auftreten. Aber ich wette, es kommt heute ohnehin keiner … Amy wird angepisst sein.«

Amy ist die Gitarristin und inoffizielle Chefin der Band, eine große Frau mit pinkfarbenen Haaren und schwarz-rot geschminkten Lippen, die mir eine höllische Angst einjagt. Sie war ein paarmal bei uns zu Hause, um mit Madeleine zu proben.

»Mad! Gott sei Dank! Ich brauch dich!«, ruft Amy in diesem Moment, und Madeleine eilt nach hinten, wo Amy mit Heff, einem Kiffer/Bassisten, der auch schon in Madeleines alter Band gespielt hat, und Drum, dem Drummer mit dem fantasievollen Spitznamen, das Equipment aufbaut.

»Wo zum Teufel ist die Bedienung?«, fragt Angie, während sie sich auf einen der wackeligen Barhocker plumpsen lässt. »Und wie scheiße ist dieser Schuppen hier überhaupt?«

»Ziemlich scheiße«, bemerkt Julia, die sich auf den Barhocker daneben setzt und einen für mich heranzieht. »Ein totaler Saustall.«

Ich blicke mich stirnrunzelnd um. Ich finde nicht, dass der Laden *so* scheiße ist. Die Theke sieht irgendwie cool aus: sehr altes, aber schönes Holz, rissig und abgewetzt. Tatsächlich sind die hässlichen grünen Wände und die Decke, von der der Putz rieselt, das wahre Problem. Es ist hier gar nicht so dreckig, nur wenig gemütlich, geschweige denn einladend. Und es ist viel zu heiß, und das Licht ist viel zu hell und zu kalt, um irgendjemandem zu schmeicheln.

Na gut. Vielleicht muss man doch ein bisschen Arbeit reinstecken.

»Der Laden ist nicht alt genug, um auf eine charmante, antike Art scheiße zu sein, und nicht neu genug, um auf eine schicke, hipstermäßige Art scheiße zu sein«, sagt Pia.

»Er ist nicht einmal auf eine ironische Art scheiße«, sagt Angie. »Er ist einfach nur … Er ist auf eine beschissene Art scheiße.«

»Danke, Ladys«, hören wir eine tiefe Stimme, die aus dem Nichts zu kommen scheint, und wir keuchen alle erschrocken auf.

Hinter dem Tresen richtet sich ein Kerl auf. Sehr groß. Verwuscheltes dunkles Haar. Ungepflegter Fünftagebart. Augen, die so blutunterlaufen sind, dass man nicht erkennt, was für eine Farbe sie haben.

Pia und Angie stoßen einen ihrer gefürchteten spitzen Schreie aus, ihre Hysterie auskostend. Sie sind total beschwipst vom Vorglühen.

»O Mann«, sagt der Kerl. »Ich geb euch sofort was zu trinken, wenn ihr mir versprecht, dass ihr mit der Kreischerei aufhört. Und mit den Fäkalausdrücken. Ihr redet wie betrunkene Matrosen.«

»Ja, Sir«, sagt Angie gehorsam.

»Wir bekommen bitte drei Wodka Lime Soda, junger

Mann«, sagt Pia. Sie ist tatsächlich ziemlich angeschickert, wenn sie so flirtet.

»Das hier ist eine *Whiskey*-Bar.« Sein Akzent ist wahrscheinlich irisch, oder schottisch, ich werde nie lernen, das auseinanderzuhalten. »Ich kann euch Whiskey anbieten, genauer gesagt irischen Whiskey, oder einen Cocktail auf Whiskeybasis. Oder Bier. Aber Bier ist langweilig, findet ihr nicht auch?«

»Bier ist billig, meinst du«, sagt Pia und zieht eine Augenbraue hoch.

Der Barmann schenkt ihr ein Zwinkern.

»Hier«, sagt er und greift sich ein paar Schnapsgläser und eine Whiskeyflasche. »Lasst uns den hier probieren und schauen, was passiert. Geht aufs Haus.«

Pia und Angie wechseln einen Blick miteinander und zucken dann mit den Schultern. »Na klar.«

Wir trinken alle einen Shot, auch unser leicht verlottert aussehender Barmann. Er lächelt wie ein Wolf, als wir Mädels die vorhersehbaren »O mein Gott, WHISKEY!«-Geräusche machen.

»Ich mache dir einen Vorschlag, Süßer«, beginnt Angie. »Warum überraschst du uns nicht einfach mit einem Cocktail? Am besten mit was Erfrischendem, das dem Whiskey die Schärfe nimmt.«

»Du hast es erfasst, Prinzessin. Aber mein Name ist Joe Nolan. Nicht Süßer.«

»Von mir aus.«

Angie holt ihr Handy aus der Tasche und ignoriert den armen Joe. Ich nehme an, wenn man von den Männern immer besondere Aufmerksamkeit bekommt, wird man so.

»Bist du Ire, Joe?«, fragt Pia höflich.

»Ja, gebürtiger Ire. Ich bin aus Cork, von Gottes Gnaden«, erwidert er trocken, holt Flaschen aus dem Regal hinter sich, stellt Gläser auf die Theke, in die er Eiswürfeln gibt, schneidet Zitrusfrüchte und Äpfel, schenkt ein und schüttelt mit der geübten Schnelligkeit eines Profis. Total cool und abgeklärt. Wir schauen ihm gebannt zu.

»Mein Freund ist halber Ire«, sagt Pia. »Er ist nicht in Irland aufgewachsen.«

»Der arme Bastard«, sagt Joe. »Seinem Vaterland entrissen.« Er wirft einen kurzen Blick auf Angie, um zu schauen, ob sie zuhört. Tut sie nicht. Gleich darauf knallt er vier eisgekühlte Weckgläser vor uns auf die Theke, die bis zum Rand mit einer blassgelben Flüssigkeit gefüllt sind. »Bitte sehr, Cold Hard Toddys.«

»Was ist da genau drin?«, fragt Pia und schnuppert an ihrem Drink.

»Jameson Irish Whiskey, Cider, Eis, Zitrone und eine Apfelscheibe.«

»Im Einweckglas. Hübsche Idee«, sagt Pia.

Ich sehe, dass sie sich auf ihrem Handy etwas notiert: *Weckgläser. Recycelbar. Bei Rückgabe Rabatt auf nächste Bestellung.* Pia ist immer im Dienst. Ich kann mir nicht vorstellen, in einem Job so sehr aufzugehen.

Wir nehmen alle einen Probeschluck von unseren Cold Hard Toddys. Beunruhigenderweise schmeckt man den Alkohol nicht heraus. Es ist die Art von Drink, die man mit hemmungslosem Durst in sich hineinschüttet, bis man merkt, dass man nicht mehr klar sehen kann. Beziehungsweise nicht mehr klar denken kann. Beziehungsweise nicht mehr geradeaus gehen kann.

»Könnte ich bitte ein Glas Wasser haben?«, frage ich, aber ich werde von Pia und Angie übertönt.

»Das schmeckt fantastisch!«

»Was ist da noch mal alles drin?«

»Whiskey, Cider, Apfel, Zitrone. Soll ich es euch aufschreiben?« Joe füllt ein Glas mit Eis und Wasser und gibt es mir.

»Danke«, sage ich überrascht.

Ich dachte, er hätte meine Bitte nicht gehört. Er kann seine Augen kaum von Pia und Angie abwenden. Dieses träge Grinsen zeigen nur New Yorker Männer, die häufig Gelegenheitssex haben.

»Ich verschwinde mal kurz ins Lager«, sagt er nun. »Kann ich mich darauf verlassen, dass ihr nichts aus meiner Kasse klaut?«

Angie zuckt mit den Achseln, die Augen immer noch auf ihr Handy geheftet. »Denkst du, wir glauben, dass du heute schon mehr als zehn Mäuse eingenommen hast? Seien wir realistisch.«

»Du bist echt hart«, murmelt Joe und entfernt sich.

Julia sieht mich an. »Coco, lass uns über deine berufliche Zukunft reden.«

Ich seufze. »Oh, bitte nicht.«

Angie prustet los, aber Julia lässt sich nicht so leicht abwimmeln.

»Ich hab mir auf dem Weg hierher Gedanken darüber gemacht«, fährt sie fort. »Du wirst ganz leicht einen neuen Job finden. Du kannst den Sommer mit Babysitten überbrücken und dich bis Ende August bei verschiedenen Vorschulen bewerben. Am besten, wir registrieren dich auf einem dieser Vermittlungsportale für Babysitter. Ich helfe dir, eine erstklassige Bewerbung zu schreiben und dich auf die Vorstellungsgespräche vorzubereiten.«

»Julia …«

Ich möchte nicht unhöflich sein, ich habe allerdings wirklich etwas dagegen, dass meine Schwester auf diese liebevoll-dominante Art meine Probleme löst. Sie wird mir nur das empfehlen, was sie für das Beste hält, ohne zu überlegen, was ich möchte.

Julia schenkt mir ein herzliches Lächeln, und mir wird plötzlich klar, dass ihr gar nicht bewusst ist, wie dominant sie sich verhält. Sie glaubt aufrichtig, sie würde mir helfen.

Außerdem ist es ja auch nicht so, als wäre ihr Vorschlag unvernünftig. Die Arbeit mit Kindern ist schließlich das, was ich gelernt habe. Nur die Vorstellung, die nächsten drei Monate mit Babysitten zu verbringen, im glühend heißen New Yorker Sommer fremde Kinder zu beaufsichtigen, von Park zu Pool zu Spieltreffen zu hetzen, lähmt mich geradezu. Und danach wieder zurück in eine Vorschule? Für wie lange? Für den Rest meines Lebens?

»Ich glaube … Ich glaube nicht, dass ich das möchte«, sage ich. Meine Stimme ist kaum lauter als ein Flüstern. »In einer Vorschule arbeiten, meine ich. Das will ich nicht.« Ich soll doch das Gegenteil der alten Coco sein, richtig? Das heißt, dass ich meine Meinung offen sage. Ich räuspere mich, und dieses Mal klingt meine Stimme kräftiger. »Ich weiß noch nicht, was ich machen werde, Julia, aber ich weiß, das wird es nicht sein.«

»Gut, na schön, dann lass uns zusammen überlegen, was du stattdessen gern machen würdest«, sagt Julia. Unsere kleine Miss Ich-regle-das.

Pia schnappt sich wieder ihr Handy, bereit, Notizen zu machen. »Ich helfe dir! Was sind deine Stärken und Schwächen? Lasst uns brainstormen.«

»Brainstormen, so eine Scheiße …«, murmelt Angie.

Meine Stärken?

Ich starre die anderen an, mir fällt nichts ein.

Ich habe keine Stärken. Ich habe keine besonderen Fähigkeiten oder Talente oder Träume oder besonders viel Grips. Ich bin einfach ich. Das kann ich bloß nicht sagen, sonst denken die anderen, dass ich ein geringes Selbstwertgefühl habe, und das stimmt nun wirklich nicht. Ich bin lediglich realistisch, was mein Potenzial betrifft, sprich: Ich habe keins.

»Hattet ihr auch schon mal den Eindruck, dass Coco ständig Gespräche in ihrem Kopf führt?«, fragt Angie.

»O ja«, sagt Pia. Sie dreht sich zu mir. »Du backst doch so gern. Wie wäre es mit Konditorin?«

»Äh … nein«, sage ich. »Das Backen ist nur ein Hobby.«

Ich spreche es nicht aus, aber könnt ihr euch vorstellen, wie viel ich wiegen würde, wenn ich meinen Lebensunterhalt mit Kuchenbacken verdienen würde? Ich weiß, es ist albern, das allein schreckt mich jedoch schon ab.

»Ich dachte, alle Hobbys wären ausgestorben, als das Internet erfunden wurde«, sagt Angie. »Was ist mit Büchern? Ich kenne niemanden, der so viel liest wie du.«

Ich schüttle den Kopf. »Leider wird man fürs Bücherlesen nicht bezahlt.«

»Du könntest Bibliothekarin werden!«, ruft Pia begeistert.

»Ich bin mir ziemlich sicher, dass Büchereien nicht

zukunftsträchtig sind«, sagt Julia. »Die werden alle nach und nach dichtgemacht.«

»O Mann, das ist deprimierend …« Ich seufze.

Zu meinen schönsten Kindheitserinnerungen zählen die Abstecher in die Bücherei mit meiner Mutter. Vor lauter Ungeduld habe ich bereits auf der Fahrt nach Hause im Wagen zu lesen begonnen, die Wange an den warmen Sitzgurt gelehnt. Das flaue Gefühl in meinem Magen, das ich immer bekomme, wenn ich während der Fahrt lese, habe ich ignoriert. Die Erinnerung ist so stark, dass ich meine Hände auf den abgewetzten Holztresen legen muss, um mir ins Gedächtnis zu rufen, wo ich gerade bin. Ich frage mich, ob es seltsam ist, dass ich mich so deutlich an meine Kindheit erinnern kann. Es ist fast, als würde ich mich der Vergangenheit so nah fühlen, dass ich nicht akzeptieren kann, dass dieses Leben hier Realität ist. Aufgewachsen und wohnhaft in New York, wo ich mich in Bars herumtreibe, arbeitslos und ausschließlich für einen Job qualifiziert, den ich hasse, mies behandelt von den Kerlen, die ich kennenlerne, habe ich ein langes Leben vor mir, das nichts anderes verspricht … Mein Gott, ich bin es leid.

Angie unterbricht meine Gedanken. »Du schaust dir doch immer so gern die Promi-News an«, sagt sie. Gott, sie hat recht, ich führe wirklich ständig Gespräche im Kopf. »Möchtest du vielleicht Promi-Journalistin werden?«

Ich schüttle wieder den Kopf, da ich mir gerade nicht zutraue, etwas zu sagen, ohne in Tränen auszubrechen.

»Wir probieren mal was aus!«, ruft Pia. »Schließ deine Augen, Coco. Und nun stellst du dir dich in fünf Jahren vor. Wo bist du? Was machst du?«

Ich schließe die Augen. Ich in fünf Jahren. Ich mit sechsundzwanzig. Zunächst ist mein Kopf leer, alles ist verschwommen, chaotisch … Dann beginnt sich ein Bild zu formen. Ich sehe unser Haus in Brooklyn und unsere Küche und die anderen, und dann sehe ich mich, zusammengerollt in einem Ledersessel, vor einem offenen Fenster. Ich lese ein Buch und nippe an einer heißen Schokolade. Meine Haare sind länger, und ich lächle beim Lesen. Das Bild ist so deutlich, so real, dass ich mich einen Augenblick lang frage, ob es meiner Vorstellungskraft entspringt oder ob es aus einem Film stammt. Aber nein, das bin ich. Das bin wirklich ich.

Meine Gedankenspielerei wird von Julia unterbrochen, die geräuschvoll von ihrem Barhocker springt.

»Ich denke, Coco, wir sollten keine Entscheidungen über deine Zukunft treffen, solange wir nicht mit Dad gesprochen haben. So! Ich gehe jetzt mal die Schlange in die Keramik halten.«

»Du hast keine Schlange«, sagt Pia.

»Joe!« Angie knallt ihr leeres Weckglas auf den Tresen. »Zehn von zehn Punkten für den Cold Hard Toddy. Was hast du sonst noch für uns?«

»Alles, was du willst, Engelchen.«

»Du kannst dir das Flirten sparen, Joe«, erwidert Angie sachlich. »Ich habe einen Freund, den ich abgöttisch und leidenschaftlich liebe.«

»Und wo ist der Glückliche heute Abend?«

»Er segelt momentan in der griechischen Ägäis«, sagt Angie.

Joe beginnt zu lachen, hört dann aber sofort wieder auf, als er Angies Gesicht sieht. »Sorry. Ich dachte, du hättest einen Witz gemacht.« Er gibt ihr einen neuen Drink, und sie nimmt einen kräftigen Schluck davon. »Großartig. Whiskey Sour?«

»Mit Cassis«, sagt Joe. »Das nennt man einen Sour Blush. Süß mit einer leichten Schärfe.«

Er bemerkt, dass ich ihn anstarre, und zwinkert mir zu, und ich wende rasch meinen Blick ab. Warum bin ich in Gegenwart von Männern immer so gehemmt? Besonders in Gegenwart von coolen, selbstbewussten Aufreißertypen?

Die Band beginnt mit ihrem Soundcheck, und ich verschwinde kurz auf die Toilette. Die anderen hatten recht, die Destille ist ein absoluter Saustall. Die Toilette befindet sich am Ende eines dunklen Ganges, der auch zum Lagerraum führt. Es ist höllisch eng darin, und alles ist versifft. Zwei Kabinen mit Türen, die schief in ihren Angeln hängen, ein gesprungenes Waschbecken, ein verschmierter Spiegel, Fliesen, von denen man nur vermuten kann, dass sie mal weiß waren, eine einzige nackte Glühbirne, die von der Decke baumelt. Es stinkt nach billigem Putzmittel, und die Klobrillen sehen älter aus, als ich es bin.

Ihh. Das bedeutet, dass ich in der schwebenden Hocke pinkeln muss.

Ich knöpfe meine Hose auf und schicke mich an, sie hinunterzustreifen, zusammen mit meinem Slip, wie man das halt so macht. Das Problem ist nur, ich kann nicht. Meine Hose kommt zwar runter, mein Slip hängt jedoch fest.

Was zum Kuckuck ist das für ein Mist?

Ich ziehe fester daran und quieke sofort vor Schmerz. Der Slip bewegt sich kein Stück.

Ich versuche wieder, zu ziehen und zu zerren, vergebens. Er ist praktisch wie festgeschweißt an meiner … meiner Zuckerdose, wie Julia sagen würde. Meinem Zaubergarten, meiner Mumu, meiner Muschmusch, meiner Fufu, ach, zur Hölle damit, nennen wir das Ding beim Namen: meiner Vagina.

Der Slip klebt nicht nur vorn fest, sondern durchgehend … am ganzen Fahrgestell.

Wie um alles in der Welt konnte das …

O mein Gott.

Ich habe dieses Enthaarungsset benutzt, bevor wir aufgebrochen sind. Und ich schätze, ich habe irgendetwas falsch gemacht.

Weil mein Slip jetzt zusammen mit hart gewordenen Wachsresten an meiner Vagina haftet.

Und ich muss pinkeln. Wirklich dringend.

Kapitel 7

So etwas kann nur mir passieren.

Denk logisch.

Okay. Ich kann die Mädels nicht zu Hilfe rufen, ich habe mein Handy nicht dabei, und ich kann auch nicht einfach nach ihnen brüllen, weil sie alle weit weg auf der anderen Seite der Bar stehen. Sie würden sich ohnehin nur wochenlang über mich lustig machen, und Angie und Pia würden es allen erzählen, auch ihren Freunden. Ich möchte nicht, dass Aidan und Sam erfahren, dass ich mich in so eine Situation gebracht habe.

Ich werde mich nie wieder enthaaren. Nie wieder. Angie hat recht. Warum zum Teufel verwenden wir so etwas Destruktives wie Wachs auf unseren empfindlichsten Hautstellen. Wir reißen uns die Haare aus und nennen es dann schön? Das ist so was von oberkrank!

Konzentrier dich, Coco, konzentrier dich.

Wachs. Was bringt Wachs zum Schmelzen?

Ich habe einmal einen Tipp von Martha Stewart gelesen, wonach man Wachsflecken aus Textilien entfernt, indem man Zeitungspapier darüberlegt und sie dann mit dem Bügeleisen erhitzt. Das Wachs schmilzt, das Papier saugt es auf, und das Problem ist gelöst.

Aber ich kann meine verdammte Vagina doch nicht bügeln, Martha.

Augenblick! Der Händetrockner! Die heiße Luft wird das Wachs zum Schmelzen bringen, richtig?

Der Händetrockner ist drüben neben der Tür, also schlurfe ich aus der Kabine, ziehe ein Hosenbein aus, dann wird mir bewusst, dass ich nicht möchte, dass meine Jeans über den versifften Boden schleift, also ziehe ich sie ganz aus, lasse meine Schuhe aber an, um nicht mit meinen nackten Füßen den Boden zu berühren. O Gott, ich muss so dringend, ich muss so dringend …

Ich presse eine Hand gegen die Tür, um sie geschlossen zu halten, und stütze mich mit einem Bein gegen die Wand, wie eine Balletttänzerin beim Dehnen, gleichzeitig versuche ich, meinen Unterleib in Richtung Düse zu positionieren.

Ja, ich versuche gerade, den Händetrockner auf der Damentoilette zu besteigen.

Tatsächlich bin ich weder biegsam noch groß, was bedeutet, dass der Luftstrom, der bei meiner … ihr wisst schon, ankommt, nicht mehr so heiß ist.

»Das ist Schwachsinn! So bringe ich nicht mal einen Eiswürfel zum Schmelzen!«, schimpfe ich und halte mir dann rasch den Mund zu.

Gott. Ich muss leise sein. Was, wenn jemand hereinkommt?

Der Druck auf meiner Blase ist jetzt so groß, dass ich heulen könnte. Während ich versuche, mich auf einem Bein mit dem Pipitanz abzulenken, erhasche ich einen Blick auf mich selbst in dem schmutzigen Spiegel über dem Waschbecken. Ich sehe so lächerlich aus, dass ich loslache und beinahe umgefallen wäre. Im letzten Moment kann ich mich abfangen. Na los! Vielleicht wird die

Luft im Dauerbetrieb heißer. Ich drücke wieder auf die Taste, meine alberne Grätschstellung behalte ich bei.

»Hallo?«, höre ich eine Männerstimme draußen vor der Tür.

Shit! Bevor ich mich dagegenwerfen kann, geht die Tür auf.

Joe.

Unsere Blicke treffen sich.

Und dann wandert sein Blick an mir hinunter.

Ich kann mich nicht bewegen. Es ist wie in einem dieser Träume, wo man wie gelähmt auf der Stelle haften bleibt, unfähig, zu schreien oder davonzulaufen. Nur das hier ist real. Ich habe einen Händetrockner bestiegen und gelacht wie eine Verrückte.

Ich glaube, ich muss mich übergeben.

Ich nehme mein Bein von der Wand und halte meine Hose wie ein Schutzschild vor meinen Unterkörper. ObittelieberGottlassihnnichtmeineOberschenkelsehen.

»Was zum Teufel …« Joe reißt sich irgendwie zusammen und dreht sich rasch um, dann zieht er die Tür bis auf einen Spalt zu, durch den er mit mir reden kann. »Tut mir leid, aber was machst du da?«

»Ich … ich … äh …«

Steh deinen Mann, Coco.

Ich meine: *Steh deine Frau.*

»Ich hab vorhin, bevor ich aus dem Haus bin, meine Bikinizone enthaart. Und jetzt muss ich ganz dringend pinkeln, ich hab dummerweise wohl noch Wachs auf meiner … äh. Und jetzt klebt meine Unterhose an meiner … an meiner … an mir fest.« So. Das war so sachlich wie möglich.

Es entsteht eine Pause.

»Ich glaube, ich verstehe«, sagt Joe dann.

»Ich weiß nicht, was ich machen soll, und hier ist es so dreckig. Es ist wirklich schlimm, ich … Puh, ich flippe gleich aus.«

»Es ist hier dreckig?«

»Soll das ein Witz sein? Es ist ekelhaft.«

»Möchtest du vielleicht eine Schere haben?«

»Äh … Ich weiß nicht, ob das was nützt, weil der Stoff richtig festklebt. Bombenfest. An meiner … ganzen … Haut … untenrum.«

Ich schließe die Augen. Warumwarumwarum muss mir das passieren?

»Hör zu, ich möchte mit dir nicht über anatomische Einzelheiten diskutieren, ich denke, du kannst die Schere vielleicht trotzdem verwenden, um deine… äh … Unterwäsche so zu … bearbeiten, dass du zumindest deine … akute urinale Not lindern kannst. Und um den Rest kümmerst du dich dann, wenn du wieder zu Hause bist.«

»Okay«, sage ich.

Es hat etwas sehr Altmodisches und gleichzeitig Feinfühliges, wie Joe mit der Situation umgeht, er verhält sich unglaublich nett. Hätten mich statt seiner Julia oder Pia oder Angie erwischt, hätten sie nur vor Lachen gebrüllt und eine noch größere Sache daraus gemacht.

Joe kehrt innerhalb von dreißig Sekunden zurück und klopft höflich an die Tür.

»Äh … bist du noch da drin?«

Was glaubt er, wo ich sonst sein soll?

Ich öffne die Tür einen kleinen Spalt, und er reicht mir eine Schere durch, mit dem Griff voraus.

»Danke!«, rufe ich.

»Jederzeit gern wieder!«, ruft er zurück.

Ich kann nicht anders, als zu kichern. Jederzeit?

Ich schneide vorsichtig eine Art H in meine Unterhose.

Schließlich ist der Stoff in Fetzen geschnitten, das Gummiband hängt nutzlos um meine Taille, und ich schwitze von der Anstrengung, aber ich kann endlich pinkeln.

Gibt es etwas Besseres, als sich zu erleichtern, wenn man es sich lange verkneifen musste? Das ist sozusagen schmerzhaft gut.

Danach ziehe ich meine Jeans wieder an, wasche meine Hände und die Schere und verlasse die Toilette. An meiner Vagina kleben die Reste meines Slips mit hartem Wachs. Ich weiß jetzt, dass ich keine Rettung brauche. Wenn ich mit so etwas fertigwerde, kann ich mit allem fertigwerden.

Und ich kann ganz sicher mit Ethan fertigwerden, wenn er kommt. Dieses miese, kleine Arschloch.

Ich gehe, nein, ich stolziere mit einer Überheblichkeit, die jemandem mit einer zerfetzten Unterhose, die im Schritt festklebt, nicht zusteht, zurück an die Theke und schiebe die Schere über den Tresen zu Joe hinüber, der sie mit einem Zwinkern entgegennimmt. In diesem Moment beginnt die Band ihren ersten Song zu spielen.

Es ist *Leader of the Pack*, dieser auf eine komische Art dramatische Song von den Shangri-Las. Das Schlagzeug und die Gitarre eröffnen die Musik, und Madeleine tritt vor das Publikum – so selbstbewusst, wie ich sie nie zuvor gesehen habe. Amy geht zu ihr hinüber, wohl um die Eingangssequenz mit ihr zu sprechen, und Madeleine singt.

Das Publikum ist begeistert, als der Song endet.

Nachdem der Applaus und die Pfiffe verklungen sind, beginnt Madeleine, a cappella zu singen.

»Birds flying high, you know how I feel …«

Es ist *Feeling good* von Nina Simone in einer rockigen Popversion. Die Zuschauer sind gebannt.

Pia raunt mir ins Ohr: »Wir sollten das auf YouTube hochladen. Sie ist ein richtiger Superstar.« Ich nicke. Das ist sie total.

Heute Abend haut mich Madeleines Stimme absolut um, mehr denn jemals zuvor. Wenn Madeleine singt, lächelt man unwillkürlich.

Ich werfe einen Blick hinter die Theke und sehe, dass Joe gerade sein Handy checkt. »Fock«, murmelt er. So klingt *Fuck* in seinem Dialekt.

»Alles okay?«, frage ich.

Nach dem, was wir gerade gemeinsam durchgestanden haben, kommt es mir so vor, als wären wir zwei alte Kriegskameraden. Wahrscheinlich hat Joe eine posttraumatische Belastungsstörung. Ich weiß, dass ich eine habe.

Joe schüttelt den Kopf. »Meine Aushilfe hat mich im Stich gelassen. Sie hat gerade per SMS gekündigt. Und mein Boss hat angedeutet, dass er die Kneipe verkaufen will. Noch so ein beschissener Abend und nicht genug Personal, und das Fass wird endgültig überlaufen. Dann war's das mit der Destille.«

Ich lasse meinen Blick durch den Raum wandern. Würde es jemanden kümmern, wenn dieser Laden hier dichtmachen würde? Natürlich sage ich das nicht. »Ich wette, du findest ganz schnell einen Job in einer anderen Bar.«

»Das ist nicht das …« Joe seufzt, schnappt sich eine Limette und schneidet sie flink in Schnitze. »Die Destille existiert seit 1891 als Kneipe, mehr als das, als *irische* Kneipe. Sie atmet Geschichte, weißt du? In Brooklyn atmet nichts mehr echte Geschichte. Alles ist neu und glänzt. Ich weiß, dass die Destille eine Bruchbude ist, aber … sie hat eine Seele. Es lohnt sich, um sie zu kämpfen.«

Ich sehe mich mit neuen Augen in der Kneipe um. Vielleicht hat Joe recht. Die Destille hat wirklich Charakter. Sie braucht nur ein bisschen Zuwendung und Aufmerksamkeit, mehr nicht.

»Ich kann einspringen.« Die Worte sind heraus, bevor ich sie überhaupt zu Ende gedacht habe.

»Du?« Joe sieht mich an.

»Ich kann heute Abend deine Notfallaushilfe sein.« Dieses Mal klingt meine Stimme lauter, kräftiger. Ich glaube fast selbst an mich.

»Wirklich? Warte, wie heißt du noch mal? Wie alt bist du? Hast du Thekenerfahrung?«

»Ich heiße Coco Russotti. Ich bin einundzwanzig. Berufliche Erfahrung hab ich nur als Erzieherin. Aber kann Kellnern schwerer sein, als kleinen Kindern hinterherzurennen?«

Tatsächlich ist Kellnern viel schwerer, als kleinen Kindern hinterherzurennen, das stelle ich ziemlich schnell fest. Doch Joe hilft mir. Er zeigt mir, wo die am häufigsten bestellten Getränke stehen, wie man die Kasse bedient und wo ich mein Trinkgeld aufbewahren kann.

Nach einer Stunde komme ich zu dem Schluss, dass die Arbeit hinter der Theke großartig ist. Es ist wie ein Ausgehabend, nur ohne das stressige Zeug. Ich hab Spaß – Madeleine und ihre Band, Pia und Angie, die zusammen abrocken, Julia, die alles abklatscht, was einen Puls hat, und ich brauch mir keine Gedanken zu machen, dass ich das Falsche tun oder sagen könnte. Tatsächlich hab ich mehr Spaß als bei einem Ausgehabend, vielleicht mehr als jemals zuvor.

Als Spector den ersten Part beendet und eine Pause macht, setzen Pia, Angie und Julia sich wieder auf ihre Barhocker. Sie tun so, als würde ihnen der Laden gehören.

»Was hat es mit den Bärten auf sich, Jungs?«, fragt Angie zwei zu coole vollbärtige Brooklyner. »Ist euch bewusst, dass ihr ausseht wie Statisten in einem Film über den Goldrausch? Ich kann euch mit diesem Gestrüpp im Gesicht nicht mal auseinanderhalten.«

»Und was soll der Männerdutt? Wünschst du dir heimlich, eine Ballerina zu sein?«, fragt Pia. »Und du, was ist mit deinem Holzfällerhemd und der Trappermütze? Wie nennt man das, lumbersexuell?«

»Vielleicht soll das symbolisieren, dass man nicht für einen Boss arbeitet«, sagt Angie. »Wow, ihr seid so unabhängige Denker. Nur dass ihr beide identisch seid.«

»Hart«, murmelt der Kerl mit dem Männerdutt.

»Voll hart«, bekräftigt sein Kumpel mit dem Holzfällerhemd und der Trappermütze.

»Ich arbeite für einen Boss«, sagt Julia und erhebt ihr Glas. »Und ich gebe einen Scheiß darauf. Ups! Meine Handtasche ist runtergefallen. Oh, vielen Dank …« Sie sieht den großen, süßen, sehr glatt rasierten Mann im Anzug an, der ihre Tasche aufgehoben hat. »Noch eine Firmenhure! Hübscher Anzug! Was zum Teufel machst du hier in Brooklyn?«

Statt Julia zu antworten, hebt er beide Hände, um sie abzuklatschen.

»Hey!«, sagt Angie zu Männerdutt. »Nur weil du mit deiner femininen Seite in Kontakt bist, heißt das nicht, dass du mir an den Arsch fassen kannst. Verzieh dich.«

Joe sieht von seiner Limettenschnibbelei auf. »Alles okay? Belästigt der Kerl dich?«

»Alles gut, Ire«, erwidert Angie und dreht sich wieder der Bühne zu.

Das Publikum macht gerade für Madeleine einen Weg zur Bar frei. Schon lustig, dass Madeleine von fast so etwas wie einer kleinen Staraura umgeben ist, selbst wenn sie nicht auf der Bühne steht. Die Leute starren sie an, ein paar Männer versuchen, näher an sie heranzukommen. Wow. Madeleine hat Groupies.

»Joe, kann ich bitte eine Cola light haben?«, sagt sie. »Coco? Arbeitest du jetzt hier?«

»Allerdings«, antworte ich.

»Sie ist die beste Notfallaushilfe aller Zeiten«, sagt Joe. »Coco, möchtest du hier nicht richtig anfangen?«

»Ja.« Meine Stimme klingt piepsig. Verdammt.

Joe runzelt die Stirn. »Bist du sicher, dass du den Anforderungen gewachsen bist? Die Schichten sind lang, die Arbeit ist hart, und die Gäste sind … das Letzte.« Er grinst in die Runde an der Theke, so charmant, dass seine Worte wie ein Kompliment klingen. »Man muss furchtlos sein. Bist du furchtlos, Coco?«

Ich öffne den Mund, um Ja zu sagen, doch dann huscht mein Blick in Richtung Eingang, und ich verliere schlagartig meine Stimme.

Weil Ethan, mein Freund Ethan, mein *untreuer* Freund Ethan, endlich eingetroffen ist.

Er lächelt auf seine selbstgefällige Art. Mit seinem grünen Rucksack, den Reißverschluss seiner braunen Windjacke bis zum Kinn hochgezogen, die Haare flaumig wie immer, sieht er aus, als wäre alles in bester Ordnung. Als hätte er mich nicht in der vergangenen Woche betrogen.

Ich vergesse, Joe zu antworten, und wirbele um hundertachtzig Grad herum, versuche, tief durchzuatmen. Die ganze Woche habe ich mich hinter meinem Handy versteckt und kein einziges Mal darüber nachgedacht, wie es sich anfühlen würde, wenn ich Ethan wiedersehen würde.

Es fühlt sich schlimm an. Richtig schlimm.

Aber Augenblick, warum zum Teufel kriege ich hier eigentlich die Krise? Ich habe Ethan schließlich eingeladen. Das ist Teil des Racheplans, den Angie und ich auf der Vordertreppe geschmiedet haben. Nur ... Ich kann es nicht tun ... Ich kann nicht, ich kann nicht ...

Doch, du kannst, Coco. Du hast die Kontrolle.

Wieder diese Stimme. Dieses Feuer.

Du wirst mit Ethan fertig. Du kannst mit allem fertigwerden, Coco.

Als ich mich schließlich umdrehe, steht Ethan wichtigtuerisch zwischen Angie und Pia. Seinen Rucksack hat er abgestreift, die Jacke geöffnet.

»Hallo, Mademoiselle!«, ruft er unnötig laut und angeberisch. »Du servierst an der Bar? Fabelhaft! Ich bekomme einen Chenin blanc!«

»Das hier ist eine Whiskeybar.« Meine Stimme ist kaum lauter als ein Flüstern.

Ethan klatscht in die Hände. »Exzellent! Barkeeper, ein Fass von eurem edelsten Whiskey!«

Gott, war er schon immer so ein Dummschwätzer? Was zum Teufel hab ich mir bloß dabei gedacht, mit ihm auszugehen?

»Was willst du trinken?«, fragt Joe.

Ethan wirft sich in die Brust, um sich auf eine Rede vorzubereiten. »Natürlich einen schottischen Tropfen, vorzugsweise Islay ...«

»*Natürlich?*«, unterbricht Joe ihn. »In Irland wird auch Whiskey gebraut.«

»Irischer Whiskey?« Ethan rümpft die Nase und sieht sich mit plötzlicher Abscheu in der Bar um. »Ich hab gelesen, dass ...«

»Verschwinde«, sage ich. Meine Stimme ist plötzlich laut und klar.

»Was?«

»Du hast mich betrogen. Ich hab es gesehen.« An der Theke wird es ganz still, alle spitzen die Ohren. Meine Mitbewohnerinnen, Joe und ein Dutzend fremde Leute, aber es kümmert mich nicht. »Du hast letztes Wochenende in der Lobby dieses Hotels eine andere geküsst.«

»Sie ... nein ...«, stammelt Ethan und wird knallrot.

»Spar die die Lügen. Es ist aus, Ethan. Ich mache Schluss mit dir.« Meine Stimme zittert, und aus irgendeinem unerfindlichen Grund steigen mir Tränen in die Augen. Ich zwinkere sie rasch weg. Das ist jetzt nicht der richtige Zeitpunkt, um zu weinen. Das ist der richtige Zeitpunkt, um wütend zu sein. Mein ganzer Körper steht unter Strom, vor lauter Schock darüber, dass ich das hier durchziehe, und ich brenne förmlich darauf, das zu sagen, was zum Kuckuck ich sagen will. »Also, schieb deinen beschissenen Arsch aus dieser Bar und sprich mich nie wieder an.«

»Wie kannst du es wagen …«

»Wie kannst *du* es wagen?«, fährt Julia ihn an. »Du hast meine wunderbare kleine Schwester hintergangen, du mieser kleiner Mistkerl.«

»Ich …«

»Verpiss dich, Arschloch.« Julia schüttet Ethan ihren Drink ins Gesicht.

Platsch.

Einen Moment lang verstummt der ganze Laden. Nur einen Sekundenbruchteil später schüttet auch Angie ihm ihren Drink ins Gesicht und dann Pia. Und schließlich folgt Madeleine mit ihrem vollen Glas Cola light.

Ethan nimmt sich nicht einmal Zeit, sein Gesicht abzuwischen. Er schnappt sich seinen Rucksack und rennt aus der Bar.

Kaum schlägt die Tür hinter ihm zu, bricht der ganze Raum in Applaus aus.

»Gott, die Leute lieben so ein bisschen Kneipentheater«, sagt Angie.

Ich kann nicht aufhören zu lächeln. In diesem Moment liebe ich jeden und alles in dieser Bar. Ich liebe die ganze Welt. So fühlt es sich an zu siegen.

Joe beugt sich zu mir herunter. »Gute Arbeit.«

Ich grinse ihn an. »Sorry wegen des Dramas.«

»Mach dir deswegen keinen Kopf. Hättest du dieses Arschloch nicht rausgeschmissen, weil er fremdgegangen ist, hätte ich es getan, weil er den irischen Whiskey schlechtgemacht hat.«

Joe hält zwei kleine Schnapsgläser hoch, die mit Whiskey gefüllt sind.

»Lass uns auf deine Trennung anstoßen. Das ist nie eine schlechte Entscheidung.«

»Eine Trennung ist nie eine schlechte Entscheidung«, wiederhole ich und nehme mein Glas entgegen.

»Das ist ein Kilbeggan. Weich, warm. Ein milder Whiskey für Ersttäter.«

Ich setze mein Glas an die Lippen und versuche, den Blickkontakt mit Joe aufrechtzuerhalten, während wir beide trinken.

Der Whiskey geht mühelos hinunter. Im nächsten Augenblick muss ich fürchterlich husten. »Das nennst du mild?«

Joe grinst. »Du wirst dich an ihn gewöhnen. Gib ihm Zeit. Willkommen in der Destille. Du bist eingestellt.«

Kapitel 8

»Ratet mal, wer letzte Nacht flachgelegt wurde?« Julia kommt in das Wohnzimmer gehüpft und lässt sich zwischen Angie und mir auf die Couch plumpsen. »Moi!«

»Ihh«, sagt Angie. »Hast du geduscht?«

Julia schlingt ihre Arme um Angie und reibt ihre Nase an deren Wange. »Nein.«

»Alter. Du stinkst nach Mann.«

Es ist Samstagvormittag, und ich sitze vor dem Fernseher und kümmere mich um meine Facebook-Seite, Angie näht Vintageknöpfe an eine Jacke, die sie selbst entworfen hat. Es war so einfach, sich von Ethan zu entfreunden und von allen anderen, die ich durch ihn kennengelernt habe. Es ist, als hätte er nie existiert. Ich kann nicht glauben, dass ich ihm überhaupt erlaubt habe, mich zu küssen, denke ich, fahre meinen Laptop mit einem entschlossenen »Und tschüs!« herunter und richte meine Aufmerksamkeit dann auf die Mädels.

Gleich darauf hören wir, dass die Haustür ins Schloss fällt. Angie und ich schauen rasch aus dem Fenster und sehen einen Kerl, der leichtfüßig die Vordertreppe hinunterspringt.

»Ist er das? Wie heißt er?«

»Warum hast du deine Eroberung nicht gefragt, ob sie mit uns frühstücken will?«

»Weil ich nicht zu dieser Sorte Frauen gehöre. Sein Name ist Peter. Und er war großartig.«

»Peter der Große?« Angie prustet los.

Julia seufzt zufrieden. Ihr Gesicht ist vom Küssen gerötet, ihre Haare sind verfilzt, und ihre Augen sind glasig vor Glück und Restalkohol. »Was machst du da, Angelique? Das ist hier ja wie in *Unsere kleine Farm* … Diese ganze verdammten Handarbeit und Beschaulichkeit.«

Angie grinst. »Ernsthaft, geh dich duschen. Ich könnte schwanger werden, nur weil du neben mir sitzt.«

»Ach, so geht das also?«, erwidert Julia und beißt mit gespielter Naivität auf ihren kleinen Finger.

Angie zieht eine Augenbraue hoch und setzt gerade zu einer Antwort an, als Pia und Madeleine hereinkommen, frisch, beziehungsweise nicht so frisch vom SoulCycle. »O Gott«, ruft sie stattdessen. »Erzählt mir nicht, wie toll ihr euren verdammten Spinning-Kurs findet. Ich will es gar nicht hören.«

»Ernsthaft, Angie, der Kurs ist klasse«, erwidert Pia. Sie strotzt vor Gesundheit. »Sport ist das beste Mittel gegen einen Kater.«

Angie widmet sich wieder ihrer Jacke. »Vergiss es.«

Madeleine dehnt sich und bringt mit bemerkenswerter Leichtigkeit ihre Stirn an ihre Knie. Dann richtet sie sich wieder auf. »Ich geh duschen.«

»Nein! Ich muss zuerst!«, ruft Julia. »Ich stinke nach Peter dem Großen!«

Die beiden stürmen los und drängen hinaus in die Diele. Madeleine gewinnt das Wettrennen mühelos, sie jagt schadenfroh die Treppe hoch. Im Haus gibt es eigentlich zwei Badezimmer, aber nur eine Dusche funktioniert wirklich gut. Wenn beide Duschen gleichzeitig in Betrieb sind, hat das zudem böse Auswirkungen auf den Wasserdruck, sprich, er fällt rapide.

»Warum lächelst du?«, fragt Pia mich.

Ich hebe den Kopf. »Tue ich das?«

Als ich heute Morgen wach wurde, dachte ich sofort an die Destille und an meinen neuen Job und an Joe, meinen neuen Chef. Ich schätze, seitdem lächle ich ununterbrochen. Ich bin in Hochstimmung. Mein Problem mit Ethan hat sich erledigt. Mein Problem mit der Arbeit hat sich erledigt. Was bedeutet, dass ich die ersten, die beiden wichtigsten Schritte gemacht habe, um mein Leben zu ändern.

Das sage ich natürlich nicht laut. Ich bin halt … Ich bin halt nicht so. Ich zapple nur vor Freude ein bisschen auf meinem Platz herum, bis Angie mir von der Seite einen Blick zuwirft.

Pia dehnt sich vor dem Fernseher mit beträchtlich weniger Eleganz als Madeleine.

»Warum machst du überhaupt Sport, Pia? Du hast es gar nicht nötig abzunehmen«, sage ich.

»Beim Sport geht es nicht immer nur ums Abnehmen, Coco. Das Training gibt mir das Gefühl, mein Leben besser unter Kontrolle zu haben«, erwidert Pia, während sie den nach unten schauenden Hund macht. »Es ist harte Arbeit, eine Fernbeziehung und eine Karriere aufrechtzuerhalten. Regelmäßiger Sport hilft mir als Highperformerin, mit dem ständigen Druck klarzukommen.«

Angie wechselt einen Blick mit mir und formt mit den Lippen »Highperformerin?«. Ich versuche, nicht zu lachen, aber mir entweicht trotzdem ein Prusten.

»Wie dem auch sei, Bitches.« Pia winkelt ein Bein an und zieht es mit einer Hand an den Po, eine ganz schön wacklige Angelegenheit. »Der Punkt ist, dass ich mir keine Gedanken mehr über Aidan mache. Ich konzentriere mich auf meine Karriere. Ich habe heute ein wichtiges Treffen mit diesem Großgastronom. Er heißt Ray, und er überlegt, mit mir als Partner ein neues Food-Truck-Projekt zu starten. Also werde ich nachher mit ihm auf das Food-Truck-Festival gehen und … Scheiße!«

Pia fällt mit einem Quieken um, und Angie muss so sehr lachen, dass sie von der Couch rutscht.

Genau das liebe ich. Ich liebe es, wenn wir alle zusammen sind, als wäre nie etwas Schlimmes passiert oder als würde nie etwas Schlimmes passieren. Ich liebe es, wenn wir lustig und albern sind. Ich will nicht, dass sich das jemals ändert, auf keinen Fall.

In diesem Moment läutet es an der Tür. Ich hüpfe los, um zu öffnen.

Es ist Vic, zusammen mit einer Frau, die ich nicht kenne. Sie ist vielleicht Ende vierzig oder Anfang fünfzig, so genau kann ich das nicht sagen, und wahrscheinlich die Tochter von Vics Schwester Marie, weil sie praktisch Maries Ebenbild ist: klein, stark und schelmisch.

»Coco!«, sagt Vic. »Das ist meine Nichte Samantha. Das schlaue Mädchen, von dem ich dir erzählt habe.«

Samantha gibt mir die Hand. Ich bin nie auf Handshakes vorbereitet, meine Hand ist feucht, mein Händedruck nicht fest genug.

»Hallo, Coco. Ich habe gehofft, dass ich kurz mit Ihnen und Ihren Mitbewohnerinnen reden kann. Sind denn alle zu Hause?«

»Julia und Madeleine sind oben im Bad«, sage ich. Ich füge nicht hinzu, dass Julia gerade duscht, weil sie nach dem Penis von Peter dem Großen riecht.

»Wir können warten«, sagt Vic. »Gibt es heute zufällig Muffins, Coco?«

»Oh, nein, tut mir leid, ich bin dieses Wochenende nicht zum Backen gekommen«, entschuldige ich mich. Ausnahmsweise einmal kam es mir gar nicht in den Sinn zu backen. »Ich gebe Julia kurz Bescheid.«

Ich laufe so schnell ich kann die Treppe hoch und stürme in Julias Zimmer. Ohne anzuklopfen. Julia liegt in ein Handtuch gewickelt, mit geschlossenen Augen auf ihrem Bett und kuschelt Wange an Wange mit Bubu, ihrem alten Teddybär. Meine Mutter hat früher immer erzählt, dass Julia, als sie noch klein war, den Namen Bruno nicht richtig aussprechen konnte, und so blieb es bei Bubu.

»Julia! Vic ist unten. Er ist mit seiner Nichte gekommen.«

Julia setzt sich kerzengerade auf und starrt mich an. »Was? Oh. Vic. Und?«

»Sie möchten etwas mit uns besprechen. Ich denke, es ist wichtig.«

»Mist.« Julias Kater hat ihr postkoitales Strahlen zum Verblassen gebracht. Sie sieht furchtbar aus. »Ich warte immer noch darauf, dass Madeleine das Bad freimacht. Ich brauche zehn Minuten. Mindestens. Ich bin gerade nicht in der Lage, mich schnell zu bewegen, Coco. Treib mich nicht zur Eile.«

Es klopft an der Tür. »Die Dusche ist frei!«, ruft Madeleine.

»Unterhalte die beiden unten«, sagt Julia. »Ich mache, so schnell ich kann.«

Zehn Minuten später sitzen wir alle draußen auf unserer Terrasse, die auf Vics Garten hinauszeigt, bei Kaffee und selbst gebackenen Ingwerplätzchen. Seltsamerweise kehrt meine lähmende Schüchternheit in Samanthas Anwesenheit zurück. Manche Menschen sind einfach einschüchternder als andere.

»Ich sehe die Familienähnlichkeit, Samantha«, sagt Angie und zündet sich eine Zigarette an. »Sie haben die gleichen hübschen Wimpern wie Vic.«

Samantha lacht. Ich wünschte, ich könnte so locker und charmant sein wie Angie. Angie ist nie schüchtern. Sie öffnet einfach ihren Mund und sagt etwas Cooles, und alle finden sie großartig.

»Hey, Vic, ich wollte nachher für uns alle Lasagne holen«, sagt Pia. »Soll ich eine Portion …«

»Auf keinen Fall!«, fällt Samantha dazwischen. »Er bekommt heute Abend gegrilltes Hühnchen und gedünstete grüne Bohnen.«

Alle lachen.

Verdammt sollst du sein, müheloser Smalltalk, warum entziehst du dich mir immer?

Ich sollte etwas sagen.

Hör auf zu überlegen, Coco. Tu endlich was.

Ich räuspere mich, und alle sehen mich an. Aber ich habe im Grunde nichts zu sagen.

In diesem Moment kommt, Gott sei Dank, Madeleine zu uns heraus, ihre Haare sind noch feucht vom Duschen. Wie fast immer trägt sie Jeans und ein langärmliges

T-Shirt. Sie zieht nicht einmal im Hochsommer etwas Kurzärmliges an.

»Hallo zusammen«, sagt sie. »Ich mache mir nur kurz einen Kräutertee und bin dann gleich wieder da.«

»Also, Coco, Sie arbeiten in einer Vorschule, richtig?«, sagt Samantha.

»Äh …« Ich nehme einen Schluck von meinem Kaffee, um Zeit zu gewinnen, und schaue hoch in den blauen Himmel. Er strahlt in diesem erfrischenden Vormittagsblau, das einen superheißen Nachmittag verspricht. Im Moment fühlt sich der Tag jedoch noch neu an. »Um ehrlich zu sein habe ich gestern gekündigt. Und gestern Abend hab ich einen Job in einer Bar bekommen.« Ich sehe Vic vielsagend an. Er weiß es ja noch nicht.

»Erzieherin – das ist ein harter Beruf«, sagt Samantha. »Alle denken, man müsste nur singen und fröhlich sein, aber das ist falsch. Die Arbeit ist anspruchsvoll und anstrengend.« Ich sehe sie neugierig an. »Ich habe früher an einer Vorschule unterrichtet«, fährt sie fort. »Mir ist allerdings ziemlich schnell klar geworden, dass das nicht das Richtige für mich ist, also bin ich zurück an die Uni und habe noch einmal von vorn angefangen.«

»Wirklich?« Ich bin erstaunt. Ich habe noch nie von jemandem gehört, der so etwas getan hat. Ich meine, sicher, es gibt Graduate Schools und Medical Schools und was weiß ich, um weiterzustudieren. Aber noch einmal ganz von vorn anfangen? »Sie meinen, Sie haben … einen neuen Versuch gestartet?«

Samantha lacht. »Ja. So ungefähr.«

»Ich weiß nicht einmal, was ich machen würde«, sage ich. »Also was ich studieren würde.«

»Hast du schon mal über die Möglichkeiten nachgedacht?«, fragt Vic.

Plötzlich sehen mich alle an.

Seit wann ist das hier eine Beratungsstunde über Cocos berufliche Zukunft? Ich versuche, die Frage zu ignorieren, doch sie wirken alle so offen und wohlwollend, während sie auf meine Antwort warten.

Und dann, wie aus dem Nichts heraus, kommt die Wahrheit. »Na ja … Ich denke, ich würde gern Literatur studieren. Nur – was für einen Job soll ich später damit bekommen?«

Samantha lächelt und breitet ihre Arme aus. »Es gibt eine Million Möglichkeiten.«

»Ich will keine Möglichkeiten«, sage ich. »Ich will es wissen.«

Samantha lacht, als hätte ich etwas Saukomisches gesagt. »Sie werden es mit der Zeit herausfinden, so wie wir alle es herausgefunden haben.«

Ich starre Samantha einen Moment lang an und versuche, ihre Worte zu verarbeiten.

Ich werde es mit der Zeit herausfinden? Das habe ich in unserer Familie noch nie gesagt bekommen. Das Credo meines Vaters lautet, dass man wissen muss, was man will, um es dann zu verwirklichen. Genau so macht Julia das immer. Und wenn man es nicht weiß, dann wird einem ein anderer sagen, was man will. Ich erinnere mich, dass ich mich damals im Internet über diverse Universitäten informiert und eine ganz seltsame Mischung aus Sehnsucht und Angst verspürt habe. Es war das, was ich mir am meisten gewünscht und wovor ich mich am meisten gefürchtet habe. Aber Dad und Julia waren der

Meinung, ich sei an einer Uni nicht gut aufgehoben, ich bräuchte etwas Kleineres, Einfacheres, etwas, das mich nicht überforderte.

In Wahrheit halten sie mich nicht für intelligent genug. Und ich bin immer davon ausgegangen, dass sie recht hatten. Warum habe ich auf sie gehört? Warum habe ich ihnen nicht gesagt, was *ich* wollte?

Weil ich nicht wusste, wie.

Vielleicht kann ich ja jetzt aufs College gehen …

Leider müsste ich dafür die WG und meine Freundinnen verlassen. Es wäre ein kompletter Neuanfang, in jeder erdenklichen Hinsicht. Ich müsste mir ein College aussuchen und mir mit jemandem ein Zimmer teilen und neue Leute kennenlernen. O Gott, wahrscheinlich würden die anderen mich von Anfang an ablehnen. Niemand würde mit mir befreundet sein wollen, und man würde mich zu keiner Party einladen. Es würde extremer als in der Highschool sein. Und am Schluss würde ich durch die Prüfung rasseln, und die ganze Sache wäre ein weiterer peinlicher Fehlgriff. Und es wäre alles meine Schuld.

Wie lange schon starre ich in die Luft und überlege? Samantha und Vic sehen mich immer noch an. Angie zupft Mascara aus ihren Wimpern, und Pia schreibt eine SMS.

Ich zwinge mich für Samantha zu einem Lächeln. »Danke. Aber im Moment fühle ich mich wohl, so wie es ist.«

»Samantha!« Julia kommt mit frisch gewaschenen, noch feuchten Haaren, in Shorts und einem überraschend offenherzigen, ärmellosen Top aus der Küche. »Wie schön, dass wir uns mal treffen! Hallo, Vic!«

»Hallo, Julia«, erwidert Vic. Er muss grinsen, wohl wegen ihrer blutunterlaufenen Augen und ihrer immer noch geröteten Gesichtshaut. »War wohl eine lange Nacht, was?«

»Wie bitte? Nein.« Julia kann Vic nicht in die Augen schauen. Wir Russottis sind keine guten Lügner.

Samantha kommt direkt zur Sache. »Okay, Mädels, ich bin hier, um euch um Hilfe zu bitten. Ein paar von meinen Doktoranden machen gerade eine Studie über Millennials.«

»Millennials?«, fragt Vic.

»Das sind wir!«, ruft Pia. »Leute, die in den Achtzigern und Neunzigern geboren sind.«

»Richtig.« Samantha nickt. »Und ich möchte euch alle einladen, bei uns vorbeizukommen und uns zu erzählen, wie es ist, jung zu sein und in einer großen Stadt zu leben, beziehungsweise am Anfang eines Erwachsenenlebens zu stehen.«

»Es ist ätzend«, sagt Angie.

»Gehören Ihre Studenten nicht auch zu unserer Generation?«, fragt Julia.

»Ja, aber sie können die Fragen nicht unvoreingenommen und ehrlich beantworten«, sagt Samantha. »Diese miesen kleinen Lügner.« Wir sehen sie alle erschrocken an. »Das war ein Scherz! Wirklich, ich versuche nur, Leute aus vielen verschiedenen Bereichen zusammenzubekommen. Jeder Teilnehmer erhält hundert Dollar!«

»Ist das eine Falle?«, fragt Angie. »Wollen Sie uns als nutzlose, selbstsüchtige, verwöhnte Generation darstellen?«

»Angie!« Pia und Julia starren sie entsetzt an.

»Sorry, Samantha, aber so was ist nicht mein Ding.« Angie drückt ihre Zigarette aus und steht auf. »Ich bin keine Laborratte. Man kann mich nicht studieren.«

»Das ist eigentlich nicht …«

»Bis bald, Vic.« Angie gibt Vic ein Küsschen auf die Wange, und einen Moment später ist sie verschwunden.

Es entsteht ein betretenes Schweigen.

»Hm … Ich finde das cool«, sagt Julia.

»Ich auch«, sagt Pia, allerdings weniger überzeugend.

Samantha klatscht in die Hände, eine Geste, die mich an Vic erinnert. »Das freut mich, dass ihr so denkt! Gut, also, die Studie findet an einem Freitag im August statt …«

»Ich arbeite freitags immer«, sagt Madeleine. »Und ich muss jetzt leider los. Ich bin mit Amy verabredet. Viel Erfolg.«

Eine Sekunde später ist auch Madeleine verschwunden.

»Tut mir leid, Samantha«, sagt Pia. »Normalerweise würde ich mit Begeisterung jeden Vorwand nutzen, um eine Stunde lang über mich selbst zu reden, ich habe aber leider einen Job.«

Samantha sieht Julia und mich an. »Sieht so aus, als wärt nur noch ihr beide übrig.«

»Ich kann auch nicht teilnehmen. Ich muss arbeiten, ich …« Julia wird plötzlich ganz blass, als müsste sie sich gleich übergeben.

»Alles in Ordnung?«, fragt Samantha.

»Ich fühl mich komisch«, antwortet Julia leise.

Pia greift sofort nach Julias Handgelenk, um ihren Puls

zu fühlen, obwohl ich nicht verstehe, warum. Wäre Julia tot, hätten wir das sicher gemerkt. »Hast du heute schon was gegessen, Juju?«

»Ich hab nichts mehr gegessen seit …« Julia verstummt, als würde es ihr zu schwerfallen, den Satz zu beenden.

»Coco, hol rasch eine Cola«, sagt Vic zu mir, und ich eile in die Küche.

Als ich mit der Cola zurückkehre, liegt Julia ausgestreckt auf der Terrasse. Sie atmet sehr schnell, und ihre Lippen sind seltsam blau verfärbt.

»Sie ist in Ohnmacht gefallen!« Pia macht manchmal gern dramatische, offensichtliche Aussagen.

»Ich bin okay«, murmelt Julia mit geschlossenen Augen. »Ich fühl mich nur nicht besonders gut.« Sie nimmt einen Schluck von der Cola und hustet prompt, sodass sie das meiste wieder ausspuckt. »Ich hatte eine harte Woche … Ich bin nur … ein bisschen erschöpft.«

Vic schüttelt den Kopf. »Julia, nichts für ungut, aber auf Essen und auf Schlaf zu verzichten ist das Dümmste, was man machen kann.«

»Mein Chef sagt, Schlaf ist ein Bewusstseinszustand«, murmelt Julia.

Samantha wendet sich an mich. »Für welche Bank arbeitet Julia?«

Ich nenne ihr den Namen.

Samantha schürzt die Lippen. »Der Sohn unserer Nachbarn hat früher auch dort gearbeitet. Bis er einen Zusammenbruch hatte. Es ist nicht normal, so viele Stunden in der Woche zu arbeiten. Das ist gefährlich.«

Innerhalb von Minuten sieht Julia wieder normal aus. Blass, doch normal.

»Tut mir leid, Leute. Es geht mir gut, wirklich, ich bin okay. Ich werde mich heute einfach mal schonen.«

Vic seufzt und schaut auf seine Armbanduhr. »Wenn du wirklich sicher bist, dass du nicht ins Krankenhaus willst, dann sollten Samantha und ich uns jetzt wieder auf den Weg machen. Wir müssen nach Hoboken.«

»Samantha, ich würde Ihnen ja liebend gern bei Ihrer Studie helfen, aber ich habe einfach nicht die Zeit dafür«, sagt Julia. »Coco kann mitmachen.«

Kann ich? Instinktiv würde ich am liebsten sagen: Nein, verdammt, kann ich nicht, ich hab auch ein Leben! Ich weiß allerdings nicht, weshalb ich das sagen sollte. Also nicke ich. Außerdem hat Julia recht. Ich habe tagsüber nichts zu tun. Und ein Hunderter extra klingt gut.

Samantha und ich tauschen unsere Handynummern aus. »Ausgezeichnet! Vielen Dank, Coco, ich kann es kaum erwarten!«

»Mädchen, ruh dich ein bisschen aus, okay?«, sagt Vic zu Julia und steht auf. »Und hör auf, die Nächte durchzumachen.«

Nachdem Vic und Samantha gegangen sind, kommt Angie wieder auf die Terrasse heraus und zündet sich eine Zigarette an.

»Die Dinger werden dich noch umbringen«, sagt Julia.

»Dann werde ich ewig leben, wenn ich damit aufhöre?«

»Jules, ich kann nicht glauben, dass du von zu viel Sex ohnmächtig geworden bist«, sagt Pia. »Mal im Ernst, wie groß ist er?«

»Ich bin nicht von zu viel Sex ohnmächtig geworden!«

Julia beginnt zu lachen. »Ich habe einfach zu wenig gegessen und geschlafen!«

»*Oh, mah Lord …*« Pia schlägt einen Tennessee-Williams-Südstaatenakzent an. »Die Wogen der Erschöpfung überwältigten mich nach einer rauschenden Liebesnacht …«

»Und ich zittere vor Wonne wie ein Magnolienstrauch in einem Sommersturm«, fügt Angie hinzu.

»Magnolien wachsen an Bäumen, du Dummliesel«, sagt Julia grinsend. »Es geht mir gut. Drama vorüber.«

»Solange ich in der Nähe bin, ist das Drama nie vorüber«, sagt Pia.

Dann klingelt mein Handy.

Joe. Aus der Destille.

Ich drehe den anderen rasch den Rücken zu, lasse es viermal klingeln, wie Pia es mich gelehrt hat, und melde mich dann so cool, wie ich kann.

»Hallo, hier ist Coco … Oh, hi, Joe!«

Angie stößt ein Juchzen aus, das in einem »Au!« endet, als hätte Pia ihr einen Schlag verpasst.

»Hey, Coco. Kannst du morgen Nachmittag um vier arbeiten kommen?«

»Klar«, sage ich.

»Danke, Coco. Du bist die Beste. Na ja, gleich nach meiner Mutter. Meine Mom ist die Allerbeste. Aber du kommst direkt an zweiter Stelle.«

Kurz darauf lege ich grinsend auf und drehe mich wieder zu den anderen um. Sie sehen mich alle erwartungsvoll an.

»Das klingt, als hätte jemand ein Date!«, sagt Pia.

»Viel besser«, sage ich. »Ich habe einen Job.«

Kapitel 9

Das Erste, was Joe macht, als ich zur Arbeit erscheine, ist, mir einen Zwanziger in die Hand zu drücken, damit ich Kaffee holen gehe.

»Eiskaffee, bitte«, sagt er. »Und einen Kuchen. Einen, der wie selbst gemacht schmeckt, aber maskulin aussieht, weißt du?«

»Einen maskulinen Kuchen«, wiederhole ich. »Was soll das bedeuten?«

»Ohne Zuckerguss natürlich«, erwidert Joe, als wäre es das Offensichtlichste der Welt. »Nimm einen von diesen Krümelkuchen, auf die ihr New Yorker so abfahrt. Weißt du, als mir hier das erste Mal ein Krümelkuchen angeboten wurde, habe ich gesagt: Was, nur ein Krümel Kuchen, habt ihr einen Knall?«

Auf meinem Weg mache ich einen kurzen Abstecher zu dem alten Haushaltswarengeschäft auf der Court Street, das es schon seit mehreren Generationen gibt, und kaufe dort Glühbirnen mit dem wärmsten Licht, das ich finden kann. Danach gehe ich ein Stück weiter zu einer alten italienischen Pasticceria. Es gibt keinen Krümelkuchen, aber ich kaufe ein paar Biscotti, weil ich finde, dass sie tough aussehen. Hoffentlich ist es das, was Joe sich vorstellt. Anschließend kehre ich in ausgelassener Stimmung mit meinen Einkäufen zurück in die Destille.

»Du findest Biscotti maskulin?«, fragt Joe zweifelnd.

»Jep«, sage ich. »Sie sind praktisch testosterongesteuert. Also, du brauchst einen besseren Reinigungsservice, und wir müssen dringend die Beleuchtung ändern.«

»Warum?« Joe beißt in ein Gebäckstück. »Autsch. Ist es Absicht, dass die Dinger wehtun?«

»Ja.« Ich versuche, so selbstsicher zu klingen wie meine Mitbewohnerinnen. »Joe, Frauen wünschen sich eine Beleuchtung, in der sie hübsch aussehen. Das Licht hier drinnen ist viel zu grell. Außerdem mögen wir Toiletten, die einem nicht das Gefühl geben, man könnte sich dort die Pest holen.«

Gemeinsam tauschen wir die Glühbirnen in der Bar aus, und plötzlich verwandelt sich die Destille wie durch Magie von kalt und unansehnlich in warm und charmant. Selbst die abgenutzte Theke wirkt nun richtig edel. Na ja, quasi edel.

»Ich fühle mich direkt hübscher«, sagt Joe und klimpert mit seinen Wimpern. »Wirklich. Fühlst du dich auch hübscher?«

Ich versuche, eine gute Antwort darauf zu finden, doch ich kichere nur albern. Verdammt, warum fallen mir keine lustigen Sprüche ein, wenn ich welche brauche?

Dann wechseln wir die Glühbirnen in der Toilette aus. (ich versuche, nicht an das Wachsdrama zu denken), und ich füge noch etwas anderes Hochnotwendiges hinzu, das ich ebenfalls in dem Haushaltswarengeschäft gekauft habe: einen Seifenspender, der an die Wand montiert wird. Meine bescheidenen Ersparnisse von meinem Gehalt als Erzieherin werden bei diesem Tempo bald aufgebraucht sein, aber zur Hölle damit. Ich habe plötzlich das Bedürfnis, alles zu tun, was in meiner Macht steht, damit die Destille eine Überlebenschance hat. Und das bedeutet eine anständige Toilette mit einer angenehmen Seife.

»Es sieht schon viel besser aus hier!«, frohlocke ich.

»Den hier habe ich neulich im Lager entdeckt«, sagt Joe, als wir wieder vorne in der Bar sind, und hält einen großen altmodischen Ventilator aus Metall hoch. »Wenn wir den dort hinten hinstellen und vorne das Fenster öffnen, wird die Luft hier drin vielleicht nicht mehr ganz so stickig sein, oder? Außerdem erinnert das Ding vom Design her an …«

»Industrial Chic.« Ich versuche, so zu klingen, als wüsste ich, wovon ich rede. »Super Idee.«

Als Nächstes setze ich mich an die Theke, und Joe weiht mich in die Kunst des Bartenderns ein. Er erklärt mir die Unterschiede zwischen den verschiedenen Whiskeysorten, die Kasse, welche Gläser wo stehen und wofür sie benutzt werden, wie die Eiswürfelmaschine funktioniert … Dann fordert er mich auf, zu ihm hinter die Theke zu kommen.

Nachdem ich eine Stunde lang selbstbewusst durch den Laden gewirbelt bin, um die Glühbirnen auszutauschen und weitere Verbesserungen zu planen, überkommt mich nun plötzlich eine seltsame Nervosität. Es hat etwas körperlich und emotional Intensives, mit Joe hinter der Theke zu stehen, während der Laden noch leer ist.

Es ist wirklich eng. Mir wird überdeutlich bewusst, wie nah wir die ganze Zeit nebeneinanderstehen, wo ich gerade hinschaue, was ich mit meinen Händen mache, der Umstand, dass ich Joe anscheinend ständig im Weg bin, wie groß er ist, wie … attraktiv. Ich meine, ich stehe nicht auf ihn. Wirklich nicht. Und trotzdem … In seiner Gegenwart bin ich irgendwie albern und … schüchtern. Irgendwann stelle ich fest, dass mir die Wangen wehtun vom vielen Lächeln. Was hat es damit auf sich?

Blöd.

Ich räuspere mich. »Das war's? Wir machen nur fünf Cocktails?«

»Nein, wir machen Dutzende von Cocktails, aber du kannst nicht mehr als fünf in einer Schicht lernen«, sagt Joe. »Außerdem müssen wir beide die fünf trinken, die wir gleich mixen werden. Mehr als fünf, und wir sind total strack.«

»Strack?«

Joe grinst. »Irischer Slang für ›betrunken‹.«

»Oh.«

Ich sehe ihn an. Sein dunkles Haar ist gewaschen, doch seit zwei Monaten überfällig für den Friseur. Und er trägt ein kariertes Flanellhemd wie ein Cowboy. Ich glaube mittlerweile, dass man als Mann ein kariertes Flanellhemd besitzen muss, wenn man in Brooklyn lebt. Das ist eine Art Gesetz.

»Strack heißt übrigens noch etwas anderes …« Er deutet auf seinen Schritt.

»Wie verwirrend«, sage ich und versuche, nicht hinzusehen.

»Allerdings. Okay, beginnen wir mit der Demonstration.« Joe schnappt sich ein Glas. »Coco, darf ich dich mit dem Whiskey Sour bekannt machen? Also, wir machen unseren Whiskey Sour, wie der liebe Gott es vorgesehen hat – mit frisch gepresstem Zitronensaft, Zuckersirup, Eis und einem guten Schuss Whiskey. Mit Wut geschüttelt, mit Liebe eingeschenkt …« Er schüttelt den Cocktailshaker heftig, bevor er dann vorsichtig den Deckel abnimmt und die schaumige Mischung in ein gekühltes Weckglas gießt. »Siehst du? Na los, koste.«

Ich nehme einen Schluck, und keuche auf. »Wow, ich meine, lecker, aber ganz schön sauer.« Ich zögere kurz. »Ich schätze, deshalb heißt er auch so. Whiskey Sour.«

»Richtig. Mein Gott, wie klug du bist.«

Ich unterdrücke ein Prusten. Joe nimmt selbst einen kräftigen Schluck von dem Whiskey Sour, gibt mir das Glas zurück und beginnt dann mit der nächsten Vorführung. Ich kann nicht glauben, dass er sich nur für mich diese ganze Mühe macht. Er ist so heiß und witzig und …

Konzentrier dich, Coco.

»Jetzt kommt der Old Fashioned. Ein Zuckerwürfel, Angosturabitter, Wasser, den Zuckerwürfel zerstoßen, alles zusammenmanschen …«

Er mahlt den Zuckerwürfel mit so einem tiefen Stirnrunzeln, dass ich lachen muss, und er blickt überrascht auf.

»Manschen ist nicht lustig. Manschen ist eine ernste Sache. Okay, nun kommt der Whiskey dazu und frisch gepresster O-Saft … Voilà. Koste.«

»Okay.«

Gleich darauf muss ich furchtbar husten. Der Cocktail schmeckt widerlich. »Uh, ein bisschen zu stark für meinen Geschmack.«

»Du wirst noch lernen, den Old Fashioned zu lieben.«

Er mixt schweigend den nächsten Cocktail, während ich ihm zusehe und versuche, mir alles einzuprägen.

»Nächste Kostprobe. Ein Rob Roy. Scotch, süßer Wermut, ein bisschen Angustorabitter und eine Maraschino-Kirsche.«

»Ich liebe Maraschino-Kirschen!« Ich nehme einen großen Schluck und spucke ihn sofort wieder in mein Glas zurück. »Bah! Der ist ja noch ekelhafter als der Old Fashioned!«

Joe lacht.

Ich schäme mich.

»O mein Gott, es tut mir so leid, das war nur … äh …« Ich stammle herum.

Sei still, Coco, sei endlich still.

»Vielleicht schmeckt dir der nächste besser. Ein Whiskey Smash. Frische Minze, eine Viertelzitrone und Zuckersirup. Alles stampfen …«

»Ist das ein Fachausdruck für zerstoßen? Stampfen?«

»Ja, du Schlaumeierin, das ist ein gastronomischer Fachausdruck.« Ich kichere und hickse gleichzeitig. Joe sieht mich an. »Bist du schon strack? Wahrscheinlich. Okay, den Stampf sieben, Whiskey dazu, Eis, voilà. Koste.«

Ich nehme das Glas und setze es an meine Lippen. Der Cocktail rinnt sehr leicht und erfrischend meine Kehle hinunter, und bevor ich es merke, habe ich fast das ganze Glas ausgetrunken.

»Das ist mein Favorit.« Ich fühle mich leicht benommen und albern. Betrunken! Während der Arbeit! Ich bin wirklich wild. Jedenfalls laut Pia.

Joe hält zwei Limetten hoch. »Ich denke, der nächste

wird dir noch besser schmecken. Es ist ein Rickey. Man nehme dafür den Saft zweier Limetten, füge Eis, Whiskey und Club Soda hinzu, und …« Er gibt mir das Glas, und ich nehme einen Schluck.

»Nein, ich fand den Whiskey Smash besser.« Ich gebe Joe das Glas zurück und trinke den restlichen Smash. »Lecker. Smash.«

»Ich glaube, du sagst nur gern Smash«, sagt Joe.

»Nein, nein, ich mag so gern Minze. In unserer Küche ziehe ich meine eigene Minze im Kräutertopf. Ich mag frische Kräuter.«

»So?« Joe nimmt einen Schluck von dem Rob Roy. »Ich mag auch Kräuter. Besonders Sauerkraut.«

»Solange du es nicht für den nächsten Cocktail verwendest.« Mein Kichern wird von einem Schluckauf unterbrochen. Und dann fange ich wieder an zu kichern.

»Du bist definitiv strack.« Joe klatscht sich an die Stirn. »Böser Joe. Böse. Okay, Coco, den nächsten Smash machst du dir selbst. Na los, trau dich. Du bist clever, du kannst das. Ich schau dir zu.«

Ich versuche, das Kichern lange genug zu unterdrücken, um einen Whiskey Smash zu mixen.

Beruhige dich, Coco.

Ich liebe Joes Art, scheinbar nichts allzu ernst zu nehmen. Und ich liebe die Art, wie er gesagt hat, dass ich clever sei. Wenn Leute mich für clever halten, fühle ich mich aus irgendeinem Grund auch clever, während Leute, die mich für dumm halten, mich dazu bringen, dumme Fehler zu machen. Ich frage mich, ob das normal ist.

»Warum bieten wir eigentlich keine Snacks an?«, frage ich und zerstoße den Zucker und die Minze.

»Es gibt hier keine Küche«, sagt Joe. »Ich habe versucht, Gary zu überreden, einen Popcorn-Automaten aufzustellen, aber er will nicht.«

»Das ist doch eine tolle Idee«, sage ich. »Ich nasche für mein Leben gern Popcorn! Am liebsten mit Meersalz und Dark Chocolate Chips.«

»Was hat es eigentlich mit dem Meersalz auf sich?«, fragt Joe. »Ich meine, bis vor ungefähr sechs Jahren habe ich noch nie was davon gehört. Du vielleicht? Womit hat man denn seine handgeschnittenen Pommes frites aus regionalen Kartoffeln gewürzt, bevor das Meersalz erfunden wurde?«

»Ich glaube, die andere Sorte nennt man Tafelsalz«, sage ich.

»Salz aus *Tafeln*?«

Ich glaube nicht, dass ich jemals mit einem Mann so viel gelacht habe. Ich kann nicht sagen, ob es an Joes irischem Akzent liegt oder am Alkohol. Wahrscheinlich ein bisschen an beidem.

In diesem Moment kommt ein älterer Mann in die Bar, und an seiner desinteressierten Art, mit der er sich an die Theke setzt, sehe ich, dass er nicht hier ist, um sich einen Drink zu genehmigen. Joe, plötzlich nervös, räumt rasch die Reste unserer Cocktaillehrstunde beiseite und stellt mich dann dem Besucher vor. Es ist Gary, der Besitzer der Destille.

Gary erwidert nicht einmal meinen Blick, er nimmt sein Handy heraus und beantwortet eine SMS, lässt dann ein tiefes Seufzen hören. Joe schenkt ihm unaufgefordert ein Seltzer mit Zitrone ein. Gary sieht aus wie ein ehemaliger Boxer, der zu viele Sandwiches in sich hineinstopft. Vorstehende Augen, schütteres helles Haar, ein unscheinbares Ziegenbärtchen, das nicht buschig genug ist für Brooklyn.

Gary nimmt einen kräftigen Schluck von seinem Seltzer, rülpst dann laut und hebt schließlich den Kopf. »Ich werde den Laden schließen.«

»Was?« Joe ist geschockt. »Warum? Gestern Abend war hier die Hölle los. Der Laden hat ein Riesenpotenzial, wenn wir Livemusik …«

»Leute, die wegen der Musik kommen, trinken keinen Whiskey«, sagt Gary im Brustton der Überzeugung.

»Wir könnten auch andere Getränke anbieten und die Auswahl erweitern …«

»Es gibt kein Wir, Joe. Es gibt nur mich. Der Laden gehört mir. Du bist nur der Geschäftsführer. Vergiss das nicht.«

Wow, Gary ist ein Arschloch.

Joe holt tief Luft, sichtlich bemüht, ruhig zu bleiben, und fragt schließlich: »Wann?«

»Nach dem Sommer. Ich werde die heißen Monate in meinem Haus in Nantucket verbringen. Meine Frau kriegt nämlich schon wieder ein beschissenes Baby. Sie weigert sich, in der Stadt zu bleiben.«

Hat er gerade *ein beschissenes Baby* gesagt? Was für ein Typ!

»Okay.« Joe zeigt plötzlich großes Interesse daran, bereits saubere Gläser zu polieren. »Danke, dass du mir Bescheid gesagt hast.«

Gary steht auf, trinkt sein Glas aus und verlässt die Bar, ohne sich zu verabschieden. Die Tür knallt hinter ihm zu.

Es entsteht ein langes Schweigen.

»Ich kann nicht glauben, dass es das war«, murmelt Joe schließlich. »Die Destille ist tot.«

»Vielleicht kauft sie jemand, der ihr Potenzial erkennt …« Meine Stimme verhallt im Nichts.

»Coco, niemand wird sich die Zahlen anschauen und diese Bar weiter betreiben. Man kann viel mehr Geld verdienen, wenn man die Eingeweide herausreißt und was ganz Neues daraus macht.«

Joe seufzt und massiert seinen Nasenrücken, eine Geste, die mich an Julia erinnert. Julia hat mir vorhin geschrieben, dass sie sich von Peter dem Großen erholt habe und nun mit Pia und Angie unterwegs sei, Madeleine und ihre Band proben im Haus. Normalerweise würde ich meine Zeit jetzt mit den Mädels verbringen, schätze ich, beziehungsweise bis vor Kurzem noch mit Ethan, der Monologe halten und mir Dinge erklären würde, die ich nicht wissen wollte. Aber ich bin froh, dass ich hier bin. Es fühlt sich an wie der richtige Ort für mich.

»Wenn ich jetzt einen Wunsch frei hätte, würde ich aus dieser Bar einen Erfolg machen«, sagt Joe schwermütig.

»Wenn ich jetzt einen Wunsch frei hätte, würde ich …« Ich verstumme. Ich kann Joe nicht die Wahrheit sagen. Er würde mich für dumm halten. Und ich habe nicht nur einen Wunsch, ich habe gleich drei. Ich möchte schlank sein. Ich möchte glücklich verliebt sein. Und ich möchte herausfinden, was ich mit dem Rest meines verdammten Lebens anstellen soll. Und ich habe keine Ahnung, wie ich einen dieser Wünsche verwirklichen kann. »Willst du auch noch einen Whiskey Smash?«, frage ich.

Joe grinst mich an. »Klar.«

Während ich den Cocktail mixe, nimmt Joe einen iPod aus seiner Gesäßtasche.

»Weißt du, was mich an Gary am meisten ärgert? Er kann mit Musik nichts anfangen. Er hat Spector nur hier auftreten lassen, weil er jemandem aus der Band einen Gefallen schuldet, der ihm mal mit Gras ausgeholfen hat.« Joe greift fährt die Anlage hoch. »Ich mag Gras nicht besonders. Aber ich mag verdammt noch mal Musik!«

Aus den Lautsprechern kommen die ersten Takte. »Das ist MGMT«, erklärt Joe. »*Time to pretend*.«

»Toller Song«, sage ich.

Joe sieht mich an. »Lass uns saufen, bis wir strack sind.«

Kapitel 10

Also saufen wir.

Als wir die Bar schließen, haben wir fast alle Whiskeysorten hinter der Theke durchprobiert, plus drei weitere Whiskey Smashes getrunken (ich) und vier weitere Rob Roys (Joe).

Im Laufe des Abends kommen immer wieder ein paar neue Gäste herein, allerdings verabschieden sich die alten Gäste wie aufs Stichwort. Was bedeutet, dass Joe und ich hinter der Theke nicht viel zu tun haben. Wir hören Musik, plaudern und, ihr wisst schon, saufen. Ich kann mich nicht erinnern, wann ich das letzte Mal so viel Spaß hatte.

Gegen Mitternacht, als die Bar schon über eine Stunde leer ist, beschließt Joe, Feierabend zu machen. Ich gehe auf die Toilette und merke, dass ich leicht schwanke, doch ich fühle mich angenehm benebelt. Ein bisschen beschwipst zu sein ist lustig. Aber es kommt mir auch unartig vor. Ich meine, ich bin immerhin auf der Arbeit.

»Ich dachte, Trunkenheit hinter der Theke wäre verboten«, sage ich, als Joe den Lagerraum abschließt und die Beleuchtung ausschaltet.

»Nein, nur Trunkenheit hinter dem Steuer«, erwidert er. »O Mann, ich hab vielleicht einen Kohldampf. Was hältst du von einem Nachtsnack?«

Während er mir die Tür aufhält, damit ich in die milde Juninacht hinaustreten kann, wird mir etwas bewusst.

Ich habe ein Date.

Gewissermaßen.

Ich bin in Begleitung eines Mannes, und wir gehen etwas essen, nachdem wir zusammen Cocktails getrunken haben. Das ergibt ein Date. Richtig? Richtig.

Schon lustig, in diesem fröhlichen, leicht berauschten Zustand herumzulaufen – es fühlt sich an, als würde es nicht lange dauern, um an jedes beliebige Ziel zu kommen. Wir sind auf dem Weg zu einem Diner mitten in Brooklyn, und Joe quetscht mich über meine Mitbewohnerinnen aus. Ich erzähle ihm von Pias Food-Truck-Imperium, von Julias schwerem Workaholismus, von Madeleines Spagat zwischen Buchhaltung und Rockmusik und von Angies aufstrebender Karriere als Modedesignerin. Es fällt mir nicht schwer, über meine Freundinnen zu reden. Und es ist weitaus interessanter, als über mich selbst zu reden. Außerdem amüsiere ich mich prächtig. Ich kann nicht aufhören zu lächeln.

Schließlich erreichen wir das Diner, einen schmuddeligen kleinen Imbiss mit unvorteilhaft greller Beleuchtung und aufgerissenen Kunstledersitzen. Wir setzen uns an die Theke.

»Zwei Disco Fritten, zwei Schokoshakes«, sagt Joe zu dem desinteressierten Kellner. Ich ziehe eine Augenbraue hoch. »Was ist? Ich komme ständig hierher. Darf ich nicht für dich bestellen?«

Mein altes Ich hätte einfach mit den Schultern gezuckt, Joes Bestellung akzeptiert und dann ohnehin kaum etwas davon angerührt. Ich habe in Ethans Gegenwart nie gegessen, weil ich mich gehemmt und dick gefühlt habe. Zur Hölle damit. Das hier ist mein neues Ich. Und ich möchte keine Disco Fritten und auch keinen Schokoshake.

»Ich bin eine erwachsene Frau. Ich möchte für mich selbst bestellen«, sage ich. »Ich nehme den French Toast mit Bananen und einen Black-and-white-Shake.«

»Was ist ein Black-and-white-Shake?«, fragt Joe.

»Vanilleeis, Schokoladensirup.«

»Klingt super. Ich nehme auch einen Black-and-white statt des Schoko. Aber ich bleibe bei den Fritten. Versuch nicht, einen Iren von seinen Kartoffeln fernzuhalten. Wir setzen uns notfalls mit Gewalt zur Wehr. Okay, Sir, haben Sie auch Kuchen?«

»Nein.«

»Kein Kuchen!«, ruft Joe in gespieltem Entsetzen. »Was für eine Schande. Na gut, dann eben nur die Fritten und den Shake.«

Der Kellner weigert sich, Joes albernes Geplänkel charmant zu finden, und macht sich mit Leichenbittermiene an die Arbeit. Ich dagegen bin total begeistert. Ich habe nur keine Idee, was ich erwidern soll.

Joe und ich verfallen in Schweigen.

Plötzlich fühle ich mich auf einen Schlag nüchtern. Wow, das hier ist tatsächlich ein Date. Ich habe gestern Abend mit Ethan Schluss gemacht, und heute habe ich schon ein Date!

Shit. Ich glaube nicht, dass ich bereit bin, vor diesem Mann etwas zu essen.

»Wie ist denn Angies Freund so?«, fragt Joe.

»Sam? Sam ist wunderbar.« Joe macht ein langes Gesicht. »Tut mir leid! Ich bin mir sicher, du hättest bei Angie gute Chancen, wenn Sam nicht wäre.«

Joe zuckt mit den Achseln. »Shit happens.«

Was soll's. Das hier ist doch kein Date. Joe steht auf Angie. Beziehungsweise würde er auf sie stehen, wenn sie verfügbar wäre. Was bedeutet, dass er nicht auf mich steht, zumindest nicht auf diese Art.

Nun, das macht die Sache wenigstens einfacher.

»Die Geschichte meines Lebens«, sagt Joe. »Ich bin nie zur richtigen Zeit am richtigen Ort.«

»Ich auch nicht«, sage ich. »Tatsächlich war alles falsch, was ich in meinem sogenannten Erwachsenenleben bisher getan habe. Ich bin einundzwanzig. Und ich habe bereits so viele Fehler gemacht.«

»Ich nenne das nicht Fehler«, sagt Joe. »Ich nenne das Erfahrungen fürs Leben.«

»Was denn zum Beispiel?« Ich kann nicht anders, als nachzufragen. »Was für Erfahrungen?«

»Zum Beispiel dass man jemanden liebt, der die Liebe nicht erwidert.«

Joe sagt es leichthin, als wäre es nicht peinlich. Ich schätze, das nennt man Selbstvertrauen.

»Äh … Das ist mir auch passiert«, sage ich.

»Keine Erfahrung im Leben, die man noch einmal machen möchte, richtig?« Joe grinst, während unsere Milchshakes serviert werden.

»Ich hab bis vor Kurzem in einem Beruf gearbeitet, den ich gehasst habe, weil mein Vater dachte, es wäre die richtige Wahl für mich«, sage ich. »Auch das ist keine Erfahrung, die ich noch einmal machen möchte.«

»Was möchtest du stattdessen beruflich machen?«

»Keine Ahnung«, sage ich. »Ich schätze, ich würde gern etwas mit Büchern machen. Aber das klingt einfach irgendwie dumm.«

»Für mich klingt das nicht dumm. Irgendjemand muss mit Büchern arbeiten. Sonst würden sie nicht existieren.«

»Hast du studiert?«, frage ich, um von mir abzulenken.

»Ja, habe ich. Und als ich fertig war, war Irland ein verdammtes Katastrophengebiet. Also hab ich angefangen zu kellnern, um meine Reisen zu finanzieren. Und bin schließlich hier gelandet.«

»Was hast du studiert?«

»Maschinenbau. Ich möchte nur kein Ingenieur sein.«

»Ich auch nicht!« Ich räuspere mich. »Ich meine, ich habe nicht Maschinenbau studiert, sondern frühkindliche Erziehung. Und ich will keine Erzieherin sein.«

»Ist echt Mist, wir zu sein.«

»Ja«, sage ich und füge dann hinzu, um Joe aufzuheitern: »Wenigstens liebst du die Arbeit hinter der Theke.«

»Ich liebe die Arbeit hinter der Theke? Nein, ich liebe die Bar. Das ist ein Unterschied. Aus diesem Grund habe ich versucht, sie in eine Musikkneipe umzuwandeln.« Joe massiert seine Schläfen. »Das klingt jetzt wahrscheinlich komisch, aber am liebsten würde ich Bands managen. Wenn ich eine gute Band live höre, kriege ich überall Gänsehaut, und mein Herz klopft schneller, und ich denke dann … ich denke … tja, keine Ahnung. Vielleicht geht es jedem so, der Musik liebt.« Er verstummt unsicher. »Und alle fanden Spector großartig, oder?«

»Ja! Das Konzert war toll!«

»Die Band hat unglaublich viel Potenzial. Sie sollten anfangen, eigene Songs zu schreiben, und sich überlegen, welche Message sie rüberbringen wollen, und ich könnte ihnen dabei helfen … Ich meine, ich denke, dass ich ihnen eine Hilfe sein könnte, weißt du? Als ihr Manager.« Joe wirkt plötzlich seltsam verletzlich. Ich würde ihn am liebsten in den Arm nehmen. »Madeleines Stimme ist ein echter Knaller.«

»Das sehe ich genauso«, sage ich. »Beschäftigen alle Bands einen Manager?«

»Nur die erfolgreichen.« Joe grinst, als hätte ich einen Scherz gemacht.

Ich werde plötzlich verlegen. »Das wusste ich nicht.«

Es gibt so vieles, das ich nicht weiß über das Leben. Mein Wissen beschränkt sich auf das, was mein Vater, meine Schwester und meine Lehrer mir beigebracht haben, was sie dachten, dass ich wissen sollte. Und sie sind nicht allwissend. Ich meine, natürlich sind sie nicht dumm. Sie sind sogar richtig klug. Aber die Welt ist einfach zu groß und zu chaotisch und zu kompliziert, als dass irgendjemand sie komplett durchschauen könnte.

Wie soll ich jemals herausfinden, was ich aus meinem Leben machen möchte, wenn ich nicht einmal weiß, welche Berufe es gibt? Wie soll ich meinen Weg finden?

»Scheiße! Ich kann nicht glauben, dass Gary den Laden tatsächlich dichtmacht.« Joe drückt seine Stirn auf die Resopaltheke. Ich verziehe das Gesicht. Die Theke blitzt nicht gerade vor Sauberkeit. »Er wird seine Meinung nicht ändern. Die Umsätze sind zu mies.«

»Wie wäre es, wenn du Gary beeindruckst und ihm in

den nächsten paar Monaten beweist, wie erfolgreich die Destille sein kann?«, sage ich. »Ich meine, wenn es dir gelingt, die Finanzen … äh … die Umsätze, die Zahlen, du weißt schon, was ich meine, ordentlich zu steigern. Dann muss Gary es sich noch einmal überlegen, oder nicht?«

Joe grinst. »Was denkst du, was ich die ganze Zeit mache? Ich hab mir den Arsch abgeschuftet für diese Cocktailkarte.«

»Oh.«

Wir unterbrechen unser Gespräch, weil nun unser Essen kommt. Zuerst macht es mich nervös, in Joes Gegenwart zu essen. Nachdem ich eine Minute lang auf winzig kleinen, unbefriedigenden Toaststückchen herumgekaut habe, entspanne ich mich jedoch. Und dann merke ich erst, wie hungrig ich bin.

»Gott, ich liebe die amerikanische Küche.« Joe seufzt glücklich und schaufelt sein Essen in sich hinein.

»Du liebst dieses Zeugs?«, frage ich und deute auf den matschig gewordenen French Toast und die fettigen Pommes frites.

»Ja. Total.« Joe nimmt einen Schluck von seinem Milchshake. »Ahhh … Black-and-white-Shake! Wo hast du dich mein ganzes Leben lang versteckt?« Er klingt so leidenschaftlich und dankbar, dass ich schon wieder lachen muss.

Als wir uns schließlich zum Gehen bereitmachen und ich mein Portemonnaie heraushole, lässt Joe mich nicht bezahlen, was mein »Ist es nun ein Date oder nicht?«-Dilemma unerwartet neu befeuert. »Ich bin dein Boss. Das ist meine Aufgabe«, erklärt er.

»Nein«, protestiere ich.

»Zu spät.« Er legt ein paar Scheine auf die Theke und nimmt dann meinen Arm. »Komm, ich bringe dich nach Hause.«

»Das brauchst du nicht«, sage ich.

»Ich bin dein Boss«, wiederholt er. »Sicherheit geht vor.«

Es ist definitiv kein Date. Das ist die klare Botschaft. Joe steht eher auf Angie als auf mich. Er ist mein Boss.

Wir gehen ein Stück. Die Frühlingsluft fühlt sich weich und warm an auf meiner Haut. Ich werfe von der Seite einen Blick auf Joe, auf seinen Fünftagebart und seine strubbeligen Haare. Er ist so unkompliziert. Ich fühle mich so wohl in seiner Gesellschaft. Vielleicht werden wir Freunde.

Mein allererster richtiger männlicher Kumpel. Abgesehen von Vic natürlich.

»Also, wo wohnst du?«

»In Carroll Gardens. Auf der Union Street«, sage ich.

»Du wohnst in *Brownstone*-Brooklyn?«, entgegnet Joe mit gespielter Bewunderung. »Gott, ist dir bewusst, wie viel besser dich das macht im Vergleich zu uns anderen?«

Ich lache. Ich habe heute Abend schon so viel gelacht, dass ich mich ganz euphorisch fühle. »Meine Schwester und ich haben dort ein Haus geerbt. Sonst könnten wir uns das nie leisten. Der alte Kasten ist schon etwas heruntergekommen, aber wir lieben ihn. Er fühlt sich an wie ein Zuhause.«

»Genau wie mein Apartment … Oh, warte. Nein, nein, mein Apartment fühlt sich gar nicht an wie ein Zuhause.

Es ist nämlich ein Drecksloch. Ich glaube, in der Anzeige stand sogar wörtlich Drecksloch.«

Ich pruste wieder los.

»Weißt du, wenn du lachst, erinnerst du mich an eine Leinwandgöttin aus den Dreißigern oder Vierzigern«, sagt Joe plötzlich. »Mir fällt nur ihr Name nicht ein. Ich meine eine dieser platinblonden Sexbomben.«

»Wirklich?«

Meine Freude ist so groß, dass sie jegliche Befangenheit, die im Begriff war, nach oben zu drängen, zurückschubst. »Ich liebe alte Filme.«

»Meine Mom auch. Wenn ich zu Hause bin, zwingt sie mich, mit ihr die alten Klassiker anzuschauen.«

»Dein Vater macht das nicht mit ihr?«

»Mein Vater ist tot«, sagt Joe.

Für einen Moment weiß ich nicht, wie ich darauf reagieren soll. Sein Vater ist gestorben?

»Wann?«

»Als ich zehn war.«

Wir befinden uns gerade auf einem ruhigen Straßenabschnitt, und Joes Gesicht liegt fast vollständig im Schatten. Er spricht mit leiser, ausdrucksloser Stimme. Auf einmal wirkt er älter, ernster. Müder.

»Wie ist er gestorben?«

»Hatte einen Autounfall.«

»Meine …« Ich zögere kurz. »Meine Mutter ist auch gestorben.«

»Wann?«

»Als ich neun war.« Die Worte verfangen sich in meiner Kehle, wie immer, wenn ich über den Tod meiner Mutter spreche. »Krebs.«

Ich weiß nicht, wann ich das das letzte Mal jemandem erzählt habe. Die meisten Leute in meinem Umfeld wissen das mit meiner Mutter. Und bei neuen Bekanntschaften vermeide ich Gespräche über Mütter, um es nicht erwähnen zu müssen. Ethan ist nicht einmal auf die Idee gekommen, mich zu fragen. Es hat ihn nie interessiert.

Während Joe und ich in die Union Street abbiegen, spüre ich, dass sich der Raum zwischen uns auflöst.

Was soll's, dass Joe ein Frauenheld ist. Was soll's, dass er Ire ist und älter als ich und viel schärfer und cooler und witziger, als ich es jemals sein könnte. Ich verstehe, wer er ist, wie er empfindet, was er in seinen dunkelsten Momenten fühlt. Ich weiß es, weil er einfach genauso ist wie ich. Ich verstehe ihn durch und durch.

Die Sache mit der Trauer ist die, dass man sie nie wirklich loslässt, dass man nie vergisst, dass sie immer existiert. Man wird mit der Zeit nur besser darin, so zu tun, als wäre alles okay. Man wird besser darin, sein Leben so zu strukturieren, dass man sich ein Dutzend verschiedene Schutzschichten zulegt, die alles Schlimme von einem fernhalten. Ich habe mich immer hinter meinem Vater versteckt, hinter meiner Schwester, hinter meinen Büchern, meiner Backleidenschaft.

Alles um mich herum hält mich zusammen. Denn auf mich selbst gestellt, würde ich auseinanderfallen.

Seltsam ist, dass ich im Moment keins dieser Schutzschilder habe und immer noch ganz bin. Ich falle nicht auseinander.

Ich frage mich, warum.

Die Nacht um uns herum ist so still, dass alles, was ich

hören kann, leise Musik ist, die aus einem der Häuser auf der anderen Straßenseite kommt, und plötzlich wird mir bewusst, dass wir vor unserem Haus angekommen sind.

Ich bleibe stehen.

Ich habe das wahnsinnige, fast unaufhaltbare Bedürfnis, Joe zu umarmen. Ich bin kurz davor, es zu tun, aber ich kann nicht. Es wäre zu peinlich. Joe ist gut zwei Köpfe größer als ich, das wäre so, als würde ich einen Baum umarmen. Außerdem kennen wir uns erst kurze Zeit, und er ist mein Chef (woran er mich bei jeder Gelegenheit erinnert). Und mit seiner verwilderten Erscheinung macht er nicht gerade den Eindruck, als würde er mit anderen Menschen gern auf Tuchfühlung gehen. Vielleicht möchte er ja auch gar nicht umarmt werden. Unerwünschte Umarmungen sind das Schlimmste. Und, und, und ich … Ich kann einfach nicht. Ich traue mich nicht.

Also senke ich den Kopf, wende mich zur Treppe, um hochzugehen.

Ich komme gerade einmal zwei Stufen weit, da hält Joe meine Hand fest, dreht mich ruckartig zu sich herum und schließt mich dann in seine Arme, ganz fest.

Eine Umarmung. Eine echte Umarmung. Die Art von Umarmung, in die man einfach hineinsinkt.

Weil Joe so viel größer ist als ich, umfangen seine Arme mich vollkommen. Ich reiche kaum bis zu seiner Brust. Ich bin gefangen, fest umschlossen, unfähig, mich zu bewegen, während mein Körper eng an seinen gepresst wird. Ich spüre Joes Wärme, und mein Herz schlägt so doll, dass er es bestimmt auch spürt.

»O Coco …«, murmelt er.

Seine Stimme klingt leise und eindringlich, und von seinem herzlich rauen Charme ist jede Spur verschwunden.

Das hier ist so surreal. Joe, mein heißer, klugscheißerischer, irischer Charmeur von einem Boss, ein Kerl, den ich, meine Güte, *gestern erst* kennengelernt habe, steht gerade auf meiner Eingangstreppe und hält mich in seinen Armen.

Ich kann den Rhythmus seines Atems hören, seine Körperwärme durch die Kleidung spüren. Ich nehme den Geruch seiner Haut wahr und einen ganz schwachen Duft. Ein Aftershave? Sein Shampoo?

Ich kann mich nicht erinnern, dass ich mich jemals jemandem so nahe gefühlt habe.

Dann sieht Joe mich an, starrt mir mit einem unheimlich ernsten Gesicht, viel ernster, als ich es mir jemals bei ihm hätte vorstellen können, in die Augen.

Ich schlucke.

Er wird mich gleich küssen.

Nach einer quälend langen Wartezeit – Sekunden, die sich wie Stunden anfühlen – kommt Joes Kopf zwei Zentimeter näher, dann noch zwei, dann wieder zwei. Er hält kurz inne, nur einen Atemzug entfernt, bevor unsere Lippen sich schließlich berühren.

Pia hat mir einmal erklärt, den richtigen Mann zu küssen, sei, wie jeden anderen Mann zu küssen, außer dass es richtig gut sei, und dann würde es einem vorkommen, als hätte man komplett vergessen, wie es war, bevor man ihn geküsst hat. Ich stimme ihr vollkommen zu: Dies hier ist eine ganz neue Art des Küssens. Es ist so, wie ich es mir immer ausgemalt habe, aber wie es nie war. Es ist die

Art von Kuss, die alle deine Sinne zum Vibrieren bringt, die dich am ganzen Körper schwitzen und gleichzeitig frieren lässt.

Schließlich lösen wir uns voneinander.

»Heilige Maria, das hab ich nicht erwartet.« Joe streift aufgeregt mit den Fingern durch sein Haar.

»Ich hab noch nie jemanden geküsst, der weiß, wie man richtig küsst«, sage ich ehrlich. Joe lacht und schlingt seine Arme wieder um mich. »Möchtest du …« Meine Stimme ist so leise, dass ich sie selbst kaum höre, und ich kann es noch nicht ganz glauben, dass ich es aussprechen werde, aber ich kann mich nicht bremsen. »Möchtest du mit reinkommen?«

»Ja.«

Kapitel 11

Natürlich werde ich am nächsten Morgen von den anderen sofort überführt.

Ich schleiche mich auf Zehenspitzen in die Küche, das helle Sonnenlicht, das durch das Küchenfenster hereinscheint und mich blendet, macht mich leicht benommen.

Ich brauche Wasser. Und zwar dringend.

Sex ist anstrengend, hab ich recht?

Ich habe erwartet, die Küche sei leer, aber ich treffe dort Angie und Madeleine an, die friedlich auf nackten Füßen umhertappen, während sie sich ihr Frühstück zubereiten. Angie macht sich Rührei und Toast, Madeleine mixt einen krass aussehenden Shake aus Mandelmilch, Chiasamen und Spinat.

Als ich hereinkomme, schauen beide auf. Angie sieht ein zweites Mal hin, auf eine überdramatisch-komödiantische Art.

»Du hattest letzte Nacht Sex!«, ruft sie.

»Hatte ich … nicht.« Ich bin eine furchtbar schlechte Lügnerin. Ich grinse hilflos.

»Hattest du wohl«, sagt Madeleine. »Deine Haare sind total verwuschelt, deine Haut am Kinn ist ganz rot. Und du siehst glücklich aus.«

»Also schön«, gebe ich zu, leicht verlegen. Ich bin es

nicht gewohnt, Gegenstand einer solchen Unterhaltung zu sein. »Ich hatte Sex.«

»Guten Sex«, verbessert Angie mich.

»Guten Sex.«

Die beiden kreischen begeistert auf. »Details. Alles.«

»Na ja, es … es fing damit an, dass Joe und ich gestern in der Bar was zusammen getrunken haben, und, äh …« Ich ziehe unschuldig meine Augenbrauen hoch. »Ich schätze, es ist einfach passiert?«

»Gut gemacht«, sagt Angie. »Sam ist natürlich eher mein Geschmack, aber Joe hat was, zugegeben.«

»Ja, das stimmt«, bekräftigt Madeleine. »Joe gehört zu den Menschen, die einen vollen Raum betreten und sofort wahrgenommen werden.«

»Er hat dieses gewisse Etwas«, sagt Angie. »Dieses Funkeln. Selbstbewusstsein ohne Arroganz.«

»Joes Selbstbewusstsein rührt daher, dass er wahrscheinlich mit Hunderten von Frauen geschlafen hat«, sage ich. »Ich bin nur eine weitere Kerbe in seinem Bettpfosten.«

Angie zuckt mit den Schultern. »Ich meinte ja nur, dass er Charisma besitzt.«

Madeleine nimmt einen winzigen Schluck von ihrem Shake und sieht mich dann an. »Und, denkst du, das ist was Ernstes?«

»Oh, fuck, nein«, antworte ich, ohne zu überlegen. »Fuck, ich hab gerade fuck gesagt. O Scheiße, schon wieder.« Ich schlage meine Hand vor den Mund, bevor ich noch mehr sagen kann.

Angie muss so sehr lachen, dass sie ihren Kaffee wieder ausspuckt. »Dann hast du ihn nur benutzt? Wird er dein gelegentlicher Geschlechtspartner?«

Ich lache, aber mein Verstand rast.

Irgendwie, bei Tageslicht besehen, weiß ich, dass ich mit Joe keine Beziehung haben möchte. Ich weiß es, ohne darüber nachdenken zu müssen. Ich fühle mich zu Joe hingezogen, wirklich, ich finde ihn umwerfend, trotzdem war es nicht …

Keine Ahnung, das war es halt nicht.

Versteht mich nicht falsch, ich mag Joe. Ich kann mich in ihn hineinversetzen, total. Wir haben diese seltsame, unleugbare Verbindung, die daher rührt, dass wir beide einen Elternteil verloren haben. Und ich will gern mit Joe herumhängen und vielleicht ab und zu mit ihm schlafen, mehr allerdings nicht. Ich bin mir nicht sicher, woher ich das weiß, ich … weiß es einfach. Es ist zu lässig. Zu entspannt. Ich habe keine Schmetterlinge im Bauch, wenn ich an Joe denke. Sonst habe ich immer Schmetterlinge im Bauch, wenn ich in einen Mann verliebt bin. Ich bin sozusagen die Königin der Schmetterlinge.

Der Punkt ist, Joe liegt nackt in meinem Bett, ich möchte trotzdem keine Beziehung mit ihm, weil es hier nicht um Liebe geht, sondern um Lust. Um eine alles verzehrende Lust. Und das ist genau das, was ich brauche, um mein neues Ich zu finden. Mein wildes Ich.

Ich räuspere mich. »Ja, ich schätze, ich benutze Joe. Ich meine, wir benutzen uns gegenseitig.«

An irgendeinem Punkt letzte Nacht – ich denke, wahrscheinlich in dem Moment, als Joe mich auf der Treppe geküsst hat – habe ich aufgehört, mir diese ganzen dummen Fragen zu stellen. Ihr wisst schon, ob das nun ein Date war oder ob ich bei jemandem wie Joe überhaupt eine Chance hätte. Ich habe aufgehört, mich zu fragen, was er gerade denkt. Ich habe aufgehört, mich zu fragen, ob er mich mag.

Ich dachte nur noch eins: Ich will ihn. Und ich werde ihn, na ja, haben.

Also hatte ich ihn.

Und es war oberhammermegageil.

Ich frage mich, ob mich das zu einem schlechten Menschen macht. Zu einem gefallenen Mädchen.

Aber warum sollte es das? Warum sollten Männer Sex ohne Reue oder Liebe oder Beziehung genießen dürfen und Frauen nicht? Was ist schon dabei? Es ist sicher. Wir haben Kondome benutzt. Ich habe kein schlechtes Gewissen. Joe hat mich nicht ausgenutzt, und ich habe ihn nicht ausgenutzt. Er hat eindeutig jede Menge Erfahrung mit Gelegenheitssex, er hat mich nicht überrumpelt oder so. Wir sind nicht in einem albernen, von Nathaniel Hawthorne inspirierten Highschoolumfeld, wo Joe es überall herumerzählt und alle darüber tratschen, weil sie nichts Besseres zu tun haben.

Joe und ich sind zwei erwachsene Menschen. Wir sind Freunde. Joe verurteilt mich nicht, er selbst macht so was schließlich ständig. Niemand verurteilt mich, außer ich mich selbst. Darin liegt eine seltsame Kraft.

Und nebenbei bemerkt … Es hat *so viel Spaß* gemacht.

Wir haben das Licht ausgelassen, was mir gleich deutlich mehr Selbstvertrauen gegeben hat. Und Joe hat mir immer wieder Komplimente über meine Figur gemacht. Er war so witzig und albern und süß, dass ich die ganze Zeit lächeln oder sogar lachen musste. Es war so anders als mein erstes Mal mit Eric, es kam mir vor wie eine ganz andere Art von Sex.

Würg, Sex mit Eric. Diese Erfahrung ist wie bittere Galle in meiner Erinnerung. Nicht nur weil es so kalt und eigenartig und schrecklich war – es war wirklich schrecklich, und mir war die ganze Zeit bewusst, dass ich benutzt wurde, selbst als ich noch von ganzem Herzen gehofft habe, dass Eric mich gern hat, war mir bewusst, dass er mich benutzt hat –, sondern auch wegen dem, was danach geschehen ist. Die Abtreibung.

Allein das Wort verursacht mir ein schlechtes Gefühl.

Wisst ihr, wäre dies hier eine dämliche Nachmittagssoap oder eine lahme Diskussionsrunde mit alten Männern in Anzügen, die selbst nie etwas erlebt haben, aber jedem erklären wollen, wie man sich richtig verhält, dann wäre die Abtreibung ein Riesenfehler gewesen, der mein ganzes Leben ruiniert. Das ist die einzige Lesart, die für eine ungewollte Schwangerschaft erlaubt ist. Wir sind hier jedoch nicht im Fernsehen, sondern in der Wirklichkeit. Ich habe mit Pia und Angie so viele Male darüber gesprochen, und sie haben mir sehr dabei geholfen, an einen Punkt zu kommen, an dem ich sagen kann: Ich werde durch diese Erfahrung nicht für immer beschädigt sein.

Ich bin noch ich.

Egal, was passiert, ich werde immer ich sein.

Und letzte Nacht mit Joe habe ich mich so wohlgefühlt. Joe wusste genau, was er tat, und dieses kleine Feuer tief in meinem Unterleib wurde immer größer und stärker und heller, bis …

»Ich bin voll gekommen.«

»WAS?«

Scheiße. Habe ich das gerade laut gesagt?

Angie und Madeleine kreischen wieder los, als Pia mit

geschwollenen Augen in die Küche wankt. Sie trägt noch ihre Klamotten von gestern Abend und hat eine Frisur, die es mit meiner locker aufnehmen kann.

Sofort geht ein kollektives Aufkeuchen durch den Raum.

Wir starren Pia wortlos an.

Sie ignoriert uns und geht direkt an den Kühlschrank.

»Aidan ist in San Francisco«, sagt Angie schließlich sehr ruhig. »Wo warst du? Und mit wem?«

Pia gibt keine Antwort und nimmt die Mandelmilch aus dem Kühlschrank. »Wer zum Teufel ist hier laktoseintolerant?«

»War es Ray? Es war Ray, richtig?« Angie ist wütend.

»Wer ist Ray?«, flüstert Madeleine.

»Dieser blöde alte Knacker mit den Restaurants«, sagt Angie. »Nicht ihr Freund.«

»Ich will nicht darüber reden.« Pia lehnt ihre Stirn an den offenen Kühlschrank, als hätte sie nicht mehr die Kraft, sich aufrecht zu halten.

»Ich kann nicht fassen, dass du Aidan betrogen hast.«

Pia schnappt sich eine Colaflasche aus dem Kühlschrank. »Hör verdammt noch mal auf, mich zu verurteilen, Angela.«

»Nenn mich verdammt noch mal nicht Angela.«

Pia ignoriert sie und trinkt einen Schluck Cola.

»Wirst du es ihm sagen?«, fragt Angie, dieses Mal ist ihre Stimme laut. »Wirst du Aidan sagen, dass du ihn betrogen hast? Weißt du noch? Ich meine den Aidan, der dein Freund ist. Den Mann, der dich liebt und der denkt, du würdest ihn auch lieben.«

»Mein Freund ist in eine andere Stadt gezogen, auf

die andere Seite des beschissenen Kontinents.« Pia dreht sich schließlich zu uns um. »Von den letzten vier Wochenenden hat er drei abgesagt, und er weigert sich, ein Datum für seine Rückkehr festzulegen … Würdet ihr das eine gesunde Beziehung nennen? Wir sind Todeskandidaten. Würde Aidan etwas an mir liegen, wäre er jetzt verdammt noch mal hier!«

Wir sind alle still. Wenn sie es so formuliert, klingt es irgendwie schrecklich.

Pia seufzt. »Ich wollte nur ein bisschen Spaß haben.«

»Ein bisschen Spaß mit einem fremden Schwanz!« Angie knallt ihre halb leere Kaffeetasse so heftig auf die Spüle, dass die Keramik splittert. »Aidan würde dich niemals verletzen!«

Pias Augen werden groß. »Wie bitte? Ich brauche mir nichts sagen zu lassen von einer, deren einzige richtige Beziehungserfahrung aus sechs Minuten auf einem verdammten Schiffsanleger besteht.«

»Verpiss dich, Pia.«

Angie stürmt hinaus auf die Terrasse. Eine Sekunde später höre ich das vertraute Klicken – sie zündet sich eine Zigarette an.

Pia knallt die Kühlschranktür zu, und prompt krachen Tante Jos alte Servierbretter, die wir auf dem Kühlschrank aufbewahren, auf den Boden.

Ich helfe Pia beim Aufheben. Über ihre Wangen kullern Tränen.

»Pia … ist schon okay«, sage ich sanft und streichle ihre Schulter. Bei meiner Berührung sackt Pia augenblicklich zu einem Häufchen zusammen und beginnt zu schluchzen.

»Ich habe Mist gebaut …«, sagt sie mit krächzender Stimme.

Ich wechsle einen Blick mit Madeleine, und mir fällt auf, dass die letzte Nacht auch bei ihr Spuren hinterlassen hat. Mit wem war Madeleine zusammen?

Pias Gejammer holt mich ruckartig zu dem aktuellen Problem zurück. »Ich will sterben …«

Madeleine verdreht ihre Augen. »O Pia, hör auf zu übertreiben.«

»Danke, Maddy. Du bist eine *dermaßen* gute Freundin.«

»Du machst aus allem immer ein Drama.«

»Es ist also keine große Sache, dass ich die Liebe meines Lebens betrogen habe, und dazu noch mit einem Kerl, mit dem ich eine geschäftliche Partnerschaft anstrebe?« Pia vergräbt ihr Gesicht wieder in den Händen. »Scheiß nie dorthin, wo du arbeitest. So heißt es doch, oder?«

Hab ich das getan? Mist.

»Vielleicht kannst du ja trotzdem mit Ray zusammenarbeiten«, sage ich.

»Mit Ray?« Pia ist nun kaum zu verstehen. »Ausgeschlossen. Er hat sich gestern nur mit mir verabredet, um mich ins Bett zu kriegen, ich dachte, wir würden networken. Ich bin so dämlich …«

Sie bricht in lautes Schluchzen aus, und ausnahmsweise einmal ist es nicht zu neunzig Prozent Drama und zu zehn Prozent Kummer. Das hier sieht nach aufrichtiger Verzweiflung aus.

»Wir haben Alkohol getrunken, und ich habe mich so einsam gefühlt, und da ist es … einfach passiert. O Gott. Ich bin ein furchtbarer Mensch.«

»Nein, bist du nicht«, sage ich im selben Augenblick wie Angie.

Offenbar hat sie von draußen zugehört, weil sie nun in die Küche zurückeilt und sich auch neben Pia kniet. Der Streit ist augenblicklich vergessen, wie immer zwischen den beiden.

»Du bist ein toller Mensch.« Angie wischt Pia vorsichtig die Tränen ab. »Du hast nur einen Fehler gemacht. Jeder macht mal einen Fehler.«

»Ich dachte, du wärst jetzt stinksauer auf mich …«

»Ich hab einfach Angst bekommen. Wenn Aidan und du, die ihr anscheinend wie füreinander geschaffen seid, eure Fernbeziehung nicht auf die Reihe bekommt, welche Hoffnung besteht dann für Sam und mich?«, sagt Angie leise.

»Der arme Aidan …« Pias Stimme ist so schwach, dass ich sie kaum verstehen kann. »Er hat mir geschrieben. Ich bin nicht in der Lage, ihm zu antworten. O Gott, ich ertrage das nicht. Das ist zu viel. Mir ist total schlecht, ich hab richtige Magenschmerzen …«

»Das ist nur dein schlechtes Gewissen, Süße«, sagt Angie. »Lass es einfach los. Reue ist eine sinnlose Empfindung.«

»Warum ist es sinnlos zu bereuen, dass man einen Riesenfehler gemacht hat?«, fragt Madeleine.

Angie fährt sie scharf an. »Ernsthaft, Maddy? Wofür zum Teufel soll das gut sein?«

Madeleine steht auf. »Tut mir leid.« Sie spült ihr Glas aus, stellt es in die Spülmaschine und geht.

»Immer dann, wenn ich denke, dass die Frau endlich aufgehört hat, eine Zicke zu sein«, murmelt Angie.

Pia heult noch ein bisschen weiter.

»Pia. Süße. Hör mir zu. Hör auf zu weinen. Ich werde dir jetzt dein schlechtes Gewissen nehmen. Okay? Es ist weg«, sagt Angie. »Du kannst dich morgen damit auseinandersetzen. Jetzt gehst du erst mal duschen. Danach wirst du dich besser fühlen.«

Es ist seltsam, Angie so mütterlich zu erleben.

Pia wischt sich über die Augen. »Aber ich will nicht mit meinen Gedanken allein sein.«

»Ich werde mich ins Bad setzen, während du unter die Dusche gehst«, sagt Angie. »Okay? Ich werde auch nicht hinschauen. Ich will dein Schmuckkästchen gar nicht sehen.«

»Mein Schmuckkästchen ist umwerfend.«

»Meins ist besser.«

»Kann ich euch irgendwie behilflich sein?«, frage ich.

»Ja«, sagt Angie. »Tu mir einen Gefallen, und geh nach oben. Bespring einfach noch mal diesen heißen irischen Arsch.«

Pia setzt sich kerzengerade auf und starrt mich an. »WAS?«

In diesem Moment kommt Julia herein. Sie trägt ihren uralten Victoria's-Secret-Pyjama, der schief geknöpft ist, und auch ihre Frisur sieht aus wie: Ich hatte gerade Sex.

Wow, die WG wird heute viel Conditioner brauchen.

»Hey, Leute, meine Vagina war noch nie so glücklich!«, sagt Julia vergnügt. »Huch, warum hockt ihr denn alle auf dem Boden? Warum weint Pia? Warum hat Coco ein rotes Kinn? Warum ist Angie die Einzige, die aussieht, als wäre sie letzte Nacht nicht flachgelegt worden? Verdammte Scheiße, was ist hier los?«

»Ich hatte Sex mit Joe«, antworte ich fröhlich.

Julias Reaktion schockiert mich. »Mit Joe? Dem Barmann? Sag mir, dass das ein Scherz ist.«

»Ein Scherz?«, frage ich. »Warum soll das ein Scherz sein?«

»Ach, Mausi, wir können für dich ganz sicher was Besseres finden.«

»Joe ist echt heiß«, sagt Angie. »Den würde ich auch nicht von der Bettkante schubsen.«

»Können wir bitte wieder über meine Krise reden?«, fragt Pia in flehentlichem Ton.

Als ich schließlich nach oben gehe, ist es fast Mittag. Ich schleiche mich leise mit Tee und Toast für Joe – darum hat er mich gebeten, als ich vor zwei Stunden den Raum verlassen habe (sorry, Joe) – in mein abgedunkeltes kleines Zimmer. Dieser ganz spezielle Geruch von ... Sex schlägt mir entgegen.

»Coco?«, höre ich eine Stimme. »Bist du das? Hast du was zu essen? Bitte, sag Ja. In diesem Bett mitten in Brooklyn herrscht eine kleine irische Hungersnot.«

Joe setzt sich auf, seine schlaksigen Arme und Beine scheinen über meinen Bettrahmen hinauszuragen. Ich kann nicht anders, ich muss über alles lachen, was er sagt. Ich schwöre euch, manchmal liegt es gar nicht am Inhalt seiner Worte, sondern nur an seinem Akzent. Obwohl mir bewusst ist, dass er jetzt wahrscheinlich lieber mit einer schönen Frau wie Angie zusammen wäre, obwohl mir bewusst ist, dass er in einer viel höheren Liga spielt als ich, ist das Zusammensein mit ihm einfach so herrlich unbeschwert.

Joe verschlingt den Toast mit beinahe obszönem Appetit, anschließend packt er mich wieder.

Wisst ihr, ich bin eigentlich ein bisschen wund da unten, als ob ich eine Ewigkeit nicht mehr Rad gefahren wäre und dann wieder angefangen hätte … Da tut einem hinterher der Arsch auch ein bisschen weh. Trotzdem, die Kombination aus Toastkrümeln und einem Kater und Herumgealbere törnt mich irgendwie an.

Ich weiß nicht, warum es mir nicht länger peinlich ist, das alles offen zuzugeben.

Ich schätze, ich bin einfach total scharf auf Joe.

»Sex ist schon was Tolles, oder?«, sage ich hinterher.

»Ja. Das sollten viel mehr Leute erfahren«, sagt Joe. »Küss mich noch mal …« Er nimmt mich in die Arme und ich küsse ihn. »Danke.«

»Gern geschehen.«

»Hast du Kuchen?«

»Was, du meinst hier? In unmittelbarer Reichweite? Nein. Was bist du, so eine Art Kuchensüchtiger?«

Joe grinst. »Ja. Ich bin kuchensüchtig. Ich rolle ihn gern zusammen und ziehe ihn mir dann durch einen Hundert-Dollar-Schein in die Nase.«

»Ihhh.«

Er streckt sich. »Ich muss in einer halben Stunde die Bar öffnen. Wenn ich nur da hinkäme, ohne mich bewegen zu müssen.« Er unterbricht sich einen Moment und drückt seine Lippen auf mein Haar. »Ach, was soll's. Der Laden wird ohnehin zugemacht. Gary ist auf dem Weg nach Nantucket. Er wird es nie erfahren, wenn ich eine Stunde später öffne.«

»Ich finde, du solltest pünktlich öffnen«, sage ich.

»Ach, wirklich? Bist du der verantwortungsbewusste Typ? Das ist das Letzte, was ich jetzt gebrauchen kann.«

»Ich hab eine Idee«, sage ich.

»Hat sie mit Sex unter der Dusche zu tun? Denn in diesem Fall kannst du wohl meine Gedanken lesen, ich …«

»Nein«, sage ich lachend. »Doppel-ihhh. Meine Mitbewohnerinnen müssen die Dusche auch benutzen.«

»Abartig …« Joe wackelt mit den Augenbrauen.

»Sei still und hör mir zu«, befehle ich. »Ich weiß, wie du die Destille retten kannst.«

»Sprich weiter.«

»Veranstalte eine große Prom Night.«

»Eine was?«

»Eine Prom Night mit dem Motto *Abschlussball*. Madeleines Band kann für die musikalische Unterhaltung sorgen, die Leute können sich für die Feier in Schale werfen, und wir servieren Bowle und Snacks. Wünschst du dir nicht auch, du könntest mal auf eine Prom Party gehen? Ich schon!«

»Ich komme aus Irland, Coco, wir haben dort keine Prom Partys. Wir haben Debütantenbälle, was wohl so ähnlich ist, nur deutlich weniger Aufwand, so wie sich das anhört.«

Ich lasse mich nicht von meiner Idee abbringen. »Du könntest die Prom Night zum Sommerende veranstalten, bevor Gary zurückkehrt. Wir könnten Flyer drucken lassen und an der Bar Tickets im Vorverkauf anbieten. Wir könnten sogar online Werbung machen!«

»Tickets?« Joes Interesse ist endlich geweckt. »Wenn wir Eintritt nehmen, können wir uns Verstärkung für die

Bar und für den ganzen Aufbau leisten … Das könnte funktionieren.«

»Es *wird* funktionieren«, sage ich.

»Eine Prom Night. Coco, du bist ein verdammtes Genie!« Joe klettert aus dem Bett, greift nach seiner Jeans und schlüpft so hastig hinein, dass er das Gleichgewicht verliert und umkippt. »Kannst du heute Abend arbeiten? Komm um fünf, dann können wir schon mal mit der Planung anfangen. Ich werde die Leute von Spector gleich anschreiben und sie auf einen Termin Ende August festnageln. Das wird fett.«

»Ja, Boss«, sage ich scherzhaft.

»Danke für die tolle Nacht, Tiger.«

Joe öffnet meine Tür, verharrt kurz, schaut zu mir zurück und faucht dann wie ein Tiger. Ich fauche zurück. Wir grinsen uns dämlich an.

Und eine Sekunde später ist er weg.

Kapitel 12

Das Seltsamste daran, an einem Werktag nicht zur Arbeit zu gehen, ist, na ja, einen Werktag zu Hause zu verbringen.

Am Morgen nach dem Feiertag beginnt das Leben ganz normal. Ich habe einen leichten Schlaf, deshalb werde ich wie immer wach, als Julias Wecker klingelt. Sie geht neuerdings vor sechs Uhr aus dem Haus. Dann schlummere ich wieder ein, nur um Madeleine gegen sieben zu hören, dann Pia ungefähr eine halbe Stunde später und schließlich Angie, eine weitere Stunde später.

Da ich keinen Grund habe aufzustehen, und da ich ausnahmsweise einmal in meinem verdammten Leben nicht hungrig bin, bleibe ich fröhlich im Bett liegen und beschäftige mich ein bisschen mit Facebook und Instagram und Twitter. Ist es seltsam, dass ich schließlich über die Hälfte meiner Social-Media-Einträge lösche? Ich habe postvirale Posting-Paranoia.

Das Haus ist wirklich sehr hellhörig. Unter mir singt Angie zu irgendeiner wütenden Frauenstimme mit, während sie sich für die Arbeit fertig macht.

O Gott. Bedeutet das etwa, dass alle gehört haben, wie Joe und ich vorletzte Nacht Sex hatten? Weil … iihh.

Mein Handy piept – eine Nachricht von meinem Vater an Julia und mich: *Habt ihr heute Zeit für einen Lunch?*

Habe ein kurzfristiges Meeting in der Stadt. Bin ab Mittag frei.

Das ist ungewöhnlich. Mein Vater fliegt selten von Rochester nach New York nur für ein Meeting.

Ich antworte sofort: *Natürlich!*

Dann schreibt Julia: *Können wir uns in der Nähe meines Büros treffen? Bin heute total im Stress. Kann es trotzdem kaum erwarten!*

Ich gehe nach unten in die Küche, um mir einen Toast zu machen und schlurfe dann hinüber ins Wohnzimmer. Ich schalte den Fernseher ein, aber es läuft nichts Gescheites. Für die Nachmittagssoaps ist es noch zu früh, und ich bin gerade nicht in der Stimmung, mir lautes Talkshow-Geschnatter anzuhören. Zu allem Überfluss kann ich nicht auf Netflix ausweichen, weil wir in der WG eine komplizierte Vereinbarung getroffen haben, wonach sich keine etwas im Voraus anschauen darf ohne die anderen, außer eine von uns verzichtet freiwillig (Angie verzichtet meistens auf Teenagerserien, Pia und ich auf die brutalen Sachen). Was in Ordnung ist, solange wir alle tagsüber arbeiten und abends fernsehen, aber ansonsten doof.

Ich gehe hinüber zu den Bücherregalen. Ich beschließe, meine Wahl blind zu treffen, statt mir ein Lieblingsbuch aus meiner Kindheit auszusuchen, um darin Trost zu finden.

Ein Buch auszuwählen, das man nicht kennt, ist riskant. Erwischt man etwas Dummes oder Deprimierendes, ist die Stimmung garantiert ruiniert, vielleicht sogar der ganze Tag. Und schaurige Geschichten sind auch nichts. Schon nach den ersten zwei Seiten von

American Psycho dachte ich, dass ich mich gleich übergeben müsste. Lest es nicht. Wirklich, lasst die Finger davon, sonst werdet ihr für immer nur noch mit Licht schlafen wollen.

Ich stelle mich ganz nah vor das Regal, schließe die Augen, atme die Luft aus, die ich angehalten habe, ohne dass es mir bewusst war, und streife mit den Fingern über die Bücher, bis ich eins finde, das sich richtig anfühlt. Ich ziehe es heraus und öffne wieder die Augen.

Anna Karenina.

Tolstoi? Das klingt nach viel zu ernstem Stoff. Aber warum nicht? Wie schwer kann es schon sein? Meine Güte, es ist ja nicht so, als müsste ich es im russischen Original lesen. Also nehme ich meinen Toast und Tolstois Roman und gehe hinaus auf die Terrasse.

Zwei Stunden später ist mein Toast kalt, und mein Magen knurrt, und ich muss so dringend aufs Klo, dass ich mit den Knien auf und ab wippe.

Ich kann das Buch nicht aus der Hand legen.

Anna Karenina zu lesen, fühlt sich an wie ein Freund, der leise in meinem Kopf spricht – jemand, der das Leben versteht und die Menschen und vor allem mich. Ich werde euch nicht verraten, was in dem Roman passiert, ich möchte euch die Spannung nicht verderben, darum sage ich nur, er handelt davon, wie Menschen wirklich empfinden, unter ihrer Oberfläche.

Ich habe noch nie etwas Vergleichbares gelesen. Ich habe das Gefühl, als würde ich die Romanfiguren wirklich kennen, so wie ich Julia und Pia und Angie und Madeleine kenne, obwohl die Personen im Buch fiktiv sind und die Geschichte vor rund zweihundert Jahren in

Russland spielt … Es ist nämlich so echt und scharfsinnig und unmittelbar.

In dem Text ist eine Zeile blau unterstrichen.

Ich habe dich stets geliebt, und wenn man liebt, liebt man den ganzen Menschen so, wie er ist, nicht so, wie man will, dass er sei.

Daneben sind die Worte *so wahr* gekritzelt. Ich erkenne sofort die Handschrift meiner Mutter, und für einen Moment ist es, als wäre sie noch am Leben.

Wenn man einen Menschen verliert, den man sehr geliebt hat und den man sehr gut kannte, ist es manchmal, als bräuchte man nur die Augen zu schließen, um diesen Menschen zu spüren. Auch wenn er nicht mehr da ist.

Ich lege meine Wange auf die glatte Seite und atme diesen guten trockenen Büchergeruch ein. Meine Mutter hat diese Seite berührt, dieses Buch. Sie hat es gelesen, und es hat sie so sehr bewegt, dass sie etwas hineingeschrieben hat. Die Leute sollten immer etwas in Bücher schreiben und Stellen markieren, damit ihre Nächsten eine Verbindung zu ihnen aufnehmen können, wenn der Tod sie voneinander getrennt hat.

Menschen sterben. Bücher sind jedoch unsterblich.

Ich lese den unterstrichenen Satz ein zweites Mal.

Ich möchte jemanden lieben, so wie er ist. Und ich möchte, dass derjenige mich auch liebt, wie ich bin, mein ganzes Ich. Aber zuerst müsste er mich richtig kennenlernen. Meine Mutter hat Julia und mir früher immer erklärt, dass jeder, der uns richtig kennen würde, nicht anders könne, als uns zu lieben … Aber ich kann mir nicht vorstellen, dass ein Mann mich jemals richtig kennenlernt, nicht wirklich. Ich kann mir nicht einmal vorstellen, in Gegenwart eines Mannes ganz und gar ich zu sein. Dass ich mich mit Joe körperlich wohlfühle, ist eine Sache, mich emotional wohlzufühlen, offen und ehrlich zu sein, sodass der andere mich richtig kennenlernen kann, ist etwas völlig anderes.

Wie soll mich jemand lieben, wenn mich niemand richtig kennt?

In diesem Moment klingelt mein Handy. Es ist Joe.

»Coco! Wie geht es dir an diesem wunderbaren Morgen?«

Joes irischer Dialekt klingt am Telefon noch viel stärker, und ich imitiere ihn mehr schlecht als recht. »Danke, Joe, es geht mir vorzüglich.«

»Machst du dich gerade über meinen Akzent lustig?«

»Nein, über deine Ausdrucksweise. Die ist nämlich ziemlich spezifisch.«

»Ich belasse es dabei, da ich nicht weiß, was genau du damit meinst. So! Kannst du heute bitte früher in die Bar kommen?«

»Äh … klar! Nein, warte, das hätte ich fast vergessen. Tut mir leid, ich bin mit meinem Vater zum Lunch verabredet.«

»Oh, grüß ihn von mir.«

Ich lache. Selbst wenn Joe einen eher gewöhnlichen Spruch macht, muss ich lachen.

»Ich wünsche dir viel Spaß, und tu nichts, was ich nicht auch tun würde, Heroin und Karaoke inbegriffen, okay?«, sagt Joe.

»Ja, Sir.«

Ich schmunzle immer noch, als ich mich umziehe. Ganz hinten in einer Schublade entdecke ich ein weißes T-Shirt, das ich schon seit einer Ewigkeit nicht mehr getragen habe. Ich kombiniere es mit einer schmal geschnittenen Jeans und meiner braunen Umhängetasche.

Dann eile ich die Treppe hinunter. Doch bevor ich zur Tür hinausgehe, erhasche ich einen Blick auf mich selbst im Garderobenspiegel. Und im Gegensatz zu sonst schaue ich nicht sofort wieder weg.

Nein, ich schaue genauer hin. Und ich sehe mich, sehe mich wirklich, zum ersten Mal seit einer langen Zeit.

Ich bin nicht abstoßend. Ich bin nicht dick. Ich sehe ganz okay aus. Ich wirke lediglich sehr jung. Langweilig. Als wäre ich auf dem Weg zur Highschool.

Und ich bin es leid, so auszusehen.

Also laufe ich wieder die Treppe hoch, stürme in Angies Zimmer und setze mich an ihren Schreibtisch, den sie in einen Nähtisch umgewandelt hat. In der oberen Schublade liegt ihre Schminktasche.

Ich schaue rasch ihre Eyeliner durch – ich weiß, dass sie nichts dagegen hat, im Ernst, Angie ist in solchen Dingen sehr locker, und außerdem hat sie ungefähr fünfzehn Stück davon –, aber ich bin mir nicht sicher, ob mir ein Lidstrich steht. Und ich bin definitiv nicht gut darin, mit einem Eyeliner umzugehen.

Dann entdecke ich ganz unten in der Schminktasche den Chanel-Lippenstift, den Angie an jenem Abend, als wir alle zusammen in die Destille gingen, an mir ausprobiert hat. Das Rot leuchtet richtig. Ein Knallrot, ein Filmstarrot, ein Hollywoodrot. Ich benutze eigentlich keinen Lippenstift, höchstens Lipgloss, und als ich das

Chanel-Rot auftrage, beginne ich, mich ganz eigenartig zu fühlen. Auf eine gute Art.

Mit Lippenstift ist meine Mimik anders und damit mein ganzes Gesicht, und irgendwie gibt mir das Selbstvertrauen und Sicherheit. Lacht nicht, aber ich fühle mich wie … eine Frau und nicht wie ein Mädchen.

Dann entdecke ich in der Schminktasche eine kleine Parfümprobe, eins dieser Minisprays, die man bekommt, wenn man einen Haufen Kosmetika bei Saks kauft oder wo auch immer. Ich schnuppere kurz daran. Es ist For Her von Narciso Rodriguez. Es riecht irgendwie warm und sexy und angenehm. Ich sprühe es auf meine Handgelenke und hinter meine Ohren, wie meine Mom das immer getan hat, und sprühe dann einmal über meinem Kopf in die Luft, nur zur Sicherheit.

Als ich das Haus verlasse und die Eingangstreppe hinunterhüpfe, hebt ein Spaziergänger mit einem Hund den Kopf und starrt mich so intensiv an, wie ich es noch nie erlebt habe. Ein zweiter Blick für *mich*. Und ausnahmsweise einmal gehe ich nicht davon aus, dass es daran liegt, dass ich Essensreste im Gesicht habe, sondern daran, dass ich gut aussehe. Und ja, ich weiß, man soll nicht nach fremder Bestätigung lechzen. Das ist mir heute Morgen allerdings egal. Es gefällt mir.

Kapitel 13

Ich bin mit meinem Vater und Julia in einem französischen Bistro in der Nähe des Central Park verabredet. Als ich dort ankomme, erhalte ich wie erwartet eine SMS von meinem Vater: *Meeting dauert länger. Lunch ist auf zwei Uhr verschoben.*

Ich erkenne sofort, wenn er gerade beschäftigt ist, er schreibt dann immer, als wären wir seine Kollegen und nicht seine Töchter.

Julia antwortet: *Kein Problem, hab genug zu tun, bis später. LG*

Also simse ich Pia an. Sie arbeitet hier irgendwo in der Nähe. *Machst du zufällig gerade Mittagspause? Könnte kurz vorbeikommen xxx*

Die Antwort erfolgt prompt. *Bin auf der 41. Ecke 5th Ave. Halte nach dem italienischen Hengst Ausschau!*

Der italienische Hengst. So heißt Pias neuer Food Truck. Er verkauft, ihr werdet es ahnen, italienische Gerichte. Die Auswahl wechselt täglich – so gibt es montags zum Beispiel Lasagne beziehungsweise Minestrone, dienstags Makkaroniauflauf beziehungsweise Schinkenspaghetti und so weiter. Alle Gerichte sind warm und immer köstlich (Pia bringt manchmal unverkaufte Reste mit nach Hause). Viel Fleisch, Käse und Kohlenhydrate – ganz anders als das SchlankMobil, Pias Salatimperium, aber genauso beliebt.

Als ich den Haupteingang der New York Public Library erreiche, entdecke ich den italienischen Hengst direkt gegenüber. Der Mittagsandrang hat bereits nachgelassen, obwohl in dieser Stadt immer irgendjemand hungrig ist. Ich warte, bis die Schlange auf wenige Leute geschrumpft ist, bevor ich mich der Verkaufstheke nähere. Pia wirkt gelassen, aber ungemein konzentriert, was sie zu Hause nie ist.

»Sie haben die Wahl zwischen Spargelrisotto oder Pasta mit Brokkoli und italienischer Wurst«, erklärt sie einem Mann geduldig, der stirnrunzelnd auf die Speisekarte schaut. »Nein, etwas anderes bieten wir nicht an. Nein, keine Smoothies.«

Pia sieht mich. Am Zucken ihrer Augenbraue erkenne ich, was sie denkt: *Ist dieser Kerl noch zu fassen?*

»Nein, auch keine Hotdogs«, sagt sie. »Und keine Brezeln. Sehen Sie den Mann dort drüben? Den mit dem dreckigen silbernen Karren? Der verkauft Hotdogs. Wir sind ein italienischer Food Truck. Wir haben nur … Danke, einen schönen Tag noch!«, ruft sie dem Mann fröhlich hinterher.

Er entfernt sich wütend.

Pia und ich sehen uns an und prusten los. Dann dreht sie sich zu dem jungen Mann, der mit ihr im Truck steht – es ist einer ihrer Mitarbeiter. »Reggie, kannst du mal kurz übernehmen? Ich mache Pause.« Sie wendet sich wieder mir zu. »Hast du Hunger?«

Ich zucke mit den Schultern. »Ein bisschen. Aber ich bin nachher mit Dad zum Essen verabredet.«

Gleich darauf steigt Pia aus dem Truck, in der Hand eine Schale Risotto und zwei Löffel. Wir gehen hinüber zu der großen Eingangstreppe vor der Bibliothek und setzen uns.

»Ist es okay, wenn wir uns eine Portion teilen? Ich bin nämlich auch nicht besonders hungrig. Ich hab ein paar neue Mozzarella-Lieferanten ausprobiert«, sagt Pia. »Mann, ich liebe meinen Job.«

»Hast du gewusst, dass du ihn lieben wirst, bevor du angefangen hast?«, frage ich.

Pia schiebt sich einen Löffel Risotto in den Mund und überlegt. »Ich weiß nicht … Als mir klar geworden ist, dass ich damit meinen Lebensunterhalt verdienen kann, hat es jedenfalls Klick gemacht. Verstehst du, was ich meine?«

Ich probiere auch von dem Risotto und tue so, als würde ich verstehen, was sie meint. Es hat Klick gemacht?

»Zuerst habe ich die Food Trucks entdeckt, dann habe ich Aidan kennengelernt, und es war, als würde sich plötzlich alles zusammenfügen.« Pia lacht, als wäre es lustig. Ich sehe jedoch, dass sie den Tränen nahe ist.

»Hast du mit ihm gesprochen?«, frage ich sanft.

»Nein«, flüstert sie. »Ich … ich kann einfach nicht. Ich habe ihm geschrieben. Aber ich glaube, er weiß, dass etwas nicht stimmt, er ahnt es bestimmt …«

Ich nicke. »Das denke ich auch.«

»Findest du, ich soll ihm sagen, dass ich ihn betrogen habe?« Pia dreht ihren Kopf zu mir. »Jetzt mal im Ernst, wenn du an meiner Stelle wärst, würdest du es ihm sagen?«

Wenn ich jemanden lieben würde, der meine Liebe erwidert? Und den ich dann betrüge?

Ich kann mir das nicht einmal ansatzweise vorstellen.

»Keine Ahnung«, sage ich. »Was, wenn es umgekehrt wäre? Wenn Aidan dich betrogen hätte? Würdest du es wissen wollen?«

»Genau das frage ich mich auch schon die ganze Zeit. Ja, ich schätze schon. Aber wenn es nichts bedeutet hat, und es hat nichts bedeutet, Coco, es hatte nicht die geringste Bedeutung, dann … vielleicht nicht. Ich meine, es war ein einmaliger Ausrutscher. Das wird nie wieder passieren. Es ist einfach … es ist jetzt Vergangenheit. Ich bin immer noch ich. Weißt du? Was macht es also für einen Unterschied?«

Ich überlege kurz. Ich kenne das. Genau dasselbe habe ich neulich auch gedacht, in Bezug auf meinen One-Night-Stand mit Eric. In Bezug auf meine Abtreibung.

Wenn ich es mir allerdings genauer überlege, weiß ich, dass es nicht stimmen kann.

»Vielleicht beeinflusst uns alles, was wir tun«, sage ich. »Nur ein kleines bisschen. Vielleicht muss das so sein. Auf diese Art werden wir erwachsen. Das ist weder schlecht noch gut, es ist einfach … es passiert halt.«

»Hört, hört, kluge Worte.« Pia lächelt, aber ihre Augen wirken unheimlich traurig. »Dann bin ich also jetzt, da ich weiß, wie es ist, einen beschissenen Riesenfehler begangen zu haben, persönlich gereift? Und ich werde ihn gleichzeitig immer bereuen? Ist das alles, worum es beim Erwachsensein geht? Dass man die Fehler bereut, die man gemacht hat auf dem Weg dorthin?«

»Nein … das kann auch nicht richtig sein«, sage ich. »Ich weiß es nicht, Pia.«

»Ich muss es ihm sagen«, murmelt sie. »Ich muss. Ich weiß, dass ich es ihm sagen muss.«

Ich nicke. »Vielleicht solltest du das tun.«

Sie schaut zu ihrem Truck hinüber. Vor dem italienischen Hengst hat sich plötzlich eine lange Schlange von Touristen gebildet. Pias Mitarbeiter wirkt gestresst.

»Ich muss wieder zurück«, sagt sie und wischt sich kurz über die Augen. »Mein Gott, ich heule echt oft.«

Ich grinse. »Ich auch.«

Pia umarmt mich fest. »Danke für deine Hilfe, Coco. Du bist wirklich eine tolle Freundin.«

Das ist das Netteste, was jemals jemand zu mir gesagt hat.

Kapitel 14

Ich muss immer noch Zeit herumbekommen bis zu meinem Treffen mit Dad und Julia. Also fahre ich mit der U-Bahn zurück zum Central Park und mache dort einen Spaziergang.

Der Geruch von Gras in der heißen Sonne ist unverwechselbar, oder? Er erinnert mich an meine Sommer früher als Kind, an stopplige Halme, auf denen man sich nach dem Schwimmen hat trocknen lassen, an Kindergeburtstage, auf denen alle in der Hüpfburg getobt haben und ich zu viel Angst hatte, um mitzumachen, weil ein paar von den Jungs wirklich grob waren. Julia war auch richtig grob.

Ich war in meinem gesamten Leben wahrscheinlich nur vier- oder fünfmal im Central Park. Das ist ziemlich seltsam, wenn man bedenkt, dass ich inzwischen in New York lebe, aber irgendwie ist es einfach, immer nur in seinem eigenen kleinen Viertel zu bleiben, obwohl alles andere nur eine Fahrt mit der Subway entfernt ist.

Mein erster Besuch im Central Park war mit meiner Mutter und mit meiner Schwester. Mom ist mit uns an Julias zehntem Geburtstag in die City gefahren, wo wir uns *Der König der Löwen* anschauen wollten. Zuerst haben wir Eis gegessen, danach sind wir in die Musical-Vorstellung gegangen, die überwältigend war. Für mich auch ein bisschen beängstigend, ich war ja noch ziemlich klein. Und anschließend sind wir hinüber in den Central Park spaziert, um die ferngesteuerten Segelboote auf dem See zu beobachten.

Meine Mutter hat uns erzählt, dass dies ihr Lieblingsort auf der ganzen Welt sei. Sie sagte, der Central Park habe eine gewisse Magie, er öffne den Himmel zur Welt darunter und umgekehrt. Man könne sich mitten hineinstellen und sich mit allem um einen herum eins fühlen.

Wir haben eine Weile die Modellboote beobachtet, bevor wir auf den Spielplatz gegangen sind, um eine Runde zu schaukeln. Danach haben wir uns auf den Weg nach Chinatown gemacht, wo wir zu Abend aßen. Schließlich sind wir nach Hause gegangen. Julia und ich waren so müde, dass wir im Taxi eingeschlafen sind. Mein Vater hat Julia nach oben in ihr Bett getragen, und meine Mutter mich nach oben in mein Bett. Ich weiß noch, wie es sich angefühlt hat, von ihr getragen zu werden, mein Gesicht in die weiche Mulde zwischen ihrer Schulter und ihrem Hals zu legen, den Geruch ihres Parfüms und ihres Shampoos einzuatmen. Ich erinnere mich an ihr *Muttersein*.

Und dann wird mir plötzlich bewusst, dass ich mich nicht mehr an ihre Stimme erinnern kann.

Nein. Unmöglich.

Wie hat ihre Stimme geklungen? Wie hat sie sich angehört?

Wenn ich versuche, sie mir vorzustellen, habe ich nur ein nichtssagendes verschwommenes weißes Rauschen im Kopf. Ich kann Julias Stimme abrufen und Angies Stimme und die von Pia und Madeleine und Miss Audrey und Mrs. James und jeder anderen Frau, die ich kenne. Aber ich kann mich nicht mehr an die Stimme meiner Mutter erinnern. Was geschieht, wenn ich mich bald nicht mehr daran erinnern kann, wie sie aussah oder wie sie lächelte oder wie es sich in ihren Armen anfühlte? Es wird sein, als hätte sie nie existiert! Warum habe ich ihre Stimme nicht aufgenommen? Warum? Alles, was wir von ihr haben, ist ein altes Geburtstagsvideo, das mein Cousin einmal an Weihnachten gemacht hat und auf dem ich drei Jahre alt bin oder so. Warum haben wir nicht jeden einzelnen Tag aufgezeichnet, den wir mit ihr erleben durften? Warum?

Ich muss gleich weinen. Das weiß ich. Die Tränen steigen bereits hoch und machen mich blind. O Gott, diese Traurigkeit wird mich eines Tages verschlucken.

Um einen toten Menschen zu weinen, ist nicht wie normales Weinen, es ist nicht so, wie bei einem Film zu weinen oder wegen eines Kerls oder wegen was auch immer. Das würde ich Pia natürlich nie sagen. Ich möchte ihr nicht erklären, dass sie nicht wirklich eine Ahnung hat, was Trauer ist, aber die Wahrheit ist: Niemand kann die Trauer verstehen, der keine Erfahrung damit gemacht hat. Sie ist hoffnungslos und überwältigend, als würde man darin ertrinken … Es ist, als würde man vor Angst ersticken. Normalerweise versuche ich, nicht um meine Mutter zu weinen, weil ich fürchte, dass ich dann nie wieder aufhören kann.

Früher bin ich manchmal nachts weinend wach geworden, als würde mein Körper tagsüber die Tränen zurückhalten und sie nur im Schlaf herauslassen.

Ich zwinge mit aller Kraft die Tränen zurück, damit die

Trauer in das Zentrum meines Körpers zurückwandert, wo sie normalerweise lebt. Während ich meine Tränen wegblinzle und mich auf die ganzen Tauben konzentriere, blitzt in meiner Erinnerung plötzlich eine Szene von Julias Geburtstag auf.

Wir standen am See, und ich war müde, als mir diese wild aussehende Frau auffiel – keine Obdachlose, nur eine von New Yorks Exzentrikern –, die von unzähligen Tauben umflattert wurde. Ich bin komplett ausgerastet vor Angst und habe angefangen zu weinen. Meine Mutter hat sich zu mir heruntergebeugt und gesagt: »Coco, wenn die Frau keine Angst vor den Tauben hat, brauchst du auch keine Angst um sie zu haben.«

Erleichterung durchströmt mich. Jetzt erinnere ich mich wieder. Die Stimme meiner Mutter hat freundlich und beruhigend und gelassen geklungen. Sie war wie Buttertoast. Sie hatte die Farbe von Honig. Sie war *Mom*.

Ich starre auf den See, bis mir einfällt, weshalb ich eigentlich hier bin. Ich sammle mich kurz und mache mich dann auf den Weg zu unserem Lunch.

Kurz darauf betrete ich das Bistro, in dem wir uns verabredet haben und wähle einen Tisch ganz hinten in einer Ecke. Ich bestelle mir ein Mineralwasser und warte dann auf die anderen beiden. Seltsam, dass ich besonders an den Tagen, an denen ich mich mit meinem Vater treffe, an meine Mutter denken muss. In meinem Kopf gehen die beiden immer noch Hand in Hand.

Wo zur Hölle bleibt mein Vater?

»Coco Russotti?«, sagt jemand, und ich hebe den Kopf und blicke in ein vage vertrautes, sehr schönes Gesicht, das ich nicht richtig einordnen kann. »Coco, bist du das?«

»Ja? Ich meine … Hi!« Ich stehe total auf dem Schlauch. Wer zum Teufel ist dieser Kerl?

»Ich bin's!«

Der junge Mann, ein Riese, schenkt mir ein perfektes Lächeln mit strahlend weißen Zähnen, und ich registriere sein kantiges Kinn und die braunen Augen und seine makellose Bräune, und seltsamerweise blitzt vor meinem geistigen Auge ein Footballspieler auf.

»Topher Amies. Wir waren zusammen auf der Highschool. In Rochester.«

Offenbar starre ich ihn immer noch ausdruckslos an, weil er nun ein leicht verwirrtes Gesicht macht.

»Äh, ich war mit Julia befreundet. Ich meine, ich bin immer noch mit ihr befreundet, ich sehe sie nur nicht mehr so oft. Sie lässt sich ja nicht mehr blicken, seit sie ihre große Karriere in der Bank gestartet hat …«

Plötzlich fällt bei mir der Groschen. Topher Amies! Topher war einer von Julias Sportfreunden. Er gehörte zu den coolen Leuten der Schule. Er war mit einer ganzen Reihe von hübschen Mädchen mit langen Beinen und Kaugummistimmen zusammen. Sein Vater war ein professioneller Footballspieler, und Topher war auf dem Weg, in seine Fußstapfen zu treten, bis er sich in einem Spiel dramatisch verletzte. Er brach sich das Bein, was fast alle Cheerleader in Tränen ausbrechen ließ. Er wurde dann als Model für Abercrombie and Fitch gescoutet, was zwar letzten Endes nicht geklappt hat, aber es hätte auch genauso gut anders sein können. Mit anderen Worten, Topher war an der Highschool ein Held.

Ich kann nicht glauben, dass er sich noch an *mich* erinnert. Ich war nichts in der Highschool, ich meine, nicht wirklich nichts, aber … Egal. Schnee von gestern. Auch Julia hat nicht richtig zu den sogenannten coolen Leuten gehört, als Kapitänin der Fußballmädchenmannschaft war sie allerdings überall beliebt und bei verschiedenen Cliquen akzeptiert. Egal, zurück zu Topher. Der im Moment direkt vor mir steht und darauf wartet, dass ich etwas sage.

»Hi!« Meine Stimme bricht. O *Coco, du bist so schwach*. »Ich meine, hey. Was für ein seltsamer Zufall! Ich bin mit Julia und meinem Vater hier zum Lunch verabredet.«

»Nein, kein Zufall, ich bin auch mit deinem Vater verabredet«, erwidert Topher und setzt sich zu mir an den Tisch.

»Du bist was? Ich meine, wie bitte?«

»Mein Vater und dein Vater sind Golfkameraden. Und mein Vater möchte, dass ich in der Firma deines Vaters ein Praktikum mache, also hat er dieses Treffen organisiert. Ich persönlich glaube ja nicht, dass mir die Finanzbranche liegt. Aber hey, das ist meine Bürde.«

Topher lässt ein perfektes Lächeln aufblitzen, und ich muss ein paarmal zwinkern. Mein Gott, er ist so schön.

Ich übertreibe nicht.

Topher ist wirklich eine Augenweide. Die Mädchen in der Schule haben ihn Hottie genannt. Mädchen wie ich, die sich in der Cafeteria am Rand herumgetrieben und beobachtet haben, was die coolen Leute treiben. Eric, der Typ, für den ich so viele Jahre geschwärmt habe, war auch in der coolen Clique, er hatte allerdings einen ziemlich niedrigen Status, der für die Jungs reserviert war, die früher, mit dreizehn, vierzehn mit den coolen Jungs zusammen waren. Im Nachhinein betrachtet, denke ich, dass Eric diesen Hauch der Verzweiflung hatte, den nur die wahrhaft Coolen schon aus einer Meile Entfernung wittern können. Aber mich hat das nicht gestört, ich hab mich trotzdem in Eric verknallt. Ich hätte mich nie in jemanden wie Topher verknallt, er war für mich zu unerreichbar. Ich habe mir immer niedrigere Ziele gesteckt.

Kehr zurück in die verdammte Gegenwart, Coco.

»Dann lebst du jetzt in New York?«

O mein Gott, blöde Frage. Natürlich lebt er hier.

»Ja, ich hab gerade mein erstes Jahr auf der NYU hinter mir«, antwortet Topher. »Ich weiß. Ein Studienanfänger mit dreiundzwanzig. Das ist ziemlich … erbärmlich.« Sein Lachen ist so offen und ansteckend, dass ich unwillkürlich mitlachen muss. Seine Zähne sind so weiß. Seine Wimpern sind so lang. Seine Lippen sind so voll. »Nach der Highschool war ich ungefähr vier Monate lang auf der Duke University, und ich fand es einfach nur ätzend.« Er lacht wieder. »Also hab ich mir für ein paar Jahre eine Auszeit genommen und bin um die Welt gereist.«

»Wow«, sage ich. »Das ist echt krass.«

»Na ja, eher nicht«, sagt Topher. »Die meiste Zeit war ich pleite und einsam. Es war irgendwie tragisch.«

»Tragisch ist cool …« Ich verstumme. O Mann, was für eine dämliche Bemerkung.

»Und nun lebe ich in einem Apartment in Uptown, das meiner Tante gehört. Es ist klein, aber es ist umsonst. Und im Sommer belege ich an der Uni ein paar Extrakurse, weißt du, um Scheine zu machen.«

»Das klingt … spaßig.«

»Ja?« Topher grinst mich an. »Ist es leider nicht. Es ist ziemlich anstrengend.«

Er ist so selbstsicher. So unbeschwert. Kein Wunder, dass er in der Highschool so beliebt war.

Die Kellnerin kommt an unseren Tisch. »Möchten Sie bestellen?«

Topher grinst sie entschuldigend an. »Wir warten noch auf zwei Leute«, sagt er.

»Kein Problem.« Die Kellnerin zwinkert ihm zu und entfernt sich dann wieder. Ich hab euch ja gesagt, Topher ist echt heiß.

»Ich brauche die Sommerkurse, um vorzeitig meinen Abschluss machen zu können«, fährt er fort. »Für die nächsten paar Wochen wird mein Leben aus vergleichenden Literaturwissenschaften bestehen.«

»Krass«, sage ich wieder. »Es macht doch bestimmt großen Spaß, den ganzen Tag über Bücher zu diskutieren. Jedenfalls dachte ich das immer …« Ich zögere kurz. »Tut mir leid«, traue ich mich dann zu erklären. »Ich bin ein Bücherfreak. Ich hab heute den ganzen Morgen *Anna Karenina* gelesen und im Internet recherchiert, und es war so ziemlich der beste Morgen, den ich seit Wochen hatte.«

Tophers Augen leuchten auf. »*Anna Karenina*? Machst du Witze? Was für ein Zufall! Ich …«

Aber bevor wir uns über Bücher unterhalten können, sehe ich, dass mein Vater und Julia gerade gemeinsam das Lokal betreten. Offenbar haben sie sich vor dem Lunch noch ohne mich getroffen. So etwas machen sie immer.

Ich stehe rasch auf. »Hallo, Daddy!«

»Meine Kleine!«, ruft mein Vater zurück.

Mein Vater sieht aus wie Julia, wenn man sich Julia als einen über Fünfzigjährigen mit schütterem Haar und einer Drahtgestellbrille vorstellen kann, der einen grauen Nadelstreifenanzug trägt.

Er umfängt mich in einer seiner wiegenden Umarmungen, dann beugt er sich zurück und betrachtet mein Gesicht. »Ist das Lippenstift? Wisch das ab, Herzchen. Du siehst aus wie ein Clown.«

Ich runzle die Stirn, nehme mir dann aber eine Papierserviette und wische mir rasch den Lippenstift ab. Mein Gesicht kribbelt vor Scham. Ich habe ganz vergessen, dass meine Lippen rot geschminkt waren. Topher hat von der Szene nichts mitbekommen, er ist gerade damit beschäftigt, Julia zu umarmen.

Wir setzen uns alle an den Tisch. Mein Vater schaut nicht einmal in die Speisekarte. Das macht er nie, er weiß immer, was er will.

»Sind alle einverstanden mit dem Brathühnchen? Dafür ist dieses Lokal ja schließlich berühmt, richtig?« Er winkt die Kellnerin zu sich. »Wir nehmen viermal das Brathühnchen, bitte. Was möchtet ihr trinken?«

»Ich habe mir bereits ein Mineralwasser bestellt«, sage ich.

»Schlecht für deine Verdauung«, sagen Dad und Julia gleichzeitig und grinsen sich dann an. »Zwei Dumme, ein Gedanke.«

Topher zwinkert mir zu. Ich bin so überrascht, dass ich nicht einmal auf die Idee komme zurückzuzwinkern, und als ich mich schließlich so weit erholt habe, um es in Erwägung zu ziehen, läuft die Unterhaltung am Tisch bereits weiter. Topher sieht mich nicht einmal mehr an.

»In letzter Zeit arbeite ich praktisch rund um die Uhr«, erzählt Julia. »Erst neulich ist mir bewusst geworden, dass in meiner Schreibtischschublade im Büro mehr Schminkzeug liegt als bei mir zu Hause, sogar all meine Zahnbürsten sind dort.«

»Das ist mein Mädchen!«, sagt Dad. »So, Coco, du hast also deinen Job gekündigt. Erklär mir das genauer.«

»Äh …« Ich blicke Hilfe suchend zu Julia, aber sie lächelt mich nur auf diese seltsame, elterliche Art an, wie sie das immer macht, wenn wir mit unserem Vater zusammen sind. Ich sehe wieder meinen Vater an. Er will mich direkt hier, vor Topher, ins Verhör nehmen, vor einem praktisch Fremden?

Dad erwidert erwartungsvoll meinen Blick. Ja, will er.

Also erkläre ich ihm, dass mir die Arbeit in der Schule nicht mehr gefiel, dass ich die Lust daran verloren habe, dass ich mich unausgefüllt und depressiv gefühlt habe. Nur dass ich natürlich nicht das Wort »depressiv« benutze, so etwas sagt man bei uns zu Hause nicht, ich weiche aus auf »deprimiert«.

Mein Vater nickt die ganze Zeit und isst nebenbei gemächlich drei Scheiben Baguette mit Butter. Als ich meine Geschichte beendet habe, herrscht Schweigen. Ich habe das Gefühl, als würde mir gleich Ärger drohen. Aber ich bin einundzwanzig. Wenn ich meinen Job hasse, ist es doch mein gutes Recht, ihn zu kündigen, oder nicht? Warum kann ich das nicht einfach sagen?

Gleich darauf wird unser Essen serviert.

»Nun, Schätzchen, wir möchten natürlich nicht,

dass du an deiner Arbeit keine Freude hast«, sagt Dad schließlich, nachdem die Kellnerin sich wieder entfernt hat. »Dann lass uns mal überlegen, wie wir dich glücklich machen können.«

»Ich denke, ich werde erst einmal weiter in der Destille arbeiten«, sage ich. »Die Bar ist wirklich urig, und der Geschäftsführer ist richtig cool. Außerdem arbeite ich dort abends und habe so tagsüber Zeit, um zu lesen und mir darüber klar zu werden … äh … über alle möglichen Sachen eben.«

Totenstille. Topher konzentriert sich darauf, sein Fleisch zu kauen, die Augen auf seinen Teller geheftet.

»Über Sachen?« Dad seufzt. »Schätzchen, in einer Kneipe kann man nicht Karriere machen.«

»Ich weiß«, sage ich, obwohl ich denke: *Warum nicht?* Manche Menschen arbeiten ihr ganzes Leben lang in der Gastronomie.

»Ich glaube auch nicht, dass das zu dir passt«, sagt Julia. »Du weißt schon, ungehobelte Gäste, Betrunkene, und du musst den ganzen Abend auf den Beinen stehen.«

»Kleine Kinder sind viel anstrengender und nerviger als Betrunkene«, sage ich. »Und in der Vorschule war ich auch viel auf den Beinen.«

»Coco, Bardame ist einfach kein Job für ein nettes Mädchen wie dich«, sagt mein Vater. »Ich denke, du bist in Rochester besser aufgehoben. Du kannst wieder zu Hause wohnen und dich an den Schulen in unserer Gegend bewerben. Sie haben alle einen ausgezeichneten Ruf.« Ich nicke stumm, da ich mir nicht zutraue, etwas zu sagen, ohne in Tränen auszubrechen. Mein Vater will mich zwingen, zurück nach Rochester zu gehen? Er nimmt meine Bestürzung wahr und legt seine Hand auf meine. »Du weißt, ich würde mich genauso freuen, wenn du einen Sekretärinnenkurs machst, falls du dazu Lust hast. Du könntest auch eine Konditorausbildung machen. Du backst doch so gern.«

Ich senke den Blick auf meinen Teller. Ich will keine Sekretärin oder Kuchenbäckerin sein, ich will einfach … Ich weiß genau, das will ich jedenfalls nicht. Aber wenn ich jetzt den Mund öffne, werde ich ziemlich sicher in lautes Schluchzen ausbrechen, und dann wird Topher mich für eine noch größere Loserin halten, als er es wahrscheinlich bereits tut.

»Mach dir keinen Stress, Cuckoo«, sagt Julia. »Wir finden schon einen Job für dich, der dir gefällt.«

Wer ist »wir«, frage ich mich plötzlich. Bezieht dieses »wir« mich überhaupt mit ein? Oder heißt das, dass Julia und Dad für mich entscheiden werden?

Sie greift nach meiner freien Hand. »Mach dir keine Sorgen, okay?«

Ich hoffe, Topher sieht die Tränen nicht, die mir in die Augen steigen. Mein Vater und Julia halten meine Hände auf dem Tisch, sie nageln mich buchstäblich fest. Das ist mir beides so unangenehm.

Die Unterhaltung wendet sich dem nächsten Thema zu, nun hänge ich jedoch in meinem Kopf fest. Ich bekomme von meinem Essen kaum etwas herunter. Mein Vater und meine Schwester halten mich für unfähig, meinen Weg im Leben selbst zu bestimmen. Sie halten mich für eine Versagerin. Sie denken, dass ich allein nichts auf die Reihe bekomme. Und sie kennen mich besser als jeder andere. Also haben sie wahrscheinlich recht.

Dad und Topher unterhalten sich gerade über das Praktikum, als Julia einen Blick auf ihre Armbanduhr wirft und dann so rasch aufspringt, dass ihr Stuhl umkippt.

»Schei… Ich meine, huch, ich muss zurück ins Büro!«

»Du liebst es einfach, diesen Satz zu sagen, nicht?«, bemerkt Topher schmunzelnd.

Ich muss auch schmunzeln. Er hat recht. Julia liebt diesen Satz tatsächlich.

»Sehr komisch«, sagt sie und umarmt dann jeden von uns zum Abschied. »Bis heute Abend zu Hause, Coco!«

»Mein Flug nach Rochester geht um vier, ich sollte mich also auch auf den Weg machen«, sagt Dad. »Coco, überleg dir, ob du nicht wieder nach Hause kommen willst. Ich werde mich schon einmal wegen eines passenden Jobs umhören. Das wäre wirklich eine Chance für dich.«

Er bezahlt die Rechnung, und niemand widerspricht. Ich frage mich, an welchem Punkt man anfängt, selbst das Essen zu bezahlen, statt sich von seinen Eltern einladen zu lassen. Würde ich es versuchen, würde mein Vater mich wahrscheinlich auslachen.

Dad erwischt sofort ein freies Taxi, als wir das Bistro verlassen, und während ich noch überlege, wie ich mich von Topher abseilen kann, bevor er sich von mir abseilt, eine Art präventiver Abschied, sieht er mich an.

»Hast du heute Nachmittag schon was vor? Begleite mich doch in meine Vorlesung. Das Thema ist russische Literatur. Du hast gesagt, du liest gerade *Anna Karenina*, richtig? Dann wirst du begeistert sein! Und es wird niemandem auffallen, schließlich ist es ein Sommerkurs für alle, die einen Schein nachholen müssen. Du kannst also mitkommen und dich einfach reinsetzen … Warum siehst du mich so an?«

»Das würde ich liebend gern!«, quieke ich. *O Gott, Coco, bleib cool.* »Ich meine, das klingt super. Danke!«

Topher lächelt. »Dann lass uns gehen.«

Kapitel 15

»Ich habe eine Weile gebraucht, bis ich *Krieg und Frieden* durchhatte, doch es hat sich gelohnt«, sagt Topher, während wir mit der Subway zur New York University fahren. »Wir lesen auch Puschkin, Gogol, Herzen, Gorki, Turgenew, Dostojewski …«

Ich habe noch nie von einem dieser Schriftsteller gehört, außer vielleicht von Dostojewski, und ich bin mir nicht mal sicher, ob ich seinen Namen richtig aussprechen kann, ganz zu schweigen davon, ihn richtig zu buchstabieren.

Ich habe es so satt, nichts zu wissen.

Mir war nie bewusst, dass Topher so gesprächig ist … ernsthaft, er quasselt in einer Tour. Er erzählt mir von den Seminaren, die er im letzten Semester belegt hat, von den Problemen, die er hatte, von seinem Apartment, seinen Brüdern, selbst davon, wie sehr er sich darauf freut, in der Firma meines Vaters zu arbeiten (obwohl er hofft, dass er nicht den ganzen Tag nur das Kaffeemädchen spielen muss).

Es ist irgendwie angenehm. Solange Topher seinen Monolog hält, brauche ich mir nicht krampfhaft zu überlegen, was ich sagen soll. Ich brauche nämlich gar nichts zu sagen. Ich versuche einfach nur, an den richtigen Stellen zu lachen. Jedes Mal, wenn ich Topher ansehe, habe ich das Gefühl, mein Bauch würde sich anspannen wie ein Drahtseil. Komisch. Offenbar habe ich diesen Kerl wirklich gern.

Schließlich erreichen wir die New York University. Der Kurs für russische Literatur findet in einem großen Gebäude direkt am Washington Square Park statt. Wir suchen uns zwei Plätze aus – in der Mitte, an der Seite, die Seht-mich-nicht-an-Plätze. Nachdem wir uns gesetzt haben, lasse ich meinen Blick durch den Hörsaal wandern. Er ist nur zu ungefähr zwanzig Prozent gefüllt, wahrscheinlich weil es nur ein Sommerkurs ist, und zu meinem unermesslichen Erstaunen sehen die anderen Studenten alle total normal aus. Es sind nicht die einschüchternd intellektuellen Cooler-als-cool-Typen, wie ich es von NYU-Studenten erwartet hätte. Und sie sitzen auch nicht in Grüppchen zusammen wie auf der Highschool. Jeder sitzt für sich still da, mit einem Laptop oder einem Notizblock bewaffnet, und alle machen den Eindruck, als wären sie nur hier, um zuzuhören und ihren Grips anzustrengen. Sie sind modisch nicht gerade auf dem neuesten Stand.

Sie sind so ähnlich wie ich.

Trotzdem haben sie etwas Besonderes an sich, und ich brauche einen Moment, um herauszufinden, was es ist.

Sie wirken alle sehr selbstständig.

Andererseits … Wenn sie mitten in dieser gottverdammten Millionenmetropole hier leben und studieren, *sind* sie natürlich selbstständig und unabhängig. Meine Mitbewohnerinnen haben dieselbe Ausstrahlung. Ich nicht, glaube ich.

Mein Handy summt. Nachricht von Joe: *Kannst du*

nachher ein Dutzend Limetten mitbringen, Süße? Sind nämlich alle ausgegangen.

Ich antworte rasch: *Geht klar.*

Topher wendet sich mit zu. »Dein Freund?«

»Was? Oh, nein! Joe. Mein Chef.«

Mein Chef, mit dem ich neulich einen zwanglosen One-Night-Stand hatte. Eine völlig wilde und untypische Aktion von mir. Genau wie diese hier. Ich besuche mit dem beliebtesten Typen meiner Highschool ein Literaturseminar, obwohl ich nicht einmal an der Uni eingeschrieben bin. Wow. Die neue Coco hat so viel mehr Spaß.

Ich sehe Topher an. Er hat ein perfektes Profil. Wirklich, einfach perfekt.

Er erwidert meinen Blick und schenkt mir ein derart ungezwungenes, beruhigendes Lächeln, dass ich fast dahinschmelze und gleichzeitig explodiere. Und dann wird mir bewusst, dass ich im Prinzip … dass ich … im Grunde … dass ich ganz und gar wahrscheinlich heftiger in Topher Amies verschossen bin, als jemals jemand in der Geschichte der Welt in jemanden verschossen war.

»Guten Morgen allerseits!«, höre ich eine dröhnende Stimme.

Eine ältere Frau mit kurzen schwarzen Haaren steht auf dem Podium, ihre Stimme wird über ein Mikrofon durch den Saal getragen. Tatsächlich bin ich mir nicht sicher, ob es einen großen Unterschied machen würde, wenn das Mikrofon ausgeschaltet wäre.

»Das ist Frau Professor Guffey«, raunt Topher mir zu und nickt in Richtung der Frau.

»Heute sprechen wir über *Anna Karenina* und die

Darstellung der Frauen in der russischen Literatur des 19. und 20. Jahrhunderts …«, beginnt die Professorin.

Ich lächle. Ich glaube, das hier wird mir gefallen.

Die Professorin steigt sofort voll in das Thema ein und streift in ihrem Vortrag verschiedene Romane und Ereignisse und Politiker, von denen ich noch nie gehört habe. Alles klingt superspannend, alles klingt, als wäre es von Bedeutung. Ich habe noch nie jemanden so über Literatur reden hören – als wäre diese ein wesentlicher Bestandteil der Welt, ein Spiegel, der uns zeigt, wer wir wirklich sind, und nicht nur, wer wir gern sein möchten.

Einen Moment lang überkommt mich ein kleiner Panikanfall. Ich bin nicht klug genug, um das alles hier zu verstehen. Ich bin einfach … nicht klug genug.

Dann eröffnet die Professorin eine Diskussion über *Anna Karenina*. Darüber, was es bedeutete, Mutter zu sein in einer Zeit, in der die Frauen keine Rechte besaßen. Darüber, welchen Stellenwert die Liebe hatte, als das Gesetz den Ehemann zum Gott erhob. Darüber, dass Tolstoi die Situation auf eine Art beschreibt, die uns zerreißt. Darüber, dass Ljewins Liebe eine reinere, kältere Alternative bietet. Darüber, wie wir Anna heute beurteilen würden im Vergleich zu den damaligen russischen Lesern.

Irgendetwas in mir erwacht gerade.

Ich wünschte, die Vorlesung würde ewig dauern. Am liebsten würde ich Fragen stellen, am liebsten würde ich sagen, was mir gerade durch den Kopf geht. Ich möchte mehr erfahren. Ich möchte, dass Frau Professor Guffey den ganzen Tag weiterredet, und ich möchte alles lesen, was Tolstoi jemals geschrieben hat. Ich möchte nach Russland gehen, ich möchte … ich möchte …

»Was denken Sie, wen betrachtet Tolstoi in seinem Roman als die wahre Heldin? Anna oder Kitty?«

»Kitty!«, ruft eine Studentin in der ersten Reihe, eine der einschüchternden, beliebten, adretten Sorte mit perfekt frisierten honigfarbenen Haaren. »Anna stirbt. Sie trifft eine schlechte Wahl, verliert ihr Kind und stirbt. Kitty wird mit Ljewin glücklich.«

»Ich bin total derselben Meinung«, sagt ihre Sitznachbarin, die allgegenwärtige Speichelleckerin, die beliebte Mädchen zu ihrer Bestätigung brauchen, wenn gerade kein Spiegel verfügbar ist. »Anna denkt nie an die Konsequenzen. Sie ist eine Loserin.«

»Blödsinn!«, rufe ich und schlage dann meine Hand vor den Mund.

Alle Köpfe im Saal drehen sich zu mir.

»Blöd…sinn?«, wiederholt Professorin Guffey.

»Tut mir leid, ich wollte nur, ich denke … äh … ich denke, Anna hat sich einfach verliebt. Aber sie war nicht unabhängig, zu jener Zeit hatten die Frauen in Russland keine Rechte …« Meine Wangen glühen. »Und so zahlte sie einen hohen Preis für ihren Ehebruch, dafür, dass sie sich in Wronskij verliebte. Sie verlor den Zugang zu ihrem Sohn und zu ihrem neuen Glück, und dann …«

Ich verstumme. Warum habe ich mich gemeldet? Ich dürfte gar nicht hier sein. Die Professorin wird mich wahrscheinlich gleich rausschmeißen.

»Ganz genau!«, ruft sie und zeigt auf mich. Alle zucken zusammen. »Unabhängigkeit!«, fährt sie unwesentlich leiser fort. »Darum geht es. Ganz richtig. Um weibliche

Emanzipation. Um das Bedürfnis, um das Recht, eigene Entscheidungen zu treffen, den eigenen Instinkten zu folgen, statt einfach das zu tun, was einem der Vater befiehlt oder der Ehemann … Das ist das, was Anna wollte. Aber sie konnte es nicht haben. Die russische Gesellschaft im 18. Jahrhundert erlaubte es nicht. Also erlaubte Tolstoi es auch nicht. Er machte seinen Roman zu einer Warnung vor der Liebe. Verlieb dich, so lautet seine Botschaft, und du wirst alles verlieren. Deine Familie, dein Glück … sogar dein Leben.«

Topher grinst mich an. »Streberin.«

Kapitel 16

»Nichts wirkt auf junge Leute in den Zwanzigern verlockender als ein Zwei-Dollar-Drink«, sagt Joe, während sein Blick über die Gäste in der Destille schweift.

»Wenn ich eins weiß, dann wie man in New York Geld spart«, sage ich stolz. Ich habe die Happy Hour der Destille am Wochenende auf ein paar »Pleite in Brooklyn«-Blogs erwähnt. Und es hat funktioniert. »Für billigen Alkohol kommen die Leute überall hin.«

»Ja, muss echt hart sein, auf jeden Cent zu achten, mit dem riesigen Haus, das du geerbt hast.« Joe zieht an meinen Haaren. Ich schreie auf und werfe ein Stück Eis nach ihm.

Ich kann nicht glauben, dass es so gar nicht seltsam war, Joe heute in der Bar wiederzusehen. In Anbetracht all der Dinge, die wir mit unseren nackten Körpern angestellt haben, müsste ich jetzt eigentlich schüchtern sein oder verlegen oder so. Aber das bin ich nicht. In Gegenwart von Topher war ich tausendmal schüchterner. In Joes Gegenwart fühle ich mich einfach normal.

Ich fühle mich fast unbeschwert.

Vielleicht ist das genau das, was ich brauche: Tagsüber hänge ich mit Topher in den Vorlesungen herum, und abends arbeite ich mit Joe in der Bar. Topher wird mein Kumpel sein und Joe mein F… Ihr wisst schon.

»Worüber denkst du gerade so intensiv nach?«, fragt Joe. »Du siehst hinreißend aus, wenn du die Stirn runzelst. Wie ein bekifftes Kätzchen.«

»Wie viele bekiffte Kätzchen hast du schon gesehen?«

»Hunderte! Tausende! In Irland gibt es ein großes Drogenproblem unter den einheimischen Katzen. Nein, lach nicht, es ist ein Albtraum.«

Ich lache so sehr, dass er sich eine halbe Zitrone schnappt.

»Hör auf, mich auszulachen, oder ich zwinge dich, die hier zu essen.«

»Das wirst du nicht tun!«

Ich weiche langsam vor ihm zurück, während er näher kommt. Einen panischen – und, um ehrlich zu sein, aufregenden – Moment lang denke ich, dass er sich gleich auf mich stürzen wird.

»Beruhigt euch, ihr Turteltäubchen«, sagt jemand.

Angie! Ich habe das Gefühl, als hätte ich sie seit einer Ewigkeit nicht gesehen. Tatsächlich ist es erst einen Tag her. Ich nehme an, dass wir uns in Zukunft häufiger verpassen werden, schließlich arbeite ich abends und Angie tagsüber. Was irgendwie doof ist.

»Angie! Wie war dein Tag?«

»Lustig, anstrengend, zickig, entwürdigend, schlecht bezahlt. Du weißt schon, das übliche Klagelied der Nachwuchskräfte in der Modeindustrie.« Angie setzt sich auf einen Barhocker. »Stellt mir ein paar billige Drinks in einer Reihe hin, Bitches. Zwei Scheine für einen, richtig? Für billigen Alkohol komme ich überall hin.«

Joe und ich wechseln einen Blick und fangen wieder an zu lachen. Das waren genau meine Worte.

Angie holt ihr Handy heraus und nimmt ihre übliche Sitzhaltung ein. »Gott, ihr zwei seid wirklich voll ineinander verknallt.«

»Sind wir nicht«, sage ich, ruckartig aus meiner Ausgelassenheit gerissen.

»Doch, sind wir«, sagt Joe. Ich sehe ihn entsetzt an. »Tatsächlich wollen wir heiraten. Und wir werden natürlich einen Haufen Kinder in die Welt setzen wie alle guten irischen Einwanderer.«

»Krass.« Angie sieht mich mit hochgezogener Augenbraue an, und ich wende meinen Blick ab. Ich weiß, sie denkt, zwischen Joe und mir würde mehr laufen, aber wir sind nur Freunde. Mit gewissen Vorzügen. »Pia und Julia kommen auch gleich«, informiert sie uns dann. »Wir haben eine Krisensitzung einberufen wegen Pias, sagen wir, kompliziertem Liebesleben, und wir haben beschlossen, sie hierherzuverlegen, damit du auch daran teilhaben kannst.«

»Danke!« Ich bin wirklich überrascht und fühle mich geschmeichelt.

»Ich habe auch Madeleine benachrichtigt, aber sie probt heute Abend mit ihrer Band.« Angie unterbricht sich kurz. »Irgendwas ist mit dieser Frau los. Mehr als sonst. Das spüre ich.«

Joe schenkt uns allen einen Lagavulin ein, der in meiner Kehle wie köstliches Feuer brennt. Es erscheint mir immer noch unanständig, hinter der Theke zu trinken, ich komme nur langsam darüber hinweg.

Stellt euch vor, Topher würde genau jetzt, in dieser Sekunde, hier auftauchen.

Ich muss wirklich in ihn verschossen sein, wenn ich

mir bereits ausmale, dass er überraschend auftaucht, in beliebigen Momenten meines Lebens. Wäre Topher jetzt hier, würde er alle zum Lachen bringen und mir besondere Aufmerksamkeit widmen.

Pia ist eingetroffen. Statt wie sonst mit selbstbewusstem Gang die Menge vor sich zu teilen, schleicht sie kleinlaut um die Leute herum, als wollte sie einfach nur ignoriert werden.

»Ist Pia krank?«, fragt Joe.

»Ja. Schuld ist tatsächlich eine Krankheit«, sagt Angie. »Sie kann dich umbringen, wenn du es zulässt.«

»Hi, Leute.« Pias Stimme schafft nicht mehr als ein Flüstern. »Kann ich bitte was zu trinken haben? Was Starkes. Was sehr Starkes.«

»Um Gottes willen, leg bloß rasch Make-up auf«, sagt Angie. »Du siehst aus wie ein Pockenopfer.«

»Bitte, keine Gemeinheiten. Ich kann das im Moment nicht ertragen.« Pia greift in ihre riesige Tasche und nimmt eine ganze Kleenex-Box heraus.

»Wow, ich sehe, du bist gut vorbereitet«, sagt Joe, während er Pia ein gut gefülltes Glas Whiskey serviert.

Pia schnäuzt sich und nimmt dann einen großen Schluck von ihrem Whiskey.

»Ich habe es getan«, sagt sie. »Ich habe Aidan gesagt, dass ich ihn betrogen habe.«

»Und?«

Es entsteht eine lange Pause. Dann sieht Pia uns an, und ihre Augen schwimmen in Tränen. »Es. Ist. Aus.«

»Oh, scheiße!« Angie schlingt ihre Arme um Pia. Angie ist eine große Umarmerin geworden, seit sie Sam kennt. Die Liebe hat sie weich gemacht. Und trotzdem ist sie mir immer noch irgendwie unheimlich. »Trink aus. Das hilft, den Schmerz zu betäuben.«

Pia setzt ihr Glas an die Lippen. Sie starrt uns über den Rand hinweg an wie ein Kind, das Milch trinkt.

»Möchtest du darüber reden?«, fragt Angie, als Pia ihr Glas geleert hat.

»Ja. Nein. Ich weiß nicht. Ich kann mich nicht damit auseinandersetzen«, sagt Pia. »Ich muss mich betrinken. Hältst du meine Haare, wenn ich nachher kotzen muss?«

»Es wäre mir eine Ehre.«

In diesem Moment kommt Julia hereingestürmt. Ihr Pferdeschwanz wippt, sie trägt noch das Lächeln im Gesicht, das sie wohl immer bei der Arbeit aufsetzt. In ihrem Power Suit und mit ihrem kleinen Rucksack sieht sie wie eine gestresste Geschäftsfrau aus.

»Hallo, Leute! Coco, einen Whiskey Smash, bitte.«

Julia richtet sich auf einem Barhocker ein, zum Schutz vor Dieben sichert sie einen Trageriemen ihres Rucksacks mit einem Hockerbein. Dann holt sie ihr Handy hervor, checkt ihre geschäftlichen E-Mails und schnattert nebenbei ununterbrochen, ohne Pias dramatischen Zusammenbruch auf dem Barhocker neben sich wahrzunehmen.

»Ich hatte heute einen fantastischen Tag. Ich arbeite gerade an diesem neuen Projekt. Eine richtig große Sache. Ungefähr der größte Deal aller Zeiten. Viel größer als dieses andere Projekt. Darum müsst ihr euch ab morgen von Juju verabschieden. In den nächsten paar Monaten werde ich Little Miss Workaholic sein, und dann mache ich Milliarden von Dollar und werde befördert. Mein

Aufstieg auf der Firmenschlampenleiter hat begonnen.« Ich gebe ihr einen Whiskey Smash – perfekt gemixt, wenn ich das sagen darf –, und Julia nimmt einen großen Schluck. »Schmeckt *ausgezeichnet*«, sagt sie.

»Ich habe es Aidan gesagt«, sagt Pia in dramatischem Ton. »Wir … wir haben uns getrennt.«

»Das ist ja *oberkacke*«, erwidert Julia. Mann, sie ist heute Abend total aufgedreht. »Ihr kommt bestimmt wieder zusammen. Aidan wird darüber hinwegkommen. Du bist das Beste, was ihm jemals passiert ist.«

Pia bricht in Schluchzen aus. Joe wirft mir rasch einen Blick zu, und ich nicke und schenke ihr Whiskey nach.

»Lasst uns über was anderes reden«, sagt Angie. »Julia, erzähl uns mehr von deiner bevorstehenden Arbeitshölle und warum du dich so sehr darauf freust.«

»Ja«, sagt Pia und wischt vorsichtig ihre Tränen ab, um die Wimperntusche nicht zu verschmieren. »Ich kann es nicht leiden, wenn meine Freundinnen glücklich sind, während ich leide. Das verstößt gegen den Freundschaftskodex. Genau wie sich ein Kleidungsstück von mir auszuleihen, bevor ich es getragen habe.«

Julia lächelt selig. »Ich freue mich vor allem wegen Peter.«

»Dem Großen«, ergänzen Angie, Pia und ich im Chor.

»Richtig. Wir haben heute Abend ein Date.«

»Peter der Große ist ein Mann fürs Leben«, sagt Angie. »Nein, so was!«

»Peter und Julia, Julia und Peter«, sagt Pia langsam. »Doch, das kann ich mir vorstellen. Julia Russotti und Peter der Große.«

Joe sieht interessiert von seiner Arbeit auf. »Ihr gebt

euren Lovern Spitznamen? Was bin ich dann? Wartet … lasst mich raten. Joe der Glorreiche.«

»Genau, Joe der Glorreiche. Genau so nennen wir dich«, sagt Angie.

Julia nimmt wieder einen Schluck von ihrem Whiskey Smash. »Da ist Zitrone drin, richtig? Das ist gut. Vitamin C.«

Pia blickt sich um. »Bilde ich mir das nur ein, oder ist die Beleuchtung hier angenehmer als früher?«

Ich grinse Joe triumphierend an. »Hab ich es dir nicht gesagt? Wir versuchen gerade, die Bar ein wenig aufzuhübschen«, erkläre ich Pia. »Du weißt schon, damit die Leute tatsächlich Lust haben, hier einzukehren.«

»Es ist heute deutlich voller als beim letzten Mal«, sagt Julia, die sich ebenfalls umsieht. »Warum macht ihr hier nicht einen auf Retrolook wie alle anderen Kneipen in New York? Ihr wisst schon, so eine Art Kultkaschemme.«

»Du meinst eine von vielen«, sagt Pia.

»Total abgedroschen«, stimmt Joe ihr zu.

»Und völlig passé«, sagt Angie. »Ich hab schon Kultkaschemmen besucht, bevor ich meine erste Periode hatte.«

»Warum musst du immer deine Vagina ins Spiel bringen?«, fragt Julia.

Joe zieht eine Grimasse. »In dieser Unterhaltung ist viel zu viel Östrogen.« Er verlässt die Theke und geht Gläser einsammeln.

Pia knallt ihr leeres Glas auf den Tresen. »Mehr Whi… Whiksey. Ich meine, Whiskey. Bitte.«

Ich schenke ihr wieder nach.

»Und, hast du den Nachmittag mit Topher verbracht?« Julia grinst mich an und wackelt mit den Augenbrauen.

»Was?« Ich spüre, dass ich rot werde. »Nein. Ich meine, ja. Ich meine, wir haben … Ich war mit ihm an der Uni.«

»Topher ist ein toller Typ«, sagt Julia. »Richtig clever. Er wird es weit bringen.«

»Du bist so antiquiert«, sagt Angie. »*Er wird es weit bringen* … Was bitte schön soll das heißen?«

»Ich sage ja nur, wenn Coco ihn daten will, wäre das keine schlechte Idee.«

Mein Gesicht muss rot sein wie eine Tomate. »Sei nicht verrückt. Topher spielt weit außerhalb meiner Liga.«

»Ich hatte heute Mittag aber stark den Eindruck, dass er dich gut findet. Außerdem spielt Topher eher in deiner Liga als ein irischer Thekencasanova«, erwidert Julia mit einem abschätzigen Blick auf Joe, der gerade auf dem Weg in den Lagerraum ist.

Ich runzle die Stirn. Joe kann sie nicht hören, trotzdem ist es nicht nett, so etwas zu sagen.

In diesem Moment summt mein Handy, ich spüre es in meiner Hosentasche.

Nachricht von Topher: *Kommst du am Montag mit in meine Rilke-Vorlesung?*

Vielleicht hat Julia recht. Vielleicht findet Topher mich tatsächlich gut.

»Coco, hast du gerade eine SMS von einem Kerl bekommen?«, fragt Angie, gerade als Joe an die Theke zurückkehrt.

»Nein«, sage ich.

»Und warum wirst du dann rot?«

»Es ist nur, weil … äh … Hier ist es so heiß«, sage ich und sehe sie mit einem »Halt endlich die Klappe«-Gesicht an.

Zu meiner Überraschung gehorcht sie.

»Übrigens, mein Herz ist immer noch gebrochen«, sagt Pia. »Kann mir bitte jemand sagen, dass alles wieder gut wird?«

Angie reagiert als Erste. »Natürlich wird alles wieder gut. Das ist nur ein vorübergehendes Tief. Fremdgehen ist ein Symptom, nicht die Ursache von Problemen. Aidan liebt dich. Diese Krise wird euch beide enger zusammenschweißen.«

»Aber er hat mit mir Schluss gemacht!«

»Nicht für lange.« Angie lächelt so breit, dass es wehtun muss. »Dessen bin ich mir sicher. Du und Aidan, ihr seid füreinander bestimmt. Du hast eben einen Fehler gemacht. Na und? Das ist halb so wild.«

»Was ihr Frauen alles füreinander tut«, murmelt Joe. »Sie lügt doch. Der Kerl wird Pia niemals wiedersehen wollen.«

»Woher weißt du das?«, murmle ich zurück.

»Weil sie ihn betrogen hat. Das ändert alles.«

Shit. Ich hoffe, Joe behält nicht recht. Gleich darauf bin ich damit beschäftigt, Gäste zu bedienen. Die Destille füllt sich allmählich. Es ist hier einfach urgemütlich. Wir sind alle da und hängen zusammen ab. Eine von uns hat eine Krise, und die anderen stehen ihr bei. Und das Allerbeste ist, dass ich es vermeiden kann, zu viel Aufmerksamkeit auf mich zu ziehen, indem ich mich einfach hinter der Theke beschäftige. Es ist genau wie früher, wenn ich in der Küche gebacken habe.

Es ist perfekt.

Und dann stößt Madeleine dazu, um das Bild zu vervollständigen.

Aber sie ist nicht allein. Sie kommt in Begleitung. In männlicher Begleitung.

Wer zum Henker ist das? Der Kerl sieht ganz süß aus in seinem Anzug mit der offenen Krawatte und dem aufgeknöpftem Hemdkragen … Ist das der Typ, der Madeleine neulich diese Bettfrisur verpasst hat? Ich habe die Sache nicht weiter verfolgt, nun frage ich mich, ob Madeleine einen neuen Freund hat.

Augenblick, den kenne ich doch, das ist …

»Peter der Gro… Peter!«, ruft Julia. »Hi! Ich meine, was machst du hier?«

»Julia?« Peter schwankt leicht. »Ich habe schlechte Neuigkeiten.«

»Du willst unser Date platzen lassen?« Julia sieht aus, als würde sie gleich in Ohnmacht fallen.

»Nein … ich …« Peters Portemonnaie fällt auf den Boden, und er bückt sich danach. Als er sich wieder aufrichtet, scheint er vergessen zu haben, wo er gerade ist.

»Ich habe ihn bewusstlos auf unserer Eingangstreppe gefunden«, sagt Madeleine. »Er ist gefeuert worden.«

»Er ist was?« Julia macht ein entsetztes Gesicht. »Warum hast du mich nicht angerufen, Peter?«

»Mein Handy gehört der Firma. Ich musste es abgeben. Mein Handy, mein Leben. Alles.« Peter wirkt so verletzlich und süß, während er Julia flehentlich anblickt. »Ich wollte es dir sagen, aber ich wusste deine Nummer nicht auswendig. Ich weiß nicht einmal die Nummer meiner Mutter auswendig. Ist das nicht verrückt?«

»Willkommen im 21. Jahrhundert, Kumpel«, sagt Madeleine. »Okay. Nachdem ich nun deinen betrunkenen Freund hier abgeliefert habe …«

»Er ist nicht mein Freund«, murmelt Julia.

»Was auch immer. Ich gehe jetzt jedenfalls zu Amy, um Songs zu schreiben. Bis später.«

Madeleine verschwindet wieder, und wir wenden uns alle Peter zu, der immer noch schwankt, die Stirn leicht gerunzelt. Er bemüht sich, einen nüchternen Eindruck zu machen, allerdings vergeblich.

»Kann ich ein Bier haben?«, fragt er.

Joe mustert ihn kurz. »Nein. Du bist schon strack.«

»Ich denke, Peter, du solltest jetzt nach Hause gehen«, sagt Julia.

»Aber …« Peter wirkt ratlos. »Aber wir haben heute Abend ein Date.«

Julia schüttelt den Kopf. »Ruf mich morgen an … Oh, richtig, kein Handy. Moment.« Sie schnappt sich von der Theke einen Bierdeckel und einen Kugelschreiber und notiert ihre Nummer. »Besorg dir morgen ein Handy. Und dann ruf mich an.«

Peter nickt kläglich. »Du magst mich nicht mehr, weil ich zu den Losern gehöre, die gefeuert wurden, stimmt's?«

»Nein!«, widerspricht Julia laut und vernehmlich, obwohl sie offenbar genau das denkt. Das sehe ich ihr an. »Natürlich nicht. Lass uns nächste Woche mal zusammen essen gehen. Das wäre top.«

Peter steckt den Bierdeckel ein. Er sieht jetzt ernüchtert aus. Und irgendwie traurig.

Nachdem er die Bar verlassen hat, wendet Angie sich

an Julia. »Du hast tatsächlich die Absicht, dem ersten Kerl, den du seit ich weiß nicht wie lange gut findest, den Laufpass zu geben, nur weil er gefeuert wurde?«

»Ich kann ihm nicht den Laufpass geben. Wir sind nicht zusammen«, erwidert Julia. »Das war bloß ein flüchtiges Abenteuer.«

»Er mag dich. Du magst ihn. Es ist nur eine Frage der Zeit und der semantischen Feinheiten«, sagt Angie.

»Semantische Feinheiten? Was für ein großer Begriff«, sagt Pia. »Kannst du das mal buchstabieren?«

»L-E-C-K-M-I-C-H«, antwortet Angie.

Joe lacht.

»Ich sehe einfach keine Zukunft für Peter und mich, wisst ihr? Ich bin total … Im Moment bin ich ohnehin nur auf meine Karriere fokussiert. Das ist nichts Schlimmes, oder?«

»Ganz und gar nicht«, sagt Pia. »Aber …«

»Er sieht gut aus. Und er scheint echt ein netter Kerl zu sein«, wirft Joe ein. Wir starren ihn alle an. Ich dachte, Joe sei ein Frauenheld. »Sorry, ich habe viele kleine Schwestern.« Er zuckt mit den Achseln. »Ich bin diese Art Gespräche gewohnt.«

»Na, dann sag mir, was ich machen soll«, entgegnet Julia. »Einen Arbeitslosen daten?«

»Immer langsam mit den jungen Pferden, der Mann ist seit gerade einmal fünf Minuten arbeitslos«, sagt Joe. »Er wird einen anderen Job finden. Und das sehr schnell. Rationalisierungsmaßnahmen sind nichts Persönliches. Die können jeden treffen.«

»Mein Vater sagt immer, dass Unternehmen nur Stellen abbauen, um das tote Holz abzustoßen«, sagt Julia.

»Ich möchte kein totes Holz daten. Ich mag Menschen, die auf der Gewinnerseite des Lebens stehen.«

»Auf der Gewinnerseite des Lebens?« Joe sieht Julia ungläubig an.

Zum ersten Mal überhaupt frage ich mich, welchen Effekt der Erziehungsansatz unseres Vaters auf Julia hatte. Vielleicht war sie schon immer so tough und so ehrgeizig. Vielleicht hat er sie auch dazu gemacht.

»Es gibt Menschen, die kommen voran, obwohl es so aussieht, als würden sie stillstehen«, sagt Joe. »Wer bist du, dass du dir anmaßt, über jemanden zu richten?«

»Du mich auch, Ire«, erwidert Julia.

In diesem Moment fängt Pia an zu weinen, ohne jeden Anlass, außer vielleicht ihrem dritten Drink an diesem Abend. Angie und Julia beschließen, sie nach Hause zu bringen. Alle wirken nun etwas ernüchtert, in der Luft liegt eine gewisse Anspannung. Warum hat Julia was gegen Joe? Sie reagiert sonst nie so ablehnend auf jemanden, nicht wirklich.

Ich bin so froh, dass ich auf dieser Seite der Theke stehe. Sicher vor jeder Art von Drama. Sicher vor allem.

Viel später, als die Bar sich geleert hat und Joe und ich aufräumen und die letzten Gläser einsammeln, sagt er: »Gut, lass uns mal genauer über deine Idee mit der Prom Night reden.«

»Okay«, sage ich. »Also, wir müssen uns ein Motto für den Abend überlegen. Richtig? Zum Beispiel … äh …«

»Verzauberung unter dem Meer«, schlägt Joe vor. »Das war das Schulballmotto in *Zurück in die Zukunft*. Der beste Film aller Zeiten.«

»Okay, von mir aus«, sage ich. »Dann dekorieren wir die Bar in eine Unterwasserwelt um.«

»Also … ein Ölteppich?« Joe überlegt angestrengt. »Plastiktüten. Abgestürzte Flugzeuge. Killerwale, die mit Babyrobben Pingpong spielen.«

»Was? Schrecklich. Nein«, sage ich. »Ich meine Sand, und Seesterne und Muscheln und Schwärme von kleinen Papierfischen, die wir an die Decke hängen … Sachen, die wir selbst machen können, weißt du? Das würde besonders echt aussehen.«

»Und ganz nach Brooklyn«, sagt Joe, während wir Tabletts mit leeren Gläsern zur Theke tragen.

»Richtig.«

»Bist du künstlerisch begabt? Du siehst nämlich so aus.«

»Nein, aber ich bin ausgebildete Erzieherin, deshalb kann ich ziemlich gut mit Schere und Kleber umgehen.« Joe lacht. Ich gerate in Fahrt. »Wir brauchen Cocktails, die einen Bezug zum Meer haben, und ein Buffet und einen Seifenblasenautomaten! Und wir können die Beleuchtung über der Tanzfläche mit transparenter blauer Folie abdecken.«

»Damit es aussieht, als wären wir unter Wasser?«

»Ja. Wie bist du darauf gekommen?«

»Hab nur geraten.« Ich habe das Gefühl, Joe macht sich über mich lustig, aber das ist mir egal. Noch eine Prom Party! Und diese wird kein Reinfall sein. Mein Schwarm wird nicht mit meiner sogenannten besten Freundin schlafen.

»Vielleicht können wir beide uns als Meerjungfrauen verkleiden«, schlage ich vor. »Ich meine, du kannst ein

Meermann sein, und ich …« Ich kann nicht weiterreden. Joe hat sich mir von hinten genähert und küsst nun meinen Hals, und prompt läuft mir ein wohlig warmer Schauer über den Rücken. Dann dreht er mich um, vergräbt seine Finger in meinen Haaren, und wir küssen uns und küssen uns und küssen uns … »Warte.« Ich drücke Joe ein Stück von mir weg. Doch seine Augen verharren auf meinen Lippen, und er beugt sich vor, und wir küssen uns wieder … »Warte!«, sage ich erneut. »Joe, wir sind nur … Das ist nur …«

»Nur was?« Joe schiebt mein Haar zur Seite und beginnt, an meinem Ohrläppchen zu knabbern.

»Ich … O Gott, das ist schön, ich … ich möchte nur sichergehen, dass wir beide wissen, dass das mit uns … äh …« Wie kann ich sagen »Ich möchte nur Sex von dir und sonst nichts«, ohne wie ein herzloses Luder zu klingen?

»Dass das mit uns was Lockeres ist.« Seine Lippen sind immer noch auf meiner Haut, und seine Worte klingen warm und heiser. »Ich weiß. Du bist frisch getrennt. Du suchst keine ernsthafte Beziehung. Wir sind beide erwachsen. Ich verstehe das schon.«

»Genau«, sage ich.

Ethan! Ich habe vor Kurzem erst mit ihm Schluss gemacht. Das hatte ich total vergessen. Wie konnte ich das vergessen? Eigentlich hätte ich die Trennung analysieren und millionenfach in meinem Kopf durchspielen müssen, weil man das eben so macht in den ersten Tagen danach. Doch ich war zu beschäftigt damit, mein neues Leben zu genießen. Und Joe hat natürlich kein Problem damit, dass wir nur Freunde mit gewissen Vorzügen sind. Ich meine, er ist schließlich ein totaler Frauenheld, wisst ihr, und was für ein Klischee – der heiße irische Barmann, der mit jeder schläft, ich …

Oh, Joe hat es voll drauf, meinen Hals zu küssen, ich kann meinen Gedankengang nicht …

»Aber wir können Freunde sein«, murmelt er.

»Freunde …«

»Beste Freunde«, sagt er. »Beste Freunde, die sich manchmal zusammen nackt machen und Spaß haben. Zu dir oder zu mir?«

»Zu mir.«

Kapitel 17

Ich nehme nun schon seit Wochen unerlaubt an Tophers Literaturkurs teil. Offen gesagt fange ich an, diesen Umstand ziemlich gleichgültig zu betrachten. Es scheint niemanden zu kümmern. Es scheint nicht einmal jemandem aufzufallen.

Es ist genau wie mit meinen regelmäßigen nächtlichen Schäferstündchen mit Joe. Es ist allein meine Entscheidung, ob mich das glücklich macht.

Ich fühle mich nicht einmal schuldig, obwohl ich weiß, dass mein Vater alles, was ich zurzeit mache, missbilligen würde. Er schickt mir wie ein hilfsbereiter kleiner Berufsberater immer wieder Links zu Stellenangeboten für Erzieher in Rochester, aber ich bin erwachsen, ich kann machen, was ich will, und ich will nicht zurück nach Rochester. Ich weiß, das wird mich nicht glücklich machen.

Tatsächlich glaube ich, dass ich im Moment mit dem Sommerkurs, den Schäferstündchen und der Arbeit in der Destille so glücklich bin wie nie zuvor.

Ein kleiner Teil von mir stört sich daran, dass das nicht genug ist. Dass ich … *mehr* brauche. Leider weiß ich noch nicht, was dieses »Mehr« ist. Was kann ich also tun? Es ist nur ein Gefühl. Und vielleicht gehört dieses Gefühl zu den Dingen, die mein Vater als Seuche meiner

Generation bezeichnet. Das Gefühl, dass wir rundum glücklich sein sollten, die ganze Zeit.

Mist. Ich weiß auch nicht.

Topher und ich sind gerade im Begriff, den Hörsaal zu verlassen, als Frau Professor Guffey mich aufhält.

»Hallo«, sagt sie und starrt mich mit kühlem und festem Blick an. Sie hat eisblaue Augen.

O mein Gott, ich bin aufgeflogen.

Ich sehe mich panisch nach Topher um, aber er hat den Saal bereits verlassen.

»Hallo …«

»Ihre Gedanken über Determinismus und Willensfreiheit haben mir wirklich gut gefallen«, sagt die Professorin. »Ich denke, Sie nehmen eine Menge mit aus diesem Kurs.«

»Das stimmt.« Meine Stimme ist nur ein Flüstern.

»Haben Sie Flaubert gelesen? Sartre? Ich denke, daran würden Sie Ihre Freude haben.«

»Äh …« Mein Herz klopft wie wild in meiner Brust. Hätte ich Flaubert und Sartre lesen sollen? Sind das nicht Franzosen? »Nein …«

Frau Professor Guffey betrachtet mich einen Moment. »Wie war noch gleich Ihr Name?«

»Coco Russotti.« Die Worte sind heraus, bevor ich es verhindern kann.

Mist.

»Coco.« Die Professorin runzelt die Stirn, als versuchte sie gerade, sich an meinen Namen auf der Teilnehmerliste zu erinnern. Mein Herzschlag beschleunigt sich. Kann man mich dafür verhaften, dass ich unerlaubt an den Vorlesungen teilgenommen habe? »Nun, Coco, ich gebe im Herbst ein Seminar über die zeitgenössische Literaturtheorie. Ich denke, das Thema könnte Ihnen gefallen.«

»Bestimmt!«, sage ich. »Das klingt … sehr spannend.«

»Wunderbar.«

Sie wendet sich von mir ab. Ich bin entlassen.

Ich laufe so schnell es geht aus dem Gebäude und sehe dann, dass Topher draußen auf mich wartet.

»Alter, ich war mir sicher, jetzt geht es dir an den Kragen«, sagt er. »Wegen Diebstahl von Bildung.«

»Das dachte ich auch.« Mir ist vor Erleichterung ganz schwindelig, und ich fange an zu lachen. »Diebstahl von Bildung. Das ist das erste Mal in meinem Leben, dass ich etwas stehle.«

»Du bist so ein braves Mädchen«, sagt Topher. Ich zucke zusammen, aber er bemerkt es nicht. »Na komm. Mir qualmt der Kopf.«

Wir gehen hinüber in den Washington Square Park und machen es uns unter einem Baum gemütlich. Dies ist der Ort, den wir in den vergangenen paar Wochen jeden Tag nach unseren Kursen aufgesucht haben. Ich betrachte ihn inzwischen als »unseren Ort«. Und ich versuche, mich nicht ständig zu kneifen, weil Topher Amies und ich ein »Unser« haben. Wir schreiben uns täglich. Wir schicken uns E-Mails, und Topher kommentiert meine Instagram-Einträge.

Wir sind wirklich echte Freunde.

Vielleicht mehr.

Vielleicht stehe ich kurz davor, eins der drei Dinge auf meiner Glücksliste zu erreichen.

Topher sieht mich an und grinst. »So, ich habe eine

Überraschung für dich.« Er gibt mir eine von zwei braunen Papiertüten. Ich öffne sie. Darin befindet sich ein Sandwich. »Coco, ich möchte dir mein absolutes Lieblingssandwich vorstellen«, sagt Topher ernst. »Mit Erdnussbutter und Gurke.«

Ich keuche auf. »Das war früher, als ich noch ein Kind war, auch mein Lieblingssandwich! Meine Mom hat mir immer so eins für die Schule geschmiert.« Wir packen unsere Sandwiches aus. »Danke. Das ist wirklich eine tolle Überraschung.« Wir essen einen Moment lang schweigend. »Schmeckt köstlich«, sage ich mit vollem Mund.

»Sch«, sagt Topher. »Iss einfach. Würdige das Sandwich.«

Kichernd beiße ich wieder ein Stück ab und kaue dann still vor mich hin.

Mein Gott, Topher hat für mich ein Sandwich gemacht. Julia sagt mir ständig, dass er mich mag, dass er normalerweise der Typ ist, der am liebsten mit seinen Kumpels abhängt. Wenn er Zeit mit mir verbringt, bedeutet das laut Julia also, dass er auf mich abfährt.

Vielleicht erzählt sie mir das nur, um mich von Joe wegzulotsen. Sie scheint nach wie vor etwas gegen ihn zu haben, völlig unbegründet. Oder steht Topher tatsächlich auf mich?

Ich stehe jedenfalls ganz sicher auf ihn.

Und was nun?

Ich weiß, Erdnussbutter und Gurke klingt wie eine seltsame Kombination, aber es schmeckt total lecker, ich schwöre. Fettige, salzige, cremige Erdnussbutter, kühle, knackige Gurke, weiches Weißbrot … das ist quasi die vollendete Mischung. Topher hat kein Meersalz verwendet, wie ich es getan hätte, andererseits streue ich auf alles Meersalz. Im Ernst. Könnte ich Meersalz in meine Zahnpasta geben, würde ich das wahrscheinlich machen.

»Mir brummt wirklich der Schädel«, klagt Topher.

»Mmm«, sage ich kauend.

»Ich bin halt … Ich glaube, ich bin zu dumm, um den ganzen Stoff zu kapieren. Ich bin nicht so klug wie du.«

Ich verschlucke mich fast an meinem Sandwich. »Was?«

»Die anderen sind alle klüger als ich.« Tophers Stirn furcht sich auf eine süße Art. »Als würde mein Verstand einfach nicht so funktionieren wie der der anderen. Das war schon in der Highschool so.«

»Mir geht es genauso!«, sage ich und versuche dann, einen ganz lässigen Ton anzuschlagen. »Äh, ich weiß ja nicht, ob dir das helfen würde, aber du kannst dir jederzeit meine Notizen ausleihen. Es ist nicht so, als würde ich sie wirklich brauchen.«

»Echt? Das wär supernett!« Topher grinst mich an.

Es ist so ein süßes Grinsen, dass ich meinen Blick von seinen Augen lösen muss. Ich schaue auf meine Hände. Pfui, ekelhaft. Meine Nägel sehen schlimm aus.

»Wenn du was brauchst, frag mich einfach«, sage ich zu meinen Nägeln.

»Wirklich? Hättest du vielleicht Lust, meine Hausarbeit über die russische Literatur durchzulesen? Und mir zu sagen, was du davon hältst?«

»Klar. Tolstoi ist so unglaublich. Es ist, als würde er die Menschen, die gesamte Menschheit, besser kennen als jeder andere Schriftsteller. Und was noch so besonders ist an ihm: Er präsentiert sie zwar mit all ihren Fehlern, aber man hat den Eindruck, er hat sie trotzdem gern …« Ich verstumme, da mir bewusst wird, dass Topher nicht zuhört.

Er kramt in seiner Tasche nach der Hausarbeit und gibt sie mir dann mit einem breiten Grinsen. Ich fange an zu lesen und sehe sofort, dass er seine Arbeit nicht richtig geplant hat. Die Struktur ist eine Katastrophe. Der erste Absatz nimmt eine ganze Seite ein, und er skizziert nicht einmal, worum es in der Arbeit geht. Die Interpunktion und die Grammatik sind chaotisch. Und ein Satz beginnt und endet mit »jedenfalls«.

»Oh … hast du einen Kuli? Ich muss ein paar Sachen anmerken«, sage ich.

»Verdammt, den habe ich im Hörsaal liegen lassen.« Topher macht ein finsteres Gesicht.

»Wenn du magst, kannst du mir deine Arbeit auch als Datei schicken, ich bearbeite sie dann im Kommentarmodus, weißt du, beziehungsweise im Korrekturmodus.«

Topher grinst wieder. »Wirklich? Das wäre unglaublich toll. Zum Dank würde ich dich dafür zum Essen einladen.« Er zwinkert mir zu.

»Gern!«, sage ich, und mein Herz hüpft vor Freude. Eine Einladung! Ein Date!

»Du bist die Beste, Coco.« Topher beugt sich zu mir herüber und legt seine Hand auf meine. »Danke.«

Ich bringe kein Wort heraus. Alles, wozu ich fähig bin, ist, auf seine Hand zu starren und zu denken: MAGST DU MICH? UND ICH HOFFE, DU SCHAUST NICHT AUF MEINE MEGAHÄSSLICHEN FINGERNÄGEL.

Ich nicke. Und Topher fängt Gott sei Dank wieder an zu reden.

»Also, was ist mit diesem Puschkin? Liegt es an mir, oder klingt alles, was der schreibt, verrückt? Der Typ hat praktisch jeden zum Duell herausgefordert, rund um die Uhr. Ungefähr so: Redest du mit mir, du Hurensohn? Willst du mit meinem Degen Bekanntschaft machen?«

»Puschkin war im 19. Jahrhundert in Russland quasi der wilde Stier.«

»Genau.«

Dann kommt Topher auf das Praktikum bei meinem Vater zu sprechen und fragt mich, ob ich eine Chance sähe, dass er dafür bezahlt wird, obwohl Praktikanten normalerweise kein Geld bekommen. Er hat so schöne Augen. Ich muss auf seine Brauen schauen, sonst ist es, als würde ich in die Sonne starren. Oder ich muss meinen Blick ganz abwenden, in den Park, wo die Menschen sich eine kleine Pause von dem New Yorker Wahnsinn gönnen, um einfach ein paar Minuten lang zu *sein* … Ich sehe ein paar Tauben, die sich um einen alten Mann scharen, der Brotkrümel verteilt, und für einen Moment blitzt die Erinnerung an die alte Taubenlady auf und an meine Mutter.

Denk jetzt nicht an sie, Coco, nicht jetzt, nicht jetzt …

»Coco?«

Ich sehe auf. Es ist Vic, mein Nachbar, mit seiner Nichte Samantha.

»Hey!«

Ich stehe auf und umarme die beiden kurz, dann mache ich sie mit Topher bekannt. Er steht auf, um den beiden die Hand zu geben. Ich liebe gute Manieren.

»Was führt euch denn den ganzen Weg hierher?«, frage ich.

»Samantha arbeitet hier an der Universität, schon vergessen? Wir treffen uns einmal in der Woche zum Lunch«, erklärt Vic.

»Wie kommen Sie mit Ihrer Millennials-Studie voran?«, frage ich Samantha.

Sie seufzt. »Nicht so gut. Wir werden die Interviews um ein paar Wochen verschieben. Aber machen Sie sich keine Sorgen. Wir bleiben in Verbindung.«

»Millennials?«, fragt Topher.

»Ja. Meine Soziologiestudenten führen eine Studie durch. Bedauerlicherweise haben wir Mühe, genügend Teilnehmer zu finden. Obwohl die Teilnahme mit hundert Dollar vergütet wird. Es ist verrückt.«

»Soll das ein Witz sein? Ich bin dabei!«, sagt Topher.

»Super!« Samantha nimmt eine Visitenkarte aus ihrer Tasche und gibt sie ihm. »Schicken Sie mir eine E-Mail. Die Interviews werden voraussichtlich am Sommerende stattfinden.«

»Worüber werden Sie uns befragen?«, fragt Topher.

»Über Ihre Vorstellungen vom Leben, von Karriere, Liebe, der Zukunft …«

»Die einfachen Sachen also«, wirft Vic schmunzelnd dazwischen.

»Richtig.« Samantha grinst.

»Na gut, Coco, dann lassen wir dich und deinen … äh … deinen Verehrer wieder in Ruhe«, sagt Vic.

»Oh, nein, das ist nicht mein Verehrer!« Ich versuche zu lachen, damit Topher weiß, dass ich niemals auf diese Idee kommen würde, obwohl ich natürlich schon längst darauf gekommen bin. »Weißt du, wir verbringen nur unsere Zeit miteinander und stehlen Bildung«, sage ich rasch.

Topher lacht. Puh.

»Ihr stehlt *was?*« Vics Stimme hebt sich um ungefähr zwei Oktaven.

Topher hört auf zu lachen.

»Äh … Bildung«, wiederhole ich. »Das ist nur so ein Spruch. Ich stehle nicht wirklich etwas. Ich begleite Topher lediglich zu seinen Vorlesungen. Das ist keine große Sache. Ich bin nicht … Ich schade damit niemandem, weißt du, ich habe nur nichts Besseres zu tun …«

»Du denkst, Lernen tut man nur, wenn man nichts Besseres zu tun hat?« Vic sieht mich entgeistert an.

»Nein! Nein, so meinte ich das nicht …«

»Augenblick … Sind Sie eingeschrieben?« Samantha ist verwirrt. »Wie sind Sie eingestuft?«

»Ich schreibe keine Hausarbeiten oder so. Ich mache mir Notizen, aber das ist nur, weil …« Ich fange an zu schwafeln. »Ich meine, ich bin nur … Wissen Sie, ich arbeite abends, und ich weiß nicht, was ich tagsüber sonst mit meiner Zeit anfangen soll …«

»Ernsthaft? Du liest die ganzen Bücher und machst dir Notizen und besuchst Vorlesungen an der New York University, weil du nicht weißt, was du sonst mit deiner Zeit anfangen sollst? Das ist dein Beweggrund? Hast du eine Vorstellung davon, wie verrückt sich das anhört?«

Vic kann seine Fassungslosigkeit kaum verbergen.

Und ich kann es ihm nicht verdenken. Es ist so ein Schwachsinn. Warum mache ich das eigentlich? Weil mir langweilig ist und ich mich einsam fühle? Weil ich, völlig albern und sinnlos, für Topher schwärme? Weil ich eine Loserin bin, die solche dummen Sachen macht?

Plötzlich dämmert mir die Wahrheit, und Tränen steigen mir in die Augen.

Weil ich sonst nie in die New York University hineinkommen würde.

Ich bin nicht so klug wie die anderen. Nicht wirklich.

Vic und Samantha sehen mich erwartungsvoll an. Aber wenn ich jetzt etwas sage, werde ich zu weinen anfangen.

Dann kommt Topher mir unerwartet zu Hilfe.

»Coco macht das schon richtig«, sagt er, und Vic und Samantha blicken ihn überrascht an. »Sie überlegt sich einfach nur gerade ihren nächsten Schritt. Sie schädigt niemanden. Sie belügt niemanden. Sie treibt sich lediglich ein bisschen hier an der Uni herum und liest Bücher. Ich sehe nicht, weshalb das ein Problem sein sollte.«

Ich lächle ihn dankbar und voller Zuneigung an.

Vic starrt Topher an. »Hilft sie Ihnen bei Ihrem Studium? Schreibt sie manchmal für Sie mit?« Topher nickt. »Das dachte ich mir. Ganz schön praktisch, was?«

»Ich betrüge nicht.« Meine Stimme ist kaum zu hören. »Ich bin nur …«

»Doch, du betrügst«, fällt Vic mir ins Wort. »Du betrügst dich selbst.«

Es entsteht eine lange Pause.

»Ist das nicht mein eigenes Problem und nicht deins?«, frage ich schließlich ungehalten.

Das ist das Unhöflichste, was ich jemals zu Vic gesagt habe. Vielleicht sogar das Unhöflichste, was ich überhaupt jemals zu jemandem gesagt habe.

»Na gut, Mädchen«, sagt Vic traurig. »Du hast recht. Es ist dein Leben. Komm, Sammy, gehen wir.«

Samantha lächelt und hakt sich bei Vic ein, um ihn weiterzuführen, und die beiden entfernen sich.

Topher sieht mich an. »Alles okay?«

»Ja«, sage ich, obwohl ich innerlich eine Eiseskälte spüre, als wäre ich in Schwierigkeiten.

Aber ich bin erwachsen. Ich meine, volljährig. Was auch immer. Ich habe nichts Falsches getan! Oder? Was meinte Vic, als er sagte, ich würde mich selbst betrügen? Wie soll das überhaupt gehen?

Ich kann nicht länger im Park herumsitzen und mir über Vic den Kopf zerbrechen. Ich muss nach Hause und mich für meine Schicht in der Destille fertig machen.

Was mir an meinem momentanen Leben am besten gefällt? Dass ich zwischen meinen Nachmittagen im Hörsaal mit Topher und meinen Abenden in der Bar und im Bett mit Joe nicht viel Zeit zum Nachdenken habe.

Kapitel 18

Freunde. Mit gewissen Vorzügen.

Die. Beste. Idee. Aller. Zeiten.

In der Bar war heute Abend tote Hose, also haben wir schon vor Mitternacht geschlossen und sind dann zu mir gegangen. Offen gestanden denke ich, dass wir beide einfach nur scharf aufeinander waren …

»Hast du Kuchen?«, flüstert Joe, während er sich im Dunkeln an mich kuschelt. Es ist eigentlich zu heiß zum Kuscheln, aber das ist mir egal. Der uralte Air Conditioner produziert mehr Lärm als kalte Luft, deshalb lassen wir ihn gewöhnlich aus.

»Kuchen?«

»Maskulinen, postkoitalen Kuchen?«

Ich grinse in der Dunkelheit. »Leider nein. Ich habe seit Wochen nicht mehr gebacken. Ich kann dir Toast mit Erdnussbutter anbieten.«

»Mein Dad hat Erdnussbutter gehasst«, sagt Joe leise. »Er war ein Vertreter der alten irischen Schule, weißt du. Er hat Erdnussbutter für eine neumodische amerikanische Spinnerei gehalten. Und immer wenn ich Lust auf Erdnussbutter habe, denke ich unwillkürlich: Sorry, Dad … Ist das nicht seltsam?«

»Nein«, sage ich. »Das kenne ich. Ich werde auch durch alles Mögliche an meine Mutter erinnert.«

»Ja, es ist, als wäre mein Dad immer irgendwo in meinem Kopf, jederzeit bereit, in meine Gedanken zu treten.«

Keiner von uns braucht sich näher zu erklären. Wir verstehen voll und ganz, was der andere meint. Ich beginne, Joe wieder zu küssen. Ich bin verschlafen und verschwitzt, aber das ist mir im Moment egal. Ich will Joe einfach weiterküssen. Ich hätte nie gedacht, dass ich mich beim Sex einmal so entspannt und sicher fühlen würde. Meine Jungfräulichkeit hat jahrelang auf mir gelastet wie eine Bürde, und dann war auch noch mein erstes Mal mit Eric katastrophal. Sex mit Joe ist einfach … es ist *verdammt geil.*

Joe löst sich von mir. »Kann ich dir eine ernste Frage stellen?«

»Sicher.«

»Willst du mich heiraten?«

»Was?« Ich huste das Wort aus, plötzlich hellwach.

»Ich brauche eine Greencard, damit ich hier in den Staaten bleiben darf. Ich will nicht zurück nach Irland, aber bald läuft mein Visum ab, also dachte ich mir …«

Ich setze mich so schwungvoll auf, dass ich beinahe aus dem Bett falle. »Nein! Ich meine, ich kann nicht …«

»Entspann dich. Ich wollte dich nur auf den Arm nehmen«, unterbricht Joe mich. »Vielleicht kehre ich ja doch wieder nach Irland zurück. Ich gehe an Bord einer irischen Airline und werde von den lieblichen Stimmen der irischen Flugcrew begrüßt. Ich verliebe mich in eine Stewardess namens Colleen. Wir bekommen elf Kinder und leben glücklich bis in alle Ewigkeit …« Er seufzt. »Ich würde trotzdem lieber in New York bleiben.«

»Wenn die Prom Night genügend Geld einbringt, wird Gary dir bestimmt eine unbeschränkte Aufenthaltserlaubnis besorgen«, sage ich und lege mich wieder hin.

Von den Straßenlaternen draußen dringt kaum Licht in mein Zimmer, sodass ich Joes Gesicht kaum sehen kann.

»Klar. Als würde unsere kleine Feier alles zum Guten wenden«, sagt Joe frustriert. »Coco, sieh den Tatsachen ins Gesicht. Die Destille ist tot.«

»Sei nicht so negativ. Dieser Abend wird ein Riesenerfolg, Gary wird die Bar in eine Musikkneipe umwandeln, und er wird dich bitten, der Konzertmanager zu werden …«

»Ich will aber nicht der Konzertmanager sein, ich will einfach nur Musikfan sein.«

Ich lächle und ziehe Joe enger an mich. Er berührt meinen Mund und zieht mit seinem Zeigefinger eine Linie von meinen Lippen über mein Kinn und den Hals, und dann fangen wir an, uns zu küssen, und …

Ich weiß, was ihr jetzt denkt, aber Topher kommt mir kein einziges Mal in den Sinn. Lust ist etwas anderes. Alle reden immer von dem Widerstreit zwischen Herz und Kopf. Bei mir ist es eher der Widerstreit zwischen meinem Herzen und meinem … äh … Honigtöpfchen.

Vielleicht ist es seltsam, für den einen Mann zu schwärmen und mit dem anderen zu schlafen, ich kann trotzdem nicht anders.

Ich bin gern mit Joe zusammen.

Ich habe viel Spaß.

Und Joe auch. Er ist ein großer Junge.

Er kennt die Regeln dieses Spiels: Wir benutzen uns

einfach nur gegenseitig für eine unbestimmte Zeit. Männer wie Joe benutzen Frauen immer, richtig? So wie Eric mich benutzt hat. Das ist halt so. Und nun benutzen Joe und ich uns einfach gegenseitig. Auf diese Weise wird keinem wehgetan.

Gerade als es intensiver zur Sache geht, kommt Pia in mein Zimmer gestürmt.

»Coco? Oh, Mist!« Sie dreht sich sofort um und lacht. »Sorry! Coco, ich brauche deine Hilfe.«

»Schon okay!« Ich schiebe Joe umgehend von mir herunter, setze mich auf, schnappe mir ein T-Shirt und knipse meine Nachttischlampe an. »Gib mir nur eine Minute, damit ich mich anziehen kann.«

Joe schnaubt in gespielter Entrüstung und formt mit den Lippen »Und was ist damit?«, während er auf seinen … auf seinen erigierten … na, ihr wisst schon zeigt. Ich versuche, nicht zu lachen, und antworte in Lippensprache: »Später«. Er erwidert in Lippensprache »Wann?«, und ich kann das Lachen nicht mehr zurückhalten.

»Seid ihr zwei fertig?«, fragt Pia.

Sie dreht sich zu uns um. Joe schnappt sich gerade noch rechtzeitig die Decke.

»Mann. Platzt du immer um ein Uhr nachts einfach so hier rein?«

»Es geht um Aidan, Leute. Ich muss ihn zurückgewinnen.« Pia kann sehr dramatisch sein, wenn sie will.

»Warum willst du ihn zurückgewinnen?«, fragt Joe.

»*Warum*? Was meinst du mit ›warum‹?«

»Na ja, du hast ihn betrogen. Das ist normalerweise ein Zeichen dafür, dass etwas nicht stimmt.«

»Wage es nicht, über mich zu urteilen, Ire!« In Pias

Gesicht blitzt plötzlich Zorn auf. »Ich liebe Aidan. Ich habe einen Fehler gemacht. Ich bin eine Idiotin. Okay? Es wird nie wieder passieren, nie wieder. Ich muss dafür sorgen, dass Aidan das weiß.«

»Bist du sicher?«

»Absolut sicher«, sagt Pia. »Seit es aus ist, weine ich fast ununterbrochen. Ich gräme mich furchtbar, weil ich ihn verletzt habe. Er reagiert nicht einmal auf meine Anrufe. Ich möchte einfach nur eine zweite Chance …«

»Eine zweite Chance funktioniert nie«, sagt Joe schroff. Ich sehe ihn erstaunt an. Ich habe ihn noch nie so ruppig erlebt. »Ich wurde selbst betrogen. Ich habe ihr eine zweite Chance gegeben. Und sie hat mich wieder betrogen.«

»Das … das das würde ich nicht machen.« Pias Stimme wird brüchig. »Aidan zu verletzen war das Schlimmste, was ich jemals getan habe. Zu wissen, dass er leidet, und ich bin dafür verantwortlich … Ich halte das kaum aus. Und Aidan hält sich gerade in New York auf, nur für eine Nacht, aus geschäftlichem Anlass, und ich möchte die Gelegenheit nutzen und ihn um Verzeihung bitten. Und dafür benötige ich die Hilfe von euch allen. Angie und Madeleine kommen mit, und Julia holen wir unterwegs ab. Aber ich brauche euch beide auch.«

Pia klingt unheimlich ernst. Ich stupse Joe an. Er sieht mich an, und ich kann die Botschaft in seinen Augen lesen. Allerdings ist Pia meine Freundin. Und Joe sollte mir vertrauen.

Er seufzt und sieht wieder zu Pia. »Wir sind dabei.«

Keine halbe Stunde später sitzen wir alle in Toto, Pias Food Truck, und fahren über die Brooklyn Bridge. Toto ist ein klappriger, uralter ehemaliger Eiswagen in Schweinchenrosa. Obwohl Pia inzwischen viel hübschere Food Trucks in ihrer Flotte hat, liebt sie Toto am meisten.

Joe und ich sitzen vorne bei Pia, Madeleine und Angie im Laderaum.

»Ist das sicher mit den beiden dort hinten?«, fragt Joe. »Gibt's dort überhaupt Anschnallgurte?«

»Oh, sei nicht so pedantisch.«

Pia schaltet geräuschvoll in den nächsten Gang hoch und drückt dann auf das Gaspedal. Sie hat mit der Zeit gelernt, richtig gut mit Food Trucks umzugehen, sie fährt wie ein Formel-Eins-Fahrer, nur nicht ganz so aggressiv.

Joe ändert seine Taktik. »Können wir die Klimaanlage anmachen? Hier drin sind es mindestens vierzig Grad.«

»Jammerst du im Bett eigentlich auch so rum wie ein kleines Mädchen? Mach halt das Fenster auf.«

Joe schenkt mir einen gespielt ängstlichen Blick und kurbelt dann die Scheibe herunter.

Dann klopft jemand an die Trennwand hinter uns.

Pia lässt sich nicht irritieren. Sie fährt in rasantem Tempo weiter in Richtung Manhattan.

»O Mann, ich hätte jetzt gern eine Zigarette«, murmelt sie. »Ich bin so verflucht nervös.«

»Soll ich dir welche besorgen?«, frage ich. »Ich kann kurz für dich raushüpfen. Halt einfach beim nächsten Minimarkt an.«

»Ich kann in meinem Food Truck doch nicht rauchen! Ich bin verantwortungsbewusst und erwachsen und der ganze Scheiß.«

Aus den Augenwinkeln sehe ich, dass Joe grinst.

Pia hält an einer Straßenecke, und Julia kommt auf uns

zugeeilt. Sie ist noch in ihrem Arbeitsoutfit, selbst ihren Sicherheitsausweis hat sie noch um den Hals hängen. Es ist jetzt weit nach Mitternacht. Das bedeutet, dass Julia heute achtzehn Stunden gearbeitet hat, mindestens. Sie öffnet die Beifahrertür und wirkt überrascht, als sie Joe und mich vorne sitzen sieht.

Ihr Gesicht wird lang. »Was macht der denn hier? Ich dachte, nur wir Mädels würden dich begleiten.«

»Der steht im Stall, und du daneben«, sagt Joe.

»Er gehört zu mir«, sage ich beschützend.

Julia zieht eine Augenbraue hoch. »Dann muss ich also hinten sitzen? In meinem schicken *Hosenanzug?*«

»Wie, sind du und dein Hosenanzug auf einmal zu fein für meinen Truck?« Pia verdreht die Augen.

»Nein …« Julia wirft kurz einen Blick hinter sich. »Ich möchte nur nicht, dass einer meiner Kollegen mich sieht. Die sind nämlich erbarmungslos, wenn sie so was sehen.«

Sie dreht sich einmal um die eigene Achse, um sich zu vergewissern, dass niemand sie beobachtet, und stürmt dann auf die Rückseite des Trucks. Ich höre, wie die Tür hinten geöffnet wird und wieder geschlossen, und ein paar Sekunden später signalisiert uns ein doppeltes Klopfzeichen, dass wir weiterfahren können.

»Aidan wohnt im Ace Hotel«, sagt Pia. »Das ist auf der Neunundzwanzigsten.«

»Fahren wir in die richtige Richtung?«, fragt Joe zweifelnd.

Pia zieht eine Augenbraue hoch. »Das fragst du mich nicht im Ernst! Ich verdiene meinen Lebensunterhalt damit, kreuz und quer durch Manhattan zu fahren. »Pia legt den ersten Gang ein. »Pass gut auf, kleiner Mann. Hier kannst du noch was lernen.«

Joe wirft mir einen gespielt erschrockenen Blick zu, und ich unterdrücke schon wieder mein Bedürfnis zu lachen. Ich habe das Gefühl, als würden Joe und ich gemeinsam in dieser Sache hier drinhängen. Als wäre er mein Partner in diesem Gruppenabenteuer.

Wir erreichen nun das Ace Hotel, und Pia parkt mit geübter Präzision rückwärts in eine freie Lücke ein.

»Okay, Team!«, ruft sie dann. »Legen wir los!«

Joe und ich steigen aus dem Truck und sehen gerade noch, wie Angie hinten herausklettert, sich mitten auf die Straße stellt und ihre Hand vorstreckt.

Ein Yellow Cab bremst mit quietschenden Reifen und kommt nur wenige Zentimeter vor Angies Knien zum Stehen.

»Verdammt, was soll das?« Der Taxifahrer ist stinksauer.

»Danke, dass Sie angehalten haben!«, ruft Angie in zuckersüßem Ton. »Können Sie uns vielleicht helfen? Wir benötigen einen großen, starken Mann, der diese Lautsprecher dort auf den Truck meiner Freundin bekommt!«

Madeleine und Julia holen gerade ein Mikrofon mitsamt Ständer hinten aus dem Truck. *Huh?*

»Haben wir ein Verlängerungskabel eingepackt?«, fragt Julia.

»Was zum Teufel ist hier los?«, fragt Joe, als Pia auf uns zugestürmt kommt. »Ich dachte, du wolltest dich bei ihm entschuldigen …«

Pia unterbricht ihn. »Joe, Coco, ihr beide müsst in das

Hotel gehen und Aidans Zimmernummer herausbekommen. Dann klopft ihr bei ihm an und überredet ihn, dass er runterkommt. Auf keinen Fall einfach nur anrufen. Er würde sofort wieder auflegen. Ihr müsst ihn persönlich bequatschen.«

»Warum machen wir das alles mitten in der Nacht?«, fragt Joe.

»Weil ich erst vor einer Stunde die Idee dazu hatte, und weil Aidan morgen wieder abreist.« Pias Gesicht ist ernst. »Hört zu! Ich weiß, es wirkt albern. Aber ich muss es versuchen. Aidan ignoriert meine E-Mails und meine Anrufe, und es bringt nichts, wenn ich einfach vor seiner Tür auftauche und ihn anflehe. Ich muss ihm *beweisen*, wie leid es mir tut.«

Joe starrt sie einen Augenblick lang an und nickt dann. »Ich verstehe. Wir gehen ihn holen.«

»Diese Sache hier erinnert mich an etwas«, sage ich, als wir die dunkle Lobby betreten. »Oh, ich weiß! An die Minnesänger von früher, weißt du, Ritter in schimmernder Rüstung, die Sonette dichteten und tapfere Taten vollbrachten, um dem Burgfräulein ihre Ergebenheit zu demonstrieren. Ich schätze nur, das macht Pia zum Ritter und Aidan zum Burgfräulein …«

Ich bin ganz außer Atem, als wir vor der Rezeption zum Stehen kommen.

»Guten Abend, meine Herren.« Joe spielt seinen irischen Charme voll aus. »Ich heiße Aidan, und das hier ist meine brandneue Verlobte, Coco.«

Die beiden Hipster-Model-Hybriden hinter der Rezeption applaudieren.

»Und wir haben unglücklicherweise unsere Schlüsselkarte in den Hudson fallen lassen. Wissen Sie, ich habe auf dem Schiff um ihre Hand angehalten.«

Ich lächle überglücklich und versuche, einen beschwipsten und verlobten Eindruck zu machen. »Wir hatten einfach so viel Champagner ...«

»Wie ist Ihre Zimmernummer?«, fragt einer der beiden Nachtportiers. Joe tut so, als müsste er plötzlich einen Anruf auf seinem Handy entgegennehmen.

»Äh ... ich kann mich nicht erinnern, das war heute so ein turbulenter Tag! Der Name ist Carr.« Ich versuche, mit frisch verlobter Freude zu lächeln. »Mein neuer Nachname! Oder vielleicht auch nicht. Ich meine, es ist irgendwie altmodisch, den Namen seines Mannes anzunehmen, finden Sie nicht auch? Außerdem mag ich meinen Mädchennamen. Und ich habe eine Karriere, die ich berücksichtigen muss.«

Der Nachtportier hat genug von uns. Wieder ein paar Betrunkene in seinem Leben, die ihm auf die Nerven fallen. Er nickt und nimmt eine Schlüsselkarte heraus. »1224.«

Joe schnappt sich die Karte, taucht mich in einen Kuss, zwinkert dem Nachtportier betont auffällig zu und zieht mich dann schnell weiter.

»›Und ich habe eine Karriere, die ich berücksichtigen muss‹ ist eine der lustigsten Improvisationen, die ich jemals gehört habe«, sagt Joe leise, während wir auf den Aufzug warten.

»Vor allem, weil ich keine Karriere habe.« Ich seufze.

»Das wird schon, meine bezaubernde Verlobte«, erwidert Joe und streift mir eine Haarsträhne aus dem Gesicht. »Gib der Sache einfach Zeit.«

Ich grinse ihn an. Tief in meinem Bauch spüre ich plötzlich ein nervöses Flattern.

Nein.

Nein, nein, nein, nein, *neiiiiin* …

Ich kenne dieses Gefühl. Es ist dieses Symptom. Das nervöse Flattern. Dieses Symptom, das mich glauben macht, dass ich Joe mag. Ich meine, nicht einfach nur mag, sondern dass ich ihn richtig gernhabe.

Als wir den Aufzug betreten, ist mein Verstand plötzlich im freien Fall. Ist unsere Affäre im Begriff, sich zu etwas anderem zu entwickeln, zu etwas Größerem und Besserem? Ich habe dieses seltsame Zusammengehörigkeitsgefühl bereits vorhin im Truck gespürt. Ist es das? Habe ich mich in Joe verliebt? Mehr als in Topher?

O Shit.

Ich werde schlagartig verlegen. Meine Zunge fühlt sich schwer an. Ich kann nicht sprechen. Ich kann Joe nicht ansehen.

Joe steckt die Schlüsselkarte in den Schlitz. Dann drückt er auf die Zwölf.

»Was ist das?«, frage ich schüchtern.

»Eine Sicherheitsvorkehrung«, sagt Joe. »Man kann nur mit der Karte den Aufzug benutzen.«

Kaum schließt sich die Aufzugtür, packt Joe mich und raunt mir zu: »Nur für den Fall, dass uns jemand über die Überwachungskamera beobachtet.«

Er drückt mich an die Kabinenwand und fixiert meine Arme, dann küsst er mich sehr langsam und bedächtig.

Wow. Das ist scharf.

»Ich frage mich, wie viel ein Zimmer hier wohl kostet«, murmle ich.

Als der Aufzug hält, löst Joe sich von mir, und ich falle fast um.

Er nimmt mich an die Hand, und wir gehen durch den Flur, und ich frage mich plötzlich, warum ich bisher nie auf Joes Hände geachtet habe. Sie sind sehr groß. Es sind die verführerischsten Hände, die ich jemals in meinem Leben gesehen habe … O Gott, ich habe verschwitze Hände, hoffentlich bemerkt er es nicht.

Gleich darauf erreichen wir Zimmer 1224 und klopfen ein paarmal kräftig an die Tür.

Aidan macht schließlich in T-Shirt und Pyjamahose auf und sieht blinzelnd in das Licht.

»Coco?«, fragt er verwundert. »Was machst du hier?«

Kein Wunder, dass Pia ihn zurückhaben möchte. Selbst blass und verschlafen sieht Aidan perfekt aus.

Neben Joe wirkt er beinahe zu perfekt. Joe ist größer und kräftiger als Aidan, und deutlich weniger gepflegt. Bei Aidan liegt jedes Haar ordentlich an seinem Platz. Der Mann ist tadellos zurechtgemacht. Ich kann mir nicht vorstellen, dass er jemals die Kontrolle über sich verliert. Aber Joes Look ist mir lieber. Er ist realer. Mein Gott, ich glaube, ich mag Joe, ich mag ihn wirklich sehr …

Konzentrier dich, Coco, um Himmels willen.

»Hi, Aidan!«, sage ich fröhlich, bevor mir bewusst wird, dass ich ernst bleiben sollte. »Guten Abend. Du musst bitte mit uns kommen. Pia will dich unbedingt sehen. Es ist dringend.«

Panik leuchtet in Aidans Gesicht auf. »Pia? Geht es ihr gut? Ist was passiert?«

»Sie ist okay!«, sage ich rasch. »Ich schwöre. Sie will nur … Sie muss dir etwas mitteilen.«

Aidan seufzt. »Oh. Hör zu, ich möchte kein Mistkerl sein, aber ich will sie nicht sehen.«

»Bitte, Aidan«, sage ich. »Sie fühlt sich so schlecht, und sie … sie liebt dich wirklich, denke ich. Ich meine, ich weiß, dass sie dich liebt, und … äh …«

Joe unterbricht mich. »Aidan, ich bin Joe.«

Aidan richtet seinen Blick auf Joe. »Hi.«

»Ich weiß, wie beschissen du dich fühlst, ich hab das auch schon durchgemacht. Ich habe Pia gesagt, dass sie sich die Mühe sparen kann, dich um eine zweite Chance zu bitten. Ich würde ihr auch keine geben.«

Aidan zieht eine Augenbraue hoch. »Versuchst du gerade, mich aufzumuntern?«

»Pass auf, komm einfach mit uns runter und hör dir an, was Pia dir zu sagen hat. Danach kannst du in dein schönes schickes Hotelzimmer zurückkehren und in deiner Seidenbettwäsche weiterschlafen.«

Aidan reibt sich die Schläfe, dann nickt er und angelt sich seine Pantoffeln und die Schlüsselkarte.

»Das hier ist übrigens auch deine«, sagt Joe und gibt ihm die Ersatzkarte.

Aidan stößt ein heiseres Lachen aus. »Ich hab mich schon gefragt, wie ihr hier raufgekommen seid.«

Wir fahren wieder hinunter in die Lobby. Aidan trägt seinen Pyjama und seine Hotelpantoffeln mit derselben Selbstsicherheit, die ich immer an Pia und Angie beobachte. Er zuckt nicht mal mit der Wimper. Als wir auf die Straße hinausgehen, dämmert mir schließlich, was hier gleich passieren wird.

Pia steht auf ihrem Food Truck. Der Mikrofonständer ist vor ihr aufgebaut, sie wird von zwei Lautsprechern flankiert. Sie wird doch nicht singen, oder? Pia hat einen Heidenbammel davor, vor Publikum zu singen. Mittlerweile haben sich ein paar Zuschauer versammelt: Türsteher, Hotelgäste, Passanten, Autofahrer, die angehalten haben. Alle warten darauf zu sehen, was gleich passiert.

»Wollt ihr mich verarschen?« Aidan starrt ungläubig zu Pia hoch.

Pia wirkt so allein und so verletzlich dort oben. Ich sehe, dass ihre Hände zittern. Warum zum Teufel tut sie sich das an?

Weil sie Aidan liebt, wird mir plötzlich bewusst. Sie liebt ihn wirklich, und sie wird alles tun, um ihn zurückzubekommen.

Pia stößt ein Räuspern aus.

»Aidan, es tut mir so leid, dass ich dich verletzt habe. Ich werde dich nie wieder verletzen, ich möchte einfach nur mit dir zusammen sein. Ich … Das war der größte Fehler meines Lebens, und … und du bist … du bist der Einzige für mich …«

Ihre Stimme ist kaum zu verstehen. O Gott, sie verliert die Nerven. Ich versuche, ihr per Gedankenübertragung eine Botschaft zu schicken.

Atme, Pia. Atme …

Was, wenn sie durchdreht und eine Panikattacke hat? Das ist schon einmal passiert!

Ich sehe mich nach den anderen um. Madeleine, Julia und Angie stehen vor dem Taxi neben der Musikanlage. Madeleine stupst Julia in die Rippen, und Julia funkelt sie böse an und drückt dann auf ein iPad.

Die Musik beginnt, und ich höre die ersten Takte

von … Augenblick, ich kenne diesen Song. Ich bin mir sicher, dass ich ihn kenne.

Pia räuspert sich wieder und fängt dann an zu singen.

Kapitel 19

»Imagine me and you …«

Pia stottert sich kaum hörbar durch den Text. Immer mehr Zuschauer tauchen wie aus dem Nichts auf. Auf der Straße bildet sich ein Stau.

Pia starrt auf Aidan, und plötzlich huscht ihr Blick zu Joe und mir, und aus den Augenwinkeln sehe ich, dass Joe ihr den erhobenen Daumen zeigt. Das ist alles, was sie braucht. Ihre Stimme wird prompt lauter, kräftiger, sicherer, baut sich langsam auf zum Refrain und …

Augenblick! Jetzt fällt es mir wieder ein! Meine Eltern haben dieses Lied früher immer im Auto gesungen. Es ist *Happy together*, von einer Band namens The Turtles.

Ich schaue hinüber zu Aidan und sehe, dass sich ein Lächeln in seinem Gesicht ausbreitet. Er liebt Pia. Er kann nicht anders. Der Refrain beginnt nun, und angeführt von Julia, Angie und Madeleine stimmt das ganze Publikum, jeder dort draußen vor dem Ace Hotel mitten in New York, fröhlich mit ein.

»I can't see me loving nobody but you for all my life …«

Joe packt mich wieder und taucht mich in einen gewaltigen Hollywood-Kuss, und ich lächle beim Küssen, während ganz New York *Happy together* singt, und alles, was ich denken kann, ist: *Meine Freundinnen sind die Besten.*

Aidan verzeiht Pia natürlich. Ich sehe, dass es in dem

Moment geschieht, als sie den Refrain anstimmt. Und das Publikum ist auf ihrer Seite. Nicht nur, dass jeder mitsingt, die meisten filmen auch alles mit ihrem Handy. Dieser Auftritt wird auf YouTube landen, ganz sicher.

Als der Song zu Ende ist, bricht wilder Jubel aus, und Pia klettert mit einem ängstlichen Gesichtsausdruck von ihrem Truck herunter und geht dann zu Aidan.

»Es tut mir so leid«, sagt sie mit flehendem Blick. »Ich werde dir nie wieder wehtun. Bitte verzeih mir. Ich liebe dich.«

Aidan starrt sie an, und dann … Bumm. Sie fangen an, sich zu küssen, und beide müssen weinen, dann küssen sie sich wieder und weinen noch ein bisschen mehr.

»Ganz schön hochdramatisch«, bemerkt Joe.

Ich grinse und blicke auf die Stadt um uns herum. Die Luft ist so warm, und die Lichter sind so hell, dass es einem gar nicht vorkommt wie mitten in der Nacht. In Momenten wie diesen fühlt New York sich zeitlos an, grenzenlos. Als würde das ganze Universum hier beginnen und enden.

Mein Blick fällt auf den Truck, und ich sehe, dass Madeleine gerade auf das Dach klettert. Sie schnappt sich das Mikrofon, und aus den Lautsprechern kommt der nächste Song. Madeleine reckt ihre Faust in die Luft und singt die Anfangszeilen von *Just a Girl*, einem Song aus den Neunzigern von der Gruppe No Doubt.

»Take this pink ribbon off my eyes …«

Durch die Menge geht ein Ruck. Pias Song war romantisch und süß – eine reizende »So was gibt es nur in New York«-Anekdote, die man seinen Freunden erzählen kann. Madeleine dagegen ist ein Profi. Sie hat eine sagenhafte Stimme, ihre Bühnenenergie beziehungsweise ihr Charisma, ihr großes Gesangstalent oder wie auch immer man es nennen will, sind nicht zu leugnen. Zu behaupten, ihre Stimme sei *außergewöhnlich,* würde ihr nicht einmal ansatzweise gerecht werden.

»Das bilde ich mir nicht nur ein, oder?«, sagt Joe. Er starrt stolz zu Madeleine hoch, einen Arm um meine Schulter gelegt. »Sie hat es echt drauf.«

»Nein, das bildest du dir nicht ein«, erwidere ich. »Sie ist spitze.«

»Wie heißt die Sängerin?«, fragt jemand hinter uns.

»Madeleine.« Joe dreht sich um und muss dann ein zweites Mal hinschauen. »Sind Sie nicht Ian James? Hallo, ich bin ein großer Fan von Ihnen. Joe Nolan.«

Die beiden schütteln sich die Hände, und ich mustere Ian James. Ist er berühmt? Offenbar schon, oder? Ian James ist ein kleiner, braun gebrannter Mann mit einem seltsamen Hut auf dem Kopf. Er gehört zu den Menschen, die aussehen, als *müssten* sie berühmt sein, wenn ihr versteht, was ich meine. New York ist voller solcher Menschen.

»Hat sie schon jemand unter Vertrag genommen?«

»Bis jetzt noch nicht«, sagt Joe. »Sie singt in einer Band namens Spector. Ich bin ihr Manager.«

»Nun, der Name wird sich ändern müssen.«

»Oh, absolut.« Joe nickt rasch. »Sie haben als Coverband angefangen. Sie wissen schon, alte Phil-Spector-Sachen, in einer rockigen Interpretation …«

Ian nickt. »Gut.«

Sein Handy klingelt. Ian geht sofort dran und entfernt sich langsam von uns.

»Meine Fresse, Ian James …«, murmelt Joe. Er sieht mich an. »Musikproduzent. Ganz große Nummer.«

Wir schauen beide erwartungsvoll auf Ians Rücken, aber er entfernt sich immer weiter. Er hat Madeleine bereits vergessen.

»Ich sollte ihm nachgehen. Ich sollte ihn um Rat fragen. Ich sollte …« Joe bleibt wie angewurzelt stehen.

»Geh!«, sage ich. »Was ist das Schlimmste, was passieren kann?«

»Dass er Nein sagt und mich auslacht«, erwidert Joe. »Ist das nicht immer das Schlimmste, was passieren kann?«

Madeleine beendet ihren Song unter stürmischem Applaus und lauten Beifallspfiffen und steigt vom Truck herunter.

Die Zuschauer rufen »Zugabe! Zugabe!«, und ich jubele und klatsche und brülle mit, bis meine Stimme versagt.

Meine Freundinnen übernehmen New York, stützen sich gegenseitig. Wir schaukeln das alle gemeinsam.

Joe zieht mich an sich für ein rasches Küsschen, dann eilt er hinüber zu dem Food Truck und holt sich das Mikrofon. »Wenn ihr Madeleine und ihre Band Spector live erleben wollt, checkt die Homepage der Destille in Brooklyn!«

Leider haben die Zuschauer das Interesse verloren, sobald die Show zu Ende ist. Sie sind gesättigt und schon wieder zu sehr mit sich selbst beschäftigt, als dass Joes Ansage sie kümmert.

Ich gehe hinüber zu den anderen, die gerade Madeleine gratulieren.

»Das war hammergeil!«, sagt Angie.

Madeleine lächelt schüchtern, doch wer sie kennt, weiß, dass sie ganz euphorisch ist. »Julias Idee«, sagt sie.

»Du bist der Knall im All!« Julia ist in ihrem hyperaktiven Modus, jedermanns kleiner Cheerleader. Ihre Sätze enden alle mit einem Ausrufungszeichen. »Ich habe eigentlich erwartet, dass direkt jemand auf dich zukommt und dir einen Vertrag anbietet!«

»Definitiv.« Madeleine rollt mit den Augen, um zu signalisieren, dass sie es ironisch meint. Sie schaut hinüber zu Pia und Aidan, die ihre Hände nicht voneinander lassen können. »Nun, zumindest hat Pias Plan funktioniert.«

»Ernsthaft, Maddy«, sagt Angie. »Ich weiß nicht, warum du deine Zeit in der Buchhaltung verschwendest.«

»Um Geld zu scheffeln.«

»Du meinst, um für jemand anderen Geld zu scheffeln.«

»Das auch.«

Joe kommt grinsend auf uns zu. »Ich liebe New York. Man kann hier jederzeit Menschen treffen, die wirklich etwas aus ihrem Leben machen.«

»Ja, es ist ein verdammter Albtraum«, brummt Angie und zündet sich eine Zigarette an. »Wir sind so dicht dran an allem, was wir uns wünschen, und doch so weit entfernt.«

Kapitel 20

Später, als Joe und ich oben in meinem Zimmer sind, überkommt mich plötzlich eine große Befangenheit. Dieses nervöse Flattern in meinem Bauch ist heftiger denn je zuvor.

Ich habe Joe gern.

Er liegt ausgestreckt auf meinem Bett. Er ist so groß, dass seine Füße über die Bettkante hinausragen.

Ich setze mich verlegen neben ihn.

»Mir ist heiß«, sagt er. »Kannst du die Klimaanlage einschalten?«

»Sie ist an«, sage ich. »Tut mir leid, sie ist schon ziemlich alt.«

»Kein Problem.«

Joe setzt sich auf und zieht sein Hemd über den Kopf. Ich betrachte seine breiten Schultern und muskulösen Arme, und plötzlich durchzuckt mich Verlangen. Gott, ich begehre ihn.

»Willst du dich hinlegen?«

Er rückt ein Stück zur Seite, damit ich mich neben ihm ausstrecken kann. Wir liegen so nah nebeneinander, dass ich die Wärme spüren kann, die sein Körper ausstrahlt, und es fällt mir schwer zu atmen. Ich greife zum Lichtschalter, um die Lampe auszuschalten, aber Joe hält meine Hand fest.

»Kannst du sie anlassen?«

Dann beugt er sich zu mir und küsst mich langsam, so langsam, dass es beinahe wehtut.

Wie kann sich ein Kuss in voll bekleidetem Zustand und bei eingeschaltetem Licht intimer anfühlen, als im Dunkeln richtigen Sex zu haben?

Weil wir gerade so ein abgefahrenes, verrücktes Abenteuer erlebt haben, eins von der Sorte, die man nur mit meinen Freundinnen erleben kann?

Oder weil ich im Dunkeln so tun kann, als wäre ich eine andere? Weil man sich im Dunkeln einfach in der Lust verlieren kann?

Ich weiß es nicht.

Ich weiß nur, dass Joes Küsse bewirken, dass ich vergesse, wie man atmet.

Als Joe und ich uns voneinander lösen, frage ich mich, ob er meine Nase betrachtet und sie hässlich findet oder ob ich gerade ein Doppelkinn habe. Also stütze ich meinen Kopf mit einer Hand auf, mein Ellenbogen ruht auf dem Kissen. Ich hoffe, das ist eine schmeichelhaftere Pose. Gleich darauf folgt Joe meinem Beispiel, und er grinst mich an, und ich grinse zurück.

»Was ist das für ein Buch?«, fragt Joe, als sein Blick auf meinen Nachttisch fällt.

»*Anna Karenina*. Ich lese es gerade zum zweiten Mal.«

»Worum geht's da?«

»Äh ... um die Liebe«, sage ich.

»Stiehlst du eigentlich immer noch Bildung? Warum gehst du nicht den sauberen Weg und schreibst dich am College ein, um deinen ausgeprägten Lesehunger darauf zu verwenden, ein Diplom zu machen?«

»Ich bin nicht klug genug«, sage ich, um einen lässigen Ton bemüht.

»Natürlich bist du klug genug«, sagt Joe. »Du musst nur an dich glauben.«

»Ich habe nie an mich geglaubt«, gebe ich flapsig zurück. »Manchmal denke ich, ich bin nur imaginär.«

»Ich glaube an dich. Ich glaube, dass du alles schaffen kannst, was du willst.«

Ich hebe meinen Kopf, und unsere Blicke treffen sich. Joe lächelt, und ich lächle zurück und schaue dann rasch wieder weg. Meine Eingeweide ziehen sich vor Nervosität zusammen. Ich seufze und schließe die Augen, als wäre ich müde, betrachte aber heimlich durch meine Wimpern Joes Körper, seine Sehnen und Muskeln, seinen Waschbrettbauch und die sanfte Wölbung seiner Hüftknochen, bis hin zu seinem …

»Kann ich dich was fragen?«, sagt Joe und unterbricht damit meinen nicht mehr jugendfreien Gedankengang.

»Ja.«

»Als wir das erste Mal, du weißt schon, Süße, Liebe gemacht haben …« Er unterbricht sich kurz, weil ich lospruste. »War das dein erstes Mal?« Aus meinem Prusten wird ein verlegenes Hüsteln. Warum fragt Joe mich das? War ich so schlecht? »Du warst großartig«, sagt er, als könnte er meine Gedanken lesen. »Wirklich. Du hast das Talent einer Mata Hari.«

Ich lache gegen meinen Willen. »Äh … na ja, nein. Das war nicht mein erstes Mal.«

»War es für dich okay?«

»Es war schön«, antworte ich ehrlich. »Warum?«

»Ich weiß nicht … Manchmal habe ich das Gefühl, als

wäre da eine unsichtbare Barriere, als gäbe es einen Teil von dir, den du vor mir zurückhältst. Der im Hintergrund schlummert. Ich habe mich gefragt … Keine Ahnung.«

Es entsteht eine lange Pause.

»Es gab einen einzigen Mann vor dir«, sage ich schließlich. »Er heißt Eric. Ich dachte, er wäre mein Freund, aber … das war er nicht. Ich wollte nicht mit ihm schlafen, aber wir haben es trotzdem getan.«

»Er … er hat dich gezwungen?« Joe wirkt plötzlich aufgebracht.

»Nein! Nein, ich meine, nicht richtig … Es ist einfach passiert, weißt du, ich war nur nicht wirklich darauf vorbereitet. Es war nicht so, wie ich es mir gewünscht hätte.«

»Was für ein verdammtes Arschloch«, knurrt Joe.

»Es kam noch schlimmer, ich …« Die Worte drängen heraus, bevor ich es verhindern kann. »Ich wurde schwanger.«

»Fuck«, sagt Joe.

Ich hole tief Luft. »Ich hatte eine … eine … du weißt schon.«

»Ich weiß.«

Ich sehe Joe an und versuche, an seiner Miene abzulesen, ob er mich dafür verurteilt, beziehungsweise ob er mich nun verabscheut. Er tut nichts von beidem. Alles, was ich sehe, ist Verständnis.

»Meine Schwester hatte auch eine«, sagt er. »Sie hat es in England machen lassen. In Irland ist es ja immer noch verboten.«

»Es ist *verboten?*«

Er nickt. »Natürlich wird es trotzdem gemacht. Es

wird ständig gemacht.« Er seufzt. »Das ist nicht fair. Es gehören zwei dazu, um es zu tun, doch die Frau muss mit den Folgen allein klarkommen.«

»Nicht immer«, sage ich. »Ich wette, es gibt Männer, die unterstützen ihre Frauen.«

»Mag sein.« Joe klingt nicht so, als würde er das glauben. »Der Freund meiner Schwester hat ihr an dem Abend, bevor sie nach England fuhr, den Laufpass gegeben.«

»Das ist schrecklich«, sage ich.

»Ich hab's ihm heimgezahlt«, sagt er. »Ich hab ihn ein paar Wochen später in der Stadt gesehen, in einer Kneipe. Ich hab ihm die Nase gebrochen.«

»Du bist ein netter Bruder.«

»Ich wünschte, das wäre mir erspart geblieben.«

»Ich wünschte auch, es wäre mir erspart geblieben«, sage ich. Plötzlich merke ich, dass ich weinen muss. Ich schließe die Augen, und die Tränen kullern über meine Wangen. »Ich war dumm. Ich war so naiv. Es ist noch nicht einmal ein Jahr her, aber ich habe mich seitdem so verändert. Wenn ich die Zeit zurückdrehen könnte, wäre ich niemals mit Eric nach Hause gegangen. Ich wünschte … Ich wünschte …« Ich kann nicht weitersprechen.

»Schon gut«, sagt Joe und streift mit seinen Händen über meine Wangen, um die Tränen wegzuwischen. »Es ist wirklich okay.«

Er schlingt seine Arme um mich, und ich schmiege mich eng an ihn. Er ist so warmherzig und liebevoll, und ich fühle mich so sicher in seiner Umarmung, dass ich aufhöre zu weinen. Ich hole ein paarmal zitternd tief Luft und beruhige mich langsam wieder.

»Alles in Ordnung?«, fragt Joe.

»Ja. Lass uns über was anderes reden. Erzähl mir von den Hunderten von Frauen, mit denen du geschlafen hast.«

»Okay«, sagt er und streicht sanft über mein Haar. »Möchtest du hören, was für ein wunderbares Erlebnis mein erstes Mal war?«

»Ja, bitte.«

»Das letzte Schuljahr. Mit meiner Freundin. Und sie musste mir erklären, dass ich … nicht da drinsteckte, wo ich dachte drinzustecken.«

Ich lache.

»Es war okay! Ich hab schließlich doch noch die richtige Öffnung gefunden. Du weißt ja, Versuch und Irrtum. Es war schön. Etwas Besonderes. Jedenfalls für mich.« Joe stockt kurz. »Dann hat sie mich betrogen.«

»Mies«, sage ich. »Was ist passiert?«

»Das Übliche. Sie ging weg, um zu studieren, lernte einen anderen kennen und brachte es nicht über sich, mit mir Schluss zu machen. Ich kam dahinter, weil ein gemeinsamer Bekannter von uns auf Instagram Fotos von einer Party gepostet hat, auf denen zu sehen war, wie sie einen anderen Kerl küsste.«

Ich stoße unwillkürlich einen angewiderten Laut aus. »Das ist schlimm.«

Joe zuckt mit den Achseln. »Sie war einfach noch jung. Das denke ich heute. Wir waren beide jung. Shit happens. Das gehört zum Erwachsenwerden dazu.«

Ich nicke. »So denke ich inzwischen auch. Was Eric betrifft und alles andere danach. Es ist nur ein Teil meiner Vergangenheit. Es ist gut und schlecht wie alles im Leben.«

Wir liegen einen Moment lang schweigend da. Dann fahre ich mit den Fingern über Joes Rückenmuskeln.

Als ich ihn berühre, holt er tief Luft und gibt ein zufriedenes leises *Mhmm* von sich, und ich bekomme wieder dieses nervöse Flattern in meinem Bauch. Es ist dasselbe Gefühl, das ich in Tophers Gegenwart habe, nur irgendwie … wärmer, sicherer.

Ich sehe Joe an, damit er die Augen öffnet und meinen Blick erwidert, damit er spürt, was ich gerade spüre.

Bizarrerweise öffnet er tatsächlich seine Augen.

Wir starren uns einen Moment lang an.

Dann zieht Joe mich blitzschnell und ohne Vorwarnung unter sich und hält meine Arme fest. Er wirkt ernst, ernster als ich ihn jemals erlebt habe. Und mein Gott, so vollkommen.

Er küsst mich bedächtig.

Dann nimmt er seinen Kopf leicht zurück und sieht mir in die Augen. Ich komme mir völlig entblößt vor, emotional nackt, falls das einen Sinn ergibt.

Joe lächelt. »Wunderschön.« Ich runzle die Stirn. Er räuspert sich und sagt es wieder, leise und eindringlich. »Wirklich. Das bist du. Du bist wunderschön.« Dann fangen wir an, uns zu küssen. Richtig zu küssen. Küssen mit Vorsatz. Die Art zu küssen, die den ganzen Körper zum Kribbeln bringt und von der die Lippen sich irgendwann geschwollen anfühlen. Wir ziehen uns gegenseitig aus, und das Licht brennt immer noch, und ich versuche mein Bestes, um mich zu bedecken, besonders meine Oberschenkel, und dann … »So vollkommen«, sagt Joe, beinahe lautlos, während er meine Schenkel streichelt. »Weich und glatt. Dein Körper ist unglaublich. Genau so, wie der Körper einer Frau sein sollte.« Dann wiederholt er das Wort. Das Wort, das ich nie auf mich bezogen habe. »Wunderschön.«

»Ich …«

Ich finde keine Worte, um ihm zu widersprechen. Ich schaue auf unsere nackten Körper und denke: Vielleicht hat er recht. Joes Körper ist groß und stark muskulös. Mein Körper ist weich und glatt und sinnlich. Genau so soll es sein.

Und dann haben wir … na ja, ihr wisst schon.

Dieses Mal ist es anders. Dieses Mal habe ich das Gefühl, da zu sein, wirklich da, in jedem Moment präsent. Mein Körper, meine Seele, mein Verstand arbeiten im Einklang. Ich benutze nicht länger nur Joes Körper, ich schließe auch nicht die Augen und tue so, als wäre ich eine andere. Ich bin ganz und gar da.

Wir sind ganz und gar da, zusammen.

Eine Stunde später, als wir daliegen, halb übereinander drapiert, klebrig und gesättigt, legt Joe seinen Kopf auf meinen Bauch, und ich streichle geistesabwesend seinen wuscheligen Haarschopf. Mein nervöses Flattern ist endlich weg. Ich bin rundum glücklich.

»O Coco«, murmelt Joe. »Das war fantastisch.« Ich weiß nicht einmal, was ich sagen soll. Es war mehr als fantastisch. Der Sex war so, wie ich ihn mir in meinen Träumen immer ausgemalt habe. »Ein Glück, dass wir Freunde geworden sind, nicht?«

Meine Brust krampft sich für einen Augenblick zusammen. Soll das ein Scherz sein? Ich kann es nicht sagen.

»Freunde …«, wiederhole ich. »Natürlich. Das sind wir. Freunde.«

»Freunde, die sich zusammen nackt machen und miteinander Spaß haben. Hast du das nicht selbst gesagt?«

»Ja.« Meine Stimme ist kaum lauter als ein Flüstern.

Joe hat offenbar gespürt, dass ich dachte, zwischen uns sei mehr. Und nun warnt er mich, dass dem nicht so ist. Damit ich nicht wieder verletzt werde. Weil er einfach ein Casanova ist, ein totaler Frauenheld, die Art von Mann, mit der man befreundet sein kann, mit der man Sex haben kann, aber niemals eine Beziehung.

Und zack ist mein Glücksgefühl zerschmettert.

Wir sind nur Freunde.

Es war dumm von mir zu glauben, dass wir mehr füreinander empfinden. Diesen Fehler werde ich nie wieder machen.

Kapitel 21

Ich liebe es, durch die Straßen von Greenwich Village zu spazieren, rund um den Campus der New York University.

Selbst jetzt, an einem sonnigen Vormittag im Hochsommer, wenn die meisten Studenten in die Ferien gefahren sind, fühlt sich das Viertel besonders an. Ein riesengroßes College mit über fünfzigtausend Studenten, mitten in der besten Stadt der Welt. Ist das nicht wunderbar? Bisher hab ich mir Hochschulen immer als etwas Isoliertes vorgestellt, wisst ihr? Weit außerhalb in einem Dorf mitten in der Walachei, wo man die ganze Zeit festsitzt und das Essen furchtbar ist und die Einheimischen einen hassen, aber die New York University liegt zentral in Downtown Manhattan. Das ist unheimlich cool.

Topher hat mir seine Hausarbeit erneut gemailt und mich gebeten, sie ein letztes Mal Korrektur zu lesen und danach auszudrucken und bei Frau Professor Guffey abzugeben. Die besteht nämlich darauf, dass jeder seine Arbeit persönlich vorbeibringt.

Ich erreiche schließlich das Büro der Professorin, das sich in der obersten Etage eines unscheinbaren Gebäudes auf der Greene Street befindet, nur ein paar Blocks vom Washington Square Park entfernt. An der Tür hängt ein

Schild: Rosemary Guffey, Professorin für Literatur, Professorin für Social and Cultural Analysis. Sie wird nicht da sein – sie hat gerade ein Seminar auf der anderen Seite des Campus. Ich habe das vorher gecheckt. Ich bin ja nicht blöd.

Ich schiebe die Hausarbeit unter ihrer Tür durch, richte mich wieder auf und gehe zurück zur Treppe.

»Coco?«

Panik durchzuckt mich von Kopf bis Fuß.

Ich drehe mich um. »Frau Professor Guffey!«

Die Professorin lächelt und bückt sich, um die Arbeit aufzuheben. Ohne einen Blick darauf zu werfen, beziehungsweise auf den Namen auf dem Titelblatt, winkt sie mich in ihr Büro.

»Ich habe gehofft, dass ich eine Gelegenheit bekomme, mit Ihnen persönlich zu reden«, sagt sie. »Kommen Sie bitte herein.«

O mein Gott, jetzt bin ich geliefert.

Warum ist sie nicht in ihrem Seminar?

Ich folge ihr in das Zimmer, in meiner Magengrube macht sich eiskalte Angst breit. Noch hat die Professorin den Namen auf dem Ausdruck nicht gelesen, und als sie hinter ihren Schreibtisch geht, öffnet sie eine Mappe, legt die Arbeit hinein und klappt die Mappe dann wieder zu, alles ohne auf den Verfasser zu achten.

Sie weiß nicht, dass ich gerade Tophers Arbeit abgegeben habe und nicht meine eigene.

Sie weiß es *noch nicht*.

An den Wänden ihres Büros steht ein Bücherregal neben dem anderen. Meine Augen huschen nervös umher.

»Wow, Sie haben ganz schön viele Bücher«, rutscht mir

heraus. »Ich meine, natürlich haben Sie viele Bücher … äh …«

»Ich bin eine Büchernärrin«, sagt sie. »Ich weiß, es ist altmodisch, aber ich glaube nicht, dass ich mich in absehbarer Zeit mit einem E-Reader anfreunden werde.«

»Oh, ich auch nicht«, sage ich. »Wenn ich mit dem Zug zu meinem Vater nach Rochester fahre, nur so als Beispiel, das ist eine lange Reise, wissen Sie, und Bücher wiegen ja bekanntlich etwas, dann kann es schon mal vorkommen, dass ich die Kindle-App auf meinem iPad benutze. Aber ich mag das Gefühl, ein Buch in der Hand zu halten. Ich mag die Beständigkeit von Büchern.« Ich gerate ins Schwafeln, während mein Blick über die Regale irrlichtert und verzweifelt nach etwas sucht, mit dem ich die Literaturprofessorin ablenken kann. »Ich mag ihren Geruch. Das Gewicht. Das ganze Drumherum.«

»Genau«, sagt sie. »Also …«

»Oh, sehen Sie! *Jane Eyre*, ich liebe dieses Buch, und natürlich *Little Women*, das kenne ich auswendig, ich habe es gefühlt eine Million Mal gelesen. Das erste Mal, als ich ungefähr sechs war.« Ich weiß, es ist unhöflich, jemanden zu unterbrechen, ich halte es jedoch nicht aus, wenn sie mich fragt, ob ich an der NYU ordentlich eingeschrieben bin. Ich kann ihr nicht ins Gesicht lügen, wenn ich das allerdings nicht tue, wird Topher womöglich zwangsexmatrikuliert, richtig? »Äh … und in der Highschool haben wir *Nora oder Ein Puppenheim* durchgenommen. Leider hab ich das Stück nie richtig verstanden.«

Frau Professor Guffey lacht. »Die Highschool hat ein Händchen dafür, jegliche wahre Liebe für das geschriebene Wort zu zerstören. Ich habe in der Highschool

Shakespeare gehasst, wirklich. Ich hielt ihn bestenfalls für überbewertet. Dann las ich aus freien Stücken *Viel Lärm um nichts*, als ich Anfang zwanzig war, und ich … habe es einfach kapiert.«

Ich grinse. »Ich habe Shakespeare auch nie verstanden. Vielleicht sollte ich ihn in ein paar Jahren noch einmal ausprobieren.«

Professorin Guffey nickt. »Vielleicht sollten Sie das.«

Sie macht eine Pause und überlegt. Mir stockt der Atem. Gleich darauf beugt sie sich über ihren Laptop, tippt ein bisschen darauf herum und geht anschließend zu ihrem Drucker hinüber. Dieser spuckt eine Seite aus, die sie herausnimmt und mir gibt. »Ich habe gestern Abend an Sie gedacht. Ich habe eine Liste von Büchern erstellt, die Sie unbedingt … ich meine, die Ihnen vielleicht gefallen könnten«, erklärt sie, während sie sich an ihren Schreibtisch lehnt.

»Wirklich? Warum? Ich meine, danke, aber warum?«

»Die Lektüreliste für den Sommerkurs ist ein guter Anfang, sie konzentriert sich jedoch auf die russische Literatur, und es gibt noch so viele andere gute Bücher auf der Welt. Besonders die Romane weiblicher Autoren, die beschreiben, wie es war, im London des 18. Jahrhunderts eine Frau zu sein oder im Frankreich des 19. Jahrhunderts oder im alten New York oder … Nun ja, Sie verstehen, worauf ich hinauswill.«

Ich weiß nicht genau, was ich sagen soll. Noch nie hat ein Lehrer ein besonderes Interesse an mir gezeigt.

»Die Liste ist nicht für das Studium«, fügt sie rasch hinzu. »Es ist keine Pflichtlektüre. Ich gebe sie Ihnen nur, weil ich denke, dass diese Bücher Ihnen gefallen werden.«

»Oh … danke. Wirklich, vielen Dank.«

Ich werfe einen Blick auf die Liste. Ich habe keinen der aufgeführten Titel gelesen, selbst wenn ich schon von den meisten gehört habe. *Indiana* von George Sand. *Villette* von Charlotte Brontë. *Ruth Hall* von Fanny Fern. *Haus Bellomont* von Edith Wharton. *The Coquette* von Hannah Webster Foster. *Das Erwachen* von Kate Chopin. *Evelina* von Frances Burney. *Norden und Süden* von Elizabeth Gaskell. *Middlemarch* von George Eliot.

»Ich werde sie lesen, doch ich werde wahrscheinlich nichts verstehen«, sage ich, im Bemühen, einen Scherz zu machen.

Die Professorin runzelt die Stirn. »Natürlich werden Sie die Bücher verstehen. Sie sind nicht schwierig. Es sind nur Geschichten. Keine intellektuell anspruchsvollen Texte, die einen überfordern … Sie müssen sie nur spüren.«

»Aber …« Ich zögere. »Ich bin einfach nicht intelligent genug.«

»Coco, ich weiß, dass Sie intelligent sind. Das erkenne ich an allem, was Sie tun, was Sie sagen, wie Sie es sagen …«

Ich lache gegen meinen Willen. »Mein Vater sieht das anders. Und meine Noten an der Highschool waren nicht gerade die besten.«

»Die Highschool hat keine Bedeutung«, erwidert Frau Professor Guffey und schnalzt mit den Fingern, um ihren Standpunkt zu unterstreichen. »Sie ist *kein* Indikator für Ihr restliches Leben. Ihre Lehrer haben Sie nicht so motiviert, wie sie andere Schüler motiviert haben? Na und? Das ist der Fehler der Lehrer. Machen Sie es nicht zu Ihrem Fehler. Die Lehrer an der Highschool sind nicht die Herren des verdammten Universums. Und Ihr Vater genauso wenig. Er bestimmt nicht über Ihr Schicksal.«

Ich bin erstaunt über ihre Eindringlichkeit. Anscheinend liegt ihr wirklich etwas an mir. »Okay, ich mache es. Ich werde die Bücher lesen. Nochmals vielen Dank, Frau Professor.«

Ich stehe auf und wende mich zum Gehen.

»Ich bin mir sicher, Sie werden diese Bücher mögen«, sagt sie. »Selbst wenn Sie keine Studentin wären, würden sie Ihnen gefallen.«

Etwas rumpelt in meinem Magen.

Sie weiß Bescheid.

Ich bringe es nicht fertig, mich umzudrehen und ihr in die Augen zu sehen. Ich verlasse das Büro und schließe die Tür hinter mir.

Sie weiß, dass ich keine richtige Studentin bin.

Sie weiß, dass ich Bildung stehle.

Sie weiß, dass ich eine Lügnerin bin.

Aber warum sollte mich das kümmern? Ich habe nichts zu befürchten, schließlich kann ich nicht von einer Hochschule fliegen, an der ich gar nicht immatrikuliert bin, richtig? Und auch Topher hat nichts zu befürchten. Professor Guffey weiß nicht, dass seine Hausarbeit praktisch von mir geschrieben wurde. Ich meine, es ist ja immerhin möglich, dass ich sie nur für ihn abgegeben habe, richtig?

Es kommt mir trotzdem falsch vor. Ich fühle mich schuldig. Als wäre ich ein schlechter Mensch. Dabei bin ich nie ein schlechter Mensch gewesen.

Vielleicht werde ich tief in meinem Innern immer das brave Mädchen sein.

Während mein Verstand unablässig arbeitet, marschiere ich in der glühenden Hitze durch SoHo. Ich mache eine kurze Pause, um mich mit Kokosnusswasser zu erfrischen, und folge dann weiter dem Broadway, den ganzen Weg bis zur City Hall, bevor ich mich schließlich in Richtung Brooklyn Bridge wende. Ich laufe und laufe und laufe.

Unterwegs muss ich an meine alberne Glücksliste denken.

Drei Dinge, die ich in meinem Leben bräuchte,
um aufrichtig glücklich zu sein:

– *schlank sein*
– *glücklich verliebt sein*
– *herausfinden, was ich mit meinem Leben anfangen soll*

Ich dachte, ich hätte diesen Sommer einen großen Schritt in Richtung Glück getan – die lockere Affäre mit Joe, die Nachmittage mit Topher, der bezahlte Kneipenjob, das kostenlose Studium, all das hat mir Spaß gemacht.

Aber ich bin keinem meiner Ziele auch nur ein Stück näher gekommen.

Ich bin immer noch nicht schlank, ich bin immer noch nicht glücklich verliebt, und ich weiß immer noch nicht, was ich mit meinem Leben anfangen soll. Ich bin immer noch das brave Mädchen, das ein schlechtes Gewissen hat, weil es seine Professorin getäuscht hat, und dabei ist sie nicht einmal meine Professorin.

Auf der ganzen Strecke bis nach Brooklyn kreisen meine Gedanken um Frau Professor Guffey.

Als ich die Court Street erreiche, mache ich einen kurzen Abstecher in den BookCourt und kaufe mir *Middlemarch,* bevor ich das letzte Stück nach Hause gehe, wo ich mich direkt in mein Zimmer verkrümele und anfange zu lesen.

Kapitel 22

Sehr viel später erhalte ich eine SMS. Sie ist von Joe. *In der Bar ist es öde ohne dich. Schick mir ein Selfie. Du weißt, welche Sorte ich meine.*

Ich grinse. *Nein. Benutz dein Gedächtnis. Oder deine Fantasie.*

Er antwortet: *In meiner Fantasie trägst du Engelsflügel, kniehohe pinkfarbene Regenstiefel und* SONST NICHTS.

Ich lache und schaue aus dem Fenster. Draußen ist es bereits dunkel, und ich habe es nicht einmal mitbekommen. Irgendwie sind die Stunden einfach so vergangen, während ich in *Middlemarch* vertieft war. Es war wie eine Zeitreise, ein Sprung in eine andere Welt, das Eintauchen in eine andere Realität … *Middlemarch* ist das beste Buch, das ich jemals gelesen habe, besser als *Anna Karenina*, besser als alles, was ich mir vorstellen kann. Ich wünschte, jede Seite würde eine Ewigkeit dauern.

Mein Magen knurrt, und ich beschließe, nach unten in die Küche zu gehen. Zu meiner Überraschung treffe ich dort am Küchentisch die anderen an.

»Alles klar, Süße?«, fragt Pia. »Ich habe Hühnchen mitgebracht. Beeil dich, sonst isst Julia dir alles weg.«

»Mitnichten.« Wenn Julia schlechte Laune hat, verliert sie jeglichen Sinn für Humor. »Ich hatte nur eine Miniportion.«

»Das war lecker«, sagt Angie, die ihre Schüssel mit einem Stück Brot auswischt. »Es hat nur ein bisschen Salz gefehlt.«

»Da ist genug Salz drin.«

»Na ja«, sagt Angie, »ich schätze, ich hab's einfach gern etwas salziger.«

»Na ja«, äfft Pia sie nach, »viel Spaß mit der Wassereinlagerung.«

Beide prusten los.

Ich nehme mir eine Portion und setze mich zu den anderen. Obwohl ich gerade noch von meiner neuen Lektüre in Hochstimmung war, fühle ich mich nun, zurück in meiner eigenen Realität, irgendwie deprimiert.

Okay, sehr deprimiert.

Warum nur? Ich wurde von Frau Professor Guffey nicht entlarvt. Ich meine, nicht wirklich. Sie hat mir zwar durch die Blume zu verstehen gegeben, dass sie weiß, dass ich keine Studentin bin, aber es hatte keine Folgen.

Mein Deprigefühl hat nichts mit Joe zu tun beziehungsweise mit dem, was letzte Nacht passiert ist. Mir ist klar, dass ich in Joe nicht verliebt bin, auch wenn ich das ungefähr eine Nanosekunde lang dachte, bevor ich meinen Irrtum erkannte. Also bin ich wieder genau da, wo ich vorher war. Joe ist mein *friend with benefits*. Nichts weiter.

Was könnte sonst noch der Grund für meine Niedergeschlagenheit sein?

Meine Familie? Nein. Mein Vater hat aufgehört, mir mit seinen Jobangeboten auf den Wecker zu fallen. Seit seiner Rückkehr nach Rochester nimmt er meine Arbeit in der Destille total cool, und mit »total cool« meine ich, dass er nicht darüber spricht.

Geld? Nein. Ich war es gewohnt, ständig so gut wie pleite zu sein, obwohl Julia und ich keine Miete bezahlen müssen, weil wir das Haus geerbt haben … New York ist eine extrem teure Stadt, es ist der reine Wahnsinn. Montags habe ich mir immer Geld am Automaten geholt, das dann für die ganze Woche reichen musste, meine Kreditkarten habe ich grundsätzlich zu Hause gelassen, um Spontaneinkäufe zu vermeiden, solche Dinge eben … Inzwischen arbeite ich regelmäßig in der Destille. Inklusive Trinkgeld verdiene ich nun mehr als das Doppelte von dem, was ich als Erzieherin verdient habe. Trinkgeld ist zudem steuerfrei und landet direkt in meiner Tasche. Kellnern ist lukrativer als Kindererziehen. Was sagt man dazu?

Mein Gewicht? Nein. Früher habe ich mich tagelang gegrämt wegen meiner Figur. Ich habe einfach ständig darüber nachgedacht. Meine Oberschenkel haben sich aneinander gescheuert, meine Hosen haben am Bauch gespannt. Oh, was für eine Qual, sich dick zu fühlen und immer hungrig zu sein, sich zu hassen, wegen der ständigen Gier auf alles Essbare, was man in die Finger bekommt. Mittlerweile vergeude ich keinen Gedanken mehr daran. Ich habe einfach damit aufgehört.

Es gibt nichts, worüber ich mir Sorgen machen müsste. Und trotzdem bin ich deprimiert.

Es liegt bestimmt an der Professorin. Es muss an ihr liegen. Obwohl ich versucht habe, mir einzureden, dass es schon okay ist, klopft mein Herz vor Scham, wenn ich an sie denke. Ich habe das Gefühl, sie enttäuscht zu haben. Ich habe sie belogen. Und als sie mich erwischt hat, bin ich einfach weggelaufen.

Das war falsch. Selbst wenn ich keine richtige Studentin bin und selbst wenn es nicht so ist, als würde es eine Rolle spielen, was ich mache.

O mein Gott. Mein Verstand muss dringend den Mund halten.

Seufzend lasse ich meinen Blick über die Runde am Küchentisch schweifen. Pia ist gut gelaunt. Sie verzehrt ihr geschmortes Huhn mit einem verträumten Lächeln im Gesicht und starrt Löcher in die Luft. Nach ihrer Gesangseinlage auf dem Truck haben sie und Aidan sich wieder versöhnt. Er ist zurück nach San Francisco geflogen, aber er hat ihr geschworen, von nun an jedes Wochenende mit ihr zu verbringen und alles dafür zu tun, dass er so schnell wie möglich nach New York zurückkehren kann. Das ist wahre Liebe, schätze ich. Ich frage mich, ob Pia ihm so einfach verziehen hätte, wäre sie die Betrogene gewesen … beziehungsweise ob wir sie dazu ermutigt hätten. Ich weiß es nicht. Ich freue mich einfach, dass sie glücklich ist.

Angie ist auch glücklich. Sie hat ihre Taschenkollektion fertiggestellt, drei Modelle wurden ausgewählt, um in Produktion zu gehen. Und Sam befindet sich auf dem Rückweg nach New York. Er segelt gerade irgendwo zwischen hier und Europa. Angie knabbert an einem Stück Käse mit dem Appetit derer, die schlank bleiben, auch wenn sie viel essen. Vor ihr liegt ein Skizzenblock, sie zeichnet versonnen Entwürfe.

Madeleine ist … keine Ahnung. Ich kann sie nie richtig einschätzen. Sie ist in Gedanken gerade ganz woanders, so viel ist sicher. Sie beteiligt sich kaum an der Unterhaltung am Tisch, anscheinend möchte sie trotzdem hier bei uns in der Küche sein – als würde sie unsere Gesellschaft auf irgendeine Art tröstlich finden. Ich frage mich, ob ich sie jemals verstehen werde.

Und Julia geht es elend. Obwohl ich nicht genau weiß, warum. Sie beteuert zwar ständig, wie sehr sie ihre Arbeit liebt, ich denke allerdings, dass das zu den Dingen gehört, die man sagt, damit man daran glaubt. Jedenfalls sieht Julia unheimlich müde aus. Es ist das erste Mal seit einer Ewigkeit, dass sie vor Mitternacht zu Hause ist.

Manchmal kommt es mir so vor, als könnten wir nie alle gleichzeitig glücklich sein. Vielleicht entspricht das dem Gesetz der Wahrscheinlichkeit: In einer WG mit fünf Frauen wird immer einer gerade etwas Schlechtes in ihrem Leben widerfahren.

»Kommt ihr eigentlich alle zur Prom Night in die Destille?«, frage ich.

»Ihr zieht das wirklich durch?«, erwidert Angie überrascht.

»Ja!«, sage ich, bemüht, positiv und enthusiastisch zu klingen. »Klar ziehen wir das durch. Das wird eine Riesenparty. Wisst ihr, wenn der Abend ein Erfolg wird, bleibt die Destille vielleicht erhalten, und Joe bekommt eine Greencard.«

»Außerdem spielen wir live auf der Party«, sagt Madeleine. »Die Band freut sich schon darauf.«

Ihre Miene bleibt ausdruckslos. Ich starre sie einen Moment lang an, um herauszufinden, ob sie das ironisch gemeint hat. Ich denke, ja, allerdings auf eine Art, die okay ist.

»Wen nehmt ihr als Begleiter mit?«, fragt Pia. »Ich werde mit Aidan kommen! Er ist dann wieder in New York.«

»Begleiter?«, wiederhole ich.

Daran habe ich überhaupt nicht gedacht.

Ich brauche einen Begleiter?

Mein erster Gedanke ist Joe. Aber Joe kann nicht mein Begleiter sein. Er empfindet nichts für mich, er ist nur ein Freund. Ich kann ihn ohnehin nicht fragen, weil er sonst denkt, dass ich Gefühle für ihn habe, und die habe ich nicht, ich meine, ich hatte welche, kurz zumindest, doch dann ist mir klar geworden, dass ich mich getäuscht habe, gründlich getäuscht.

»Sam ist bis dahin vielleicht wieder zurück.« Angie lächelt selig. »Juchu.«

Madeleine zuckt mit den Schultern. »Ich werde singen. Ich brauche keinen Begleiter.«

»Und du, wirst du Peter den Großen fragen?«, wendet Pia sich an Julia.

»Nein. Es ist faschistisch, dass wir gezwungen werden, einen Begleiter mitzubringen«, entgegnet sie.

»Das ist eine Beleidigung für alle wahren Opfer des Faschismus«, sagt Angie.

Julia zeigt ihr den Stinkefinger. Pia fängt an zu kichern.

Ich kann nicht lachen. Ich drehe gerade durch. Ich habe in meinem ganzen Leben noch nie einen Mann zu einem Date eingeladen. Und es gibt nur einen einzigen Mann, den ich fragen kann.

Topher.

Ich muss Topher fragen.

Topher ist der perfekte Begleiter für mein neues erwachsenes, wildes Ich. Mein altes Ich aus der Highschoolzeit ist allein zum Abschlussball gegangen. Vor lauter Aufregung und Nervosität war mir richtig schlecht, und letzten Endes bin ich auch allein wieder nach Hause gegangen und hab die ganze Nacht geheult, weil meine sogenannte beste Freundin … Den Rest kennt ihr ja. Das war in gewisser Weise der Moment, ab dem mein Leben steil bergab gegangen ist. Mein Selbstwertgefühl war am Boden. Anstatt von Eric angewidert zu sein, habe ich mich verzweifelt danach gesehnt, dass er meine Zuneigung erwidert, und das ist der Grund, aus dem ich dann Jahre später mit ihm geschlafen habe. Dumm, dumm, dumm.

Wenn ich mit Topher zu der Prom Night gehe, ist das, als würde damit all dieses Unrecht wiedergutgemacht. Als hätte alles einen Sinn gehabt.

Julias Handy piept. Sie wirft einen Blick darauf und presst die Lippen zusammen, ein Zeichen dafür, dass sie wegen irgendetwas genervt ist.

»Wer ist das?«

»Peter.«

»Was schreibt er?«

»Er schreibt: *Kein Problem.*«

»Und warum schreibt er das?«

»Ich hab ihm vorhin per SMS erklärt, dass ich kommende Woche wahrscheinlich zu beschäftigt sein werde, um mit ihm essen zu gehen.«

Plötzlich reden alle gleichzeitig auf Julia ein.

»Wie bitte?«, ruft Madeleine. »Du hast mir doch erzählt, dass du ihn gernhast.«

»Nur weil er gefeuert wurde? Jeder wird mal gefeuert! Ich bin schon ein Dutzend Mal gefeuert worden!« Das kommt von Angie.

»Peter ist ein netter Kerl. Du hast ihn so sehr gemocht, Julia. Wie kann das plötzlich kaputt sein?« Pia seufzt.

»Es reicht!«, schreit Julia. »Lasst mich in Ruhe! Der Kerl ist *arbeitslos*, okay?«

»Jeder ist nur so lange arbeitslos, bis er wieder einen Job hat«, sagt Pia.

»Wirklich tiefsinnig, Pia.«

»Jules, du darfst nicht so streng sein mit den Menschen«, bemerkt Angie.

»Ich bin mit den Menschen nicht strenger als mit mir selbst.« Julia verschränkt die Arme vor der Brust, eine ultimative Abwehrgeste.

»Vielleicht solltest du auch mit dir ein bisschen weniger streng sein«, sagt Pia sanft. »Es gibt keine Punkte dafür, besonders hart mit sich selbst zu sein.«

»Sagt ausgerechnet diejenige, die noch nie in ihrem ganzen Leben einen Mannschaftssport ausgeübt hat«, erwidert Julia. »Irgendjemand vergibt *immer* Punkte.«

»Um Himmels willen!« Angie stöhnt.

Madeleine mischt sich nun auch ein. »Hör zu, Jules. Alles, was wir dir sagen wollen, ist, dass es wirklich schwer ist, hier in New York jemanden zu finden, mit dem man tatsächlich seine Zeit verbringen möchte.« Ich habe Madeleine noch nie so nachdenklich und so leidenschaftlich erlebt. »Und wenn man so jemanden findet, stellt man nicht alles sofort infrage, Julia. Man geht einfach mit.«

Julia starrt sie einen Moment lang an. »Also schön! Ich werde ihm schreiben. Ich werde ihm sagen, dass mein Terminkalender sich etwas entspannt hat.«

»Braves Mädchen.«

Julia schenkt uns allen einen finsteren Blick und tippt

dann widerwillig den Text. Die Antwort kommt nur Sekunden später.

»Er spielt nicht gerade den Unnahbaren, was?«, sagt Angie.

Julia liest die Nachricht und grinst. Sie hat Peter wirklich gern. Sie kann nichts dagegen machen. Dann hebt sie den Kopf und sieht uns alle an. »Okay, Leute, die Show ist vorüber. Julia und Peter sind wieder am Start. Vorläufig. Peter sollte sich besser rasch um einen neuen Job kümmern, das ist alles, was ich sage.«

Ich habe immer noch keinen Ton von mir gegeben. Mein Verstand hängt in einer Endlosschleife fest mit dem Text: *Ich muss Topher zu der Prom Night einladen. Ich muss Topher zu der Prom Night einladen. Ich muss Topher zu der Prom Night einladen …*

Später, als ich allein in meinem Zimmer bin, übe ich den Satz vor dem Spiegel.

»Möchtest du mich zu der Prom Night begleiten?«

Wow, das war schwer. Selbst wenn ich es nur zu mir selbst sage.

Ich räuspere mich, schüttle kurz mein Haar und versuche es dann wieder.

»Wir veranstalten in der Bar doch diese doofe Prom Night. Hast du Bock zu kommen?«

Zu flapsig. Und ein bisschen zu cool.

»Wir veranstalten eine große Party in der Bar, in der ich arbeite. Eine Party mit dem Motto Abschlussball. *Die solltest du dir nicht entgehen lassen.«*

Perfekt.

Kapitel 23

Nach unserem nächsten Seminar suchen Topher und ich unseren Lieblingsplatz im Washington Square Park auf.

Ich habe mir vorgenommen, Topher heute zu fragen, ob er mich zur Prom Night begleitet.

Hoffentlich bringe ich den Mut dazu auf.

Ich muss meine Nerven in den Griff bekommen.

Topher sieht mich an, und ich spüre einen leichten Schauer, der mich durchrieselt. Gott, es ist schön, mit Topher hier im Park zu sein. Wer hätte geahnt, dass wir beide einmal so zusammen enden würden. Während der Highschool hat Topher immer mit seinen Sportfreunden herumgehangen, und ich war in der Bücherei.

»Was macht dich eigentlich glücklich?«

Die Worte sind mal wieder heraus, bevor ich es verhindern kann. Wo kommen sie überhaupt auf einmal her?

Topher hebt überrascht seinen Kopf. »Was mich glücklich macht? Mietfrei zu wohnen, das macht mich glücklich. Für mein Praktikum bezahlt zu werden, das macht mich glücklich.« Ich lächle. Ich habe mit meinem Vater geredet, und Topher erhält nun ein Gehalt plus Spesen. »Mit meinen Kumpels abzuhängen, weißt du. Das Übliche halt.« Er unterbricht sich kurz und grinst dann. »Ein Blowjob.« Ich lache unnatürlich auf. Es würde mich nicht schockieren, wenn das von Pia oder Angie gekommen wäre, aber aus irgendeinem Grund schockiert es mich, dass Topher es sagt. Das ist seltsam. »Und was mich am allerglücklichsten macht, ist, feiern zu gehen und mir ordentlich die Kante zu geben. Heute Abend ist eine große Party bei Mel. Erinnerst du dich noch an Mel Arnett?«

Natürlich erinnere ich mich an Mel Arnett. Sie gehörte zu den beliebtesten Mädchen an unserer Highschool. Mel war eigentlich nicht hübsch, aber ihre hellblond gefärbten Haare, ein Push-up-BH und eine starke Persönlichkeit haben alle glauben lassen, sie wäre die schärfste Braut in der ganzen Gegend. Mel lebt nun auch in New York? Das ärgert mich aus irgendeinem Grund. Wie kann sie es wagen hierherzuziehen, in *mein* New York?

»Äh … ja …« Ich runzele die Stirn, als müsste ich überlegen. »Ich glaub schon.«

»Die Party wird sicher wild.« Topher sieht mich an und grinst. »Stehst du auf wilde Partys, Coco?«

»Klar, ich …« Ich will gerade sagen, dass ich wilde Partys liebe. Und dass ich liebend gern mitkommen würde, und wann es losgeht und wo genau die Party steigt und was ich anziehen soll und ob ich meine Getränke selbst mitbringen soll oder ob für Alkohol gesorgt ist und ob das okay ist, wenn ich mich bediene, oder ob ich jemandem Geld dafür geben soll, als Tophers Handy klingelt. Er wirft einen Blick darauf und grinst, dann geht er dran.

»Hey, Arschgesicht! Was gibt's?«

Er lauscht und lacht dann, bevor er sich zu mir dreht, mit seinen Lippen »Ich muss los« formt und sich schließlich seinen Rucksack schnappt.

Ich lächle und winke ihm zum Abschied, aber er entfernt sich bereits zügig, in sein Gespräch vertieft, während er hysterisch über Witze lacht, die ich nicht hören kann.

Augenblick, dann hat er mich also zu der Party heute Abend eingeladen?

Nicht wirklich, oder? Er hat nur gesagt: »Stehst du auf wilde Partys, Coco?«

Klar. Ich stehe total auf wilde Partys, verdammt. Ich liebe wilde Partys.

Das könnte meine große Chance bei Topher sein. Wisst ihr, wir sind mittlerweile so gut befreundet, dass ich darauf wette, dass wir nur ein paar Drinks bräuchten, und es würde was laufen. Vielleicht. Und selbst wenn nicht, kann ich ihn zumindest fragen, ob er mich zu der Prom Night begleiten möchte.

Aber wo findet die Party statt? Ich kann nicht hingehen, wenn ich gar nicht weiß, wo sie ist!

Als ich zu Hause ankomme, habe ich eine Entscheidung getroffen. Ich werde Joe sagen, dass mir nicht gut ist und ich heute nicht zur Arbeit kommen kann. Und dann werde ich Topher anschreiben wegen der Party heute Abend. Und später dann werde ich ihn ganz beiläufig fragen, ob er mit mir auf die Prom Night geht.

Ich muss nur noch herausfinden, wie ich das alles bewerkstellige, ohne mich vor Nervosität zu übergeben.

Ich habe vorhin Julia gesimst, um zu sehen, ob sie vielleicht weiß, wo die Party stattfindet. Sie hat geantwortet: *Mel Arnett ist eine bescheuerte Kuh. Warum sollte ich zu ihrer Party gehen?*

Echt ärgerlich. Julia hatte in der Highschool sehr strikte Ansichten darüber, wen sie mochte und wen nicht. Die Mädchen, die mehr Sexappeal hatten, aber nicht so klug waren wie sie und auch nicht in jedem Club so mitgemacht haben wie sie, haben nicht zu ihren Favoriten gezählt.

Vielleicht schreibe ich einfach: *Hey, Toph, wegen der Party heute Abend … Kann ich kommen?*

O mein Gott, nein.

Es ist sehr schwierig, sich nonchalant selbst einzuladen. Sogar noch schwieriger, als jemanden zu einem Ball einzuladen. Ich meine, nicht zu einem richtigen Ball, sondern ihr wisst schon, zu einer Feier mit dem Motto *Abschlussball.*

Ich nehme mein Smartphone und richte meine ganze Willenskraft darauf, dass Topher sich meldet.

Schreib mir, Topher, schreib mir, schreib mir …

Mein Handy piept.

O mein Gott! Es ist tatsächlich Topher!

Es ist, als wären wir telepathisch miteinander verbunden.

Noch mal danke für deine Hilfe. Du bist die Beste.

Ich werde ihm gleich antworten – natürlich nachdem ich die erforderliche Zeit abgewartet habe, um nicht zu notgeil zu wirken: *Gern geschehen. Also, wegen der Party …*

Zuerst texte ich an Joe: *Hey, du! Ich bin leider krank. Ich hab Halsschmerzen und Fieber. Ich bleibe heute Abend besser zu Hause. Tut mir echt leid …*

Ich bin sogar schlecht darin, in einer SMS zu lügen.

Scheiß drauf, ich schick sie jetzt einfach ab.

Und sobald ich meinen ganzen Mut zusammengenommen habe, werde ich Topher zurücksimsen, um herauszufinden, wo diese Party stattfindet.

Ich gehe nach unten in die Küche und trete hinaus auf die Veranda. Es ist ein herrlicher Sommerabend, warm, blauer Himmel, sehr ruhig. Angie sitzt am Verandatisch, wo sie eine Zigarette raucht und auf ihrem Handy herumtippt.

»Ich chatte mit Sam«, sagt sie, ohne den Kopf zu heben. »Er hat grad WLAN.«

Sie blickt lächelnd auf ihr Display. *Tipptipptipp*. Sie schwebt vor Glück. Ihre Daumen fliegen rasend schnell über die Tasten, sie zieht lediglich hin und wieder eine Augenbraue hoch, wenn sie Sams Antworten liest. Die beiden sind unheimlich ineinander verliebt.

Ich frage mich, wie es sich anfühlt, jemanden aufrichtig zu lieben, der diese Liebe aufrichtig erwidert.

Bestimmt verdammt gut, wette ich.

»Alles okay bei dir?«, frage ich.

»Ja.« *Tipptipp*. »Ich hab heute meinen Dad mit seiner Freundin gesehen. Sie ist schwanger. Das ist ziemlich schräg, und es regt mich auf. Sam beruhigt mich gerade.«

»Oh«, sage ich. »Sag mal, was würdest du tun, um die Adresse einer Party herauszubekommen, zu der du nicht offiziell eingeladen bist?«

Angie wendet ihre Augen nicht von ihrem Handy ab. »Wenn man nicht offiziell eingeladen ist, lohnt es sich nicht, auf die Party zu gehen.«

Da habt ihr es. Cool in einem Satz.

Ich werde Topher in zwei Minuten schreiben.

Vielleicht in drei.

In diesem Moment schlägt die Haustür zu, und gleich darauf höre ich Madeleines Stimme. Sie hat jemanden mitgebracht. Amy, schätze ich.

»Hi, Madeleine!«, rufe ich.

Es kommt keine Antwort, nur das Geräusch von Schritten auf der Treppe, und schließlich höre ich Madeleines Tür zuknallen. Angie tippt immer noch wie besessen vor sich hin.

Ich brauche Topher nur nach der Adresse zu fragen und dann zu dieser Party zu gehen und ihn zu bitten, dass er mich auf den Ball begleitet, und mein Leben wird perfekt sein.

Richtig?

Richtig.

Ich bin so angespannt, ich sollte etwas backen.

Aber nein, ich weiß, das wird mich nicht mehr glücklich machen.

»Ich backe nicht mehr, wenn's mir schlecht geht«, sage ich zu mir selbst.

Zu meiner Überraschung hat Angie zugehört.

»Kein Wunder, dass du abgenommen hast.«

»Was?« Ich starre sie an. »Sag das noch mal.«

»Du hast abgenommen.« Angie legt schließlich ihr Handy zur Seite und erwidert meinen Blick. »Deine Klamotten schlabbern an dir herum.«

Ich lache laut auf. »Ich warte seit ungefähr zwanzig Jahren darauf, diese Worte zu hören.«

»Coco, es war gar nicht nötig, dass du abnimmst. Isst du denn jetzt genug?«

»Ich denke schon …«

Ich verstumme. Esse ich genug?

Vielleicht esse ich nun weniger. Früher hat sich mein ganzes Leben ums Essen gedreht. Jeder Tag hat aus drei Hauptmahlzeiten und drei bis vier (oder fünf)

Zwischenmahlzeiten bestanden. Mittlerweile hat sich einfach meine Einstellung geändert. Jetzt esse ich, wenn ich hungrig bin, und nicht, wenn mir langweilig ist oder wenn ich mich einsam fühle oder unruhig. So einfach ist das.

»Oder hast du vor, magersüchtig zu werden?«, fragt Angie ernst. »Ich kann mich erinnern, dass wir auf dem College ein paar Mädchen hatten, die dem Magerwahn verfallen waren. Sie sahen aus wie dürre Bohnenstangen. Ihnen sind die Haare ausgefallen, im Gesicht wuchs ihnen dafür ein seltsamer Flaum. Sie haben gestunken wie Nagellackentferner.« Sie unterbricht sich kurz. »Verstehst du mich, Coco? Nein zu Magersucht.«

»Versprochen«, sage ich. »Außerdem, so dünn bin ich nun auch wieder nicht.«

Angie schüttelt den Kopf. »Mein Gott, du bist so streng mit dir selbst. Wo hast du gelernt, dich so zu behandeln?«

»Oh … Hast du meine Schwester und meinen Vater schon mal kennengelernt?«, frage ich.

Angie grinst, dann piept ihr Handy erneut, und schon habe ich ihre Aufmerksamkeit verloren.

Ich schaue an mir hinunter. Mein Körper sieht tatsächlich ein bisschen anders aus. Aber ich habe das Gefühl, genau das richtige Gewicht zu haben.

Ich finde es gut, dass ich mehr Brust und mehr Po habe als die meisten Frauen und eine kurvige Taille. Joe hat mir neulich gesagt, dass ich wunderschön sei. Mein Körper macht mich nicht mehr unglücklich. Er ist einfach … Er beschäftigt mich nicht mehr. Diese Erkenntnis ist wie eine riesige Last, die von meinen Schultern fällt.

Tatsächlich liebe ich meinen Körper. Genau so, wie er jetzt ist.

Ich nehme mir vor, den ersten Punkt auf meiner Glücksliste zu streichen.

Nun muss ich mich nur noch glücklich verlieben und herausfinden, was ich mit meinem Leben anfangen soll.

Mein Handy piept. Es ist Joes Antwort auf meine Krankmeldung.

Armes Baby. Ruh dich aus und schon dich. Soll ich später vorbeikommen und den Onkel Doktor spielen?

»Angie, findest du es schlimm, wie ich mit Joe umgehe?«, frage ich. »Du weißt schon, weil ich mit ihm schlafe und sonst nichts weiter von ihm will?«

»Solange er das weiß und er auch nicht mehr möchte, ist das voll okay.«

»Er weiß es«, sage ich. »Aber denkst du, die anderen halten mich für eine – äh, du weißt schon –, für eine Schlampe?«

Angie hält mitten im Tippen inne und sieht mich an. »Ich denke, Schlampe ist ein blödes Wort, das benutzt wird, um Frauen zu beleidigen. Ich halte jeden, der glaubt, dass der Wert einer Frau von ihrem Sexualleben bestimmt wird, für einen Neandertaler. Und vor allem denke ich, dass es allein deine Sache ist, was du mit deiner Vagina anstellst. Es geht niemanden sonst etwas an.« Sie starrt mich einen Moment lang an, und die Intensität ihres Blickes ängstigt mich beinahe. Dann wendet sie sich wieder ihrem Handy zu. »Hey, ich bin Feministin.«

Ich denke über ihre Worte nach und frage mich, ob ich auch eine Feministin bin, schließlich scheint das etwas zu sein, das ich inzwischen entschieden haben sollte.

Im nächsten Moment klingelt mein Handy. Es ist eine unbekannte Nummer. Vielleicht ruft Topher mich von einem anderen Anschluss aus an, um mich zu der Party einzuladen!

»Hallo?«

»Spreche ich mit Coco? Coco, hier ist Peter. Ich bin der … äh … ich bin der … Ich bin mit deiner Schwester … äh …«

»Peter der Gro… äh …«

»Ja. Genau der. Hör zu, ich bin gerade mit deiner Schwester unterwegs, ich meine, es geht ihr gut, aber sie … äh … sie ist …«

Ich packe Angie am Arm, um ihre Aufmerksamkeit zu erlangen. »Peter! Was ist mit Julia?«

Angie legt ihr Handy weg und sieht mich an. »Was? Was ist passiert?«

»Nichts, nichts«, beeilt Peter sich zu sagen. »Sie ist nur kollabiert. Wir waren was essen, und wir hatten ein paar Drinks, und dann ist sie …«

»Kollabiert?«

»Sie hat ein bisschen zu viel Adderall genommen. Ich bin jetzt mit ihr im St. Luke's Hospital. Die Ärzte sagen, sie ist erschöpft und dehydriert und …«

»Bin schon unterwegs!«, rufe ich.

Mein Verstand dreht sich so schnell, dass ich nicht mehr richtig sehen kann. Die Gedanken explodieren in meinem Kopf und purzeln dann einfach herunter, einer nach dem anderen …

Julia ist zusammengeklappt, weil sie zu viel gearbeitet hat. Geht das überhaupt? Was, wenn sie in Wirklichkeit einen Hirntumor hat und das der Grund für ihren Schwächeanfall ist? Was, wenn sie stirbt? Was, wenn sie einen epileptischen Anfall hat und letztlich an Überarbeitung stirbt wie dieser Finanzmanager vor ein paar Jahren? Wie viele Aufputschmittel hat sie genommen? Warum nimmt sie überhaupt welche? Wo bekommt sie die her? Was, wenn sie ein Aneurysma hat? Was, wenn sie einen Herzinfarkt hat? Was, wenn, was, wenn …

Stopp!

Es ist wieder diese leise Stimme. Ich habe sie seit Wochen nicht mehr gehört. Ich schlucke und atme dann tief ein und wieder aus. Ich darf jetzt nicht ausflippen.

»Wir müssen nach Manhattan«, sage ich zu Angie. »Julia ist im Krankenhaus.«

Kapitel 24

Wenn man als Kind ein Elternteil verliert, lernt man, dass es keine Garantien gibt. Ich weiß besser als die meisten anderen Menschen, dass manchmal eben nicht alles wieder gut wird.

Meine Mom wird mich nie wieder in den Arm nehmen. Sie wird mir nie wieder einen Kuss auf den Kopf geben oder mich festhalten, wenn ich traurig bin oder Angst habe. Und andere Menschen, die ich kenne, werden auch sterben. Es ist unausweichlich.

Der Tod wartet auf uns alle. Heute bist du noch da, morgen bist du weg. Dieselbe Sonne scheint am Himmel, dieselben Häuser stehen auf deiner Straße, die gleichen Speisen werden in deinem Lieblingsrestaurant serviert, die Welt dreht sich einfach ganz normal weiter. Aber du bist tot. Oder du bist noch am Leben, und dafür ist jemand, den du liebst, tot. Was eine ganz andere Art von Tod ist.

Das ist ein Thema, über das ich möglichst nicht nachdenke, denn wenn ich einmal damit anfange, kann ich nicht mehr aufhören. Im Kopf habe ich für jeden, den ich kenne, bereits hundert Tode durchgespielt. Ich schätze, das klingt makaber, aber es ist wahr. Es ist, als würde mein Gehirn denken, dass es mich sicherheitshalber vorbereiten sollte, nur für alle Fälle. Ich habe mir Gedanken darüber gemacht, ob Julia und ich klarkämen, wenn unser Vater plötzlich sterben würde, beziehungsweise ob wir, wenn wir nicht klarkämen, einfach in unserem Kummer untergehen, in einem Strudel der Angst und der Trauer versinken und ertrinken würden. Ich habe mir vorgestellt, wie es wäre, wenn meine Freundinnen sterben würden, meine Cousins und Cousinen, unsere Nachbarn in Rochester. Ich habe mir vorgestellt, wie ich mich fühlen würde, was ich tun würde.

Und manchmal habe ich mir vorgestellt, wie es wäre, wenn Julia sterben würde. Und das ist die einzige Fantasie, mit der ich nicht umgehen kann. Das ist die Fantasie, bei der ich immer denke: Wenn das passiert, möchte ich auch sterben.

»Ich habe furchtbare Angst«, sage ich, mit leiser, piepsiger Stimme.

»Hab keine Angst, Coco«, sagt Angie während wir die U-Bahn-Station in der Nähe des Krankenhauses verlassen und nimmt meine Hand. »Sie kommt bestimmt bald wieder auf die Beine.«

Ich erwidere ihren Blick und nicke. Ich hoffe, sie hat recht.

Als wir die Klinik betreten, schlägt mein Herz plötzlich unregelmäßig, und in meiner Erinnerung blitzen Bilder von den Krankenhausbesuchen mit meiner Mutter auf. In der ersten Zeit haben Julia und ich unsere Mutter immer zu ihren Terminen begleitet, und da Mom nicht wollte, dass wir hörten, was der Arzt sagte, haben wir im Wartezimmer in uralten Ausgaben von *American Girl* geblättert – beide mit einem flauen Gefühl im Magen, aber unfähig, unsere Angst auszudrücken, nicht einmal unter uns. Als die Chemotherapie begann, hat Mom ihre Termine immer auf den Vormittag gelegt, wenn wir Schule hatten, damit sie sich nachmittags zu Hause ausruhen konnte, während wir spielten oder unsere Hausaufgaben machten. Ich habe das Kochen übernommen und jede Menge Kuchen und Plätzchen gebacken, um unsere Mutter dazu zu bringen, mehr zu essen.

Erst viel später musste ich erneut in das Krankenhaus, da stand es schon so schlimm, dass meine Seele tief in mir zu einer winzigen Walnuss des Schreckens geschrumpft war.

O Gott, dieses überwältigende Gefühl kehrt nun zurück, ich kriege keine Luft, ich kann nicht …

Atme.

Ja. Atme.

Konzentrier dich auf den Moment. Nichts ist jetzt wichtig außer diesem Moment.

Als wir schließlich bei Julia ankommen, liegt sie in einem Krankenhausbett, das mit Vorhängen abgetrennt ist, und plaudert angeregt mit Peter, der blutbesudelt ist. Oh, nein, es ist Tomatensoße.

Julia hängt an einer Infusion, o mein Gott … Ihr Gesicht wirkt blass und wächsern, ihr Haar ist nassgeschwitzt.

Aber sie ist auch sehr, sehr, sehr aufgedreht.

»Coco! Angie! Hallo, Mädels! Es ist alles gut, es ist nichts! Peter und ich waren zusammen essen, wisst ihr, und ich hab auf einmal Herzflattern bekommen und mich schwindelig gefühlt. Halb so wild, das hatte ich schon öfter, wenn ich die Nacht durchgearbeitet habe. Alles war okay, *absolut* okay. Dann war es plötzlich, als würde mein Herz mehrere Gänge hochschalten, und es machte wie verrückt bumbumbumbumbum, und dann hat es sich angefühlt, als würde jemand auf meinem Brustkorb sitzen, und ich dachte, scheiße, ich hab gerad einen Herzinfarkt. War ganz schön lustig.«

Angie nickt finster. »Klar. Eine Dreiundzwanzigjährige, die einen Herzinfarkt hat. Zum Totlachen.«

Julia lächelt und plappert unbeirrt weiter wie eine Zeichentrickfigur auf Droge.

»Ich konnte nicht mehr atmen, ich hatte buchstäblich vergessen, wie das geht. Wisst ihr, manchmal passiert mir das auch während der Arbeit, dass ich ganz lange meinen Atem anhalte und mich dann plötzlich frage: Wann hast du das letzte Mal Luft geholt? Und dann hab ich versucht zu sprechen, aber ich hatte das Gefühl, dass die Worte einfach nicht herauskommen wollten. Und dann bin ich aufgestanden, aber ich konnte nicht richtig gehen, ich kam nur ein oder zwei Schritte weit. Und dann wurde die Luft um mich herum ganz taub, ich weiß, das ergibt keinen Sinn, aber …«

»Sie wurde ohnmächtig«, sagt Peter. »Und da wir hier von Julia reden, geschah das auf die lauteste, energischste Art, die möglich ist. Sie hat unseren Tisch umgerissen. Die Spaghetti sind durch die Luft geflogen. Die Weinflasche ist am Boden zerschellt.«

»Daher die roten Flecken«, sagt Julia und lächelt Peter an. Er lächelt zurück und greift nach ihrer Hand. Was zum Teufel? Soll das hier ein romantisches Stelldichein sein? »Und die Moral von der Geschichte lautet: Wer zu viel arbeitet und dann vier Espressi trinkt, sollte sich nicht Spaghetti mit Tomatensoße und einen Rotwein bestellen.«

O mein Gott, Julia nimmt das Ganze auch noch auf die leichte Schulter.

Sie tut so, als wäre es keine große Sache, dass ihr Freund sie ins Krankenhaus bringen musste.

Sie hätte einen Herzinfarkt haben können. Sie hätte einen epileptischen Anfall haben können. Sie hätte sterben können.

Und warum spricht sie so komisch? Seit wann hält sie aggressive Monologe in Überlichtgeschwindigkeit? Liegt es an dem Adderall? Oder ist das neuerdings einfach ihre Art? Schließlich ist sie eine große Nachwuchsmanagerin?

»Warum hast du überhaupt Aufputschmittel genommen?«, frage ich. »Ich dachte, du nähmst nur dein Xanax.«

Julia zuckt zusammen.

Ich habe gerade das unausgesprochene Versprechen zwischen uns, dass ich nämlich vor anderen nie ihr Xanax erwähne, gebrochen. Ich weiß, so wie man einfach Dinge über seine Angehörigen weiß, selbst wenn man nie darüber gesprochen hat, dass Julia nach außen hin den Eindruck erwecken möchte, sie sei viel zu klug und zu tough, um Medikamente zu benötigen. Aber was soll's? Das ist mir jetzt egal. Keins der Mädels hat mich jemals gefragt, woher ich damals auf unserer Hausparty das Xanax hatte. Ich hatte es natürlich von Julia gemopst.

»Das Xanax liegt seit ewig und drei Tagen bei mir rum!« Julia wirft einen raschen Blick auf Peter. »Das weißt du, Coco.«

»Aber wofür brauchst du Adderall? Du hast kein

ADHS.« Mir ist bewusst, wie naiv das klingt. Es ist mir egal.

»Es hilft mir, mich zu konzentrieren. Meine Arbeitstage sind wirklich lang, und manchmal muss ich die ganze Nacht durcharbeiten. Du weißt ja, dass das in unserer Branche üblich ist. Dort nimmt jeder Aufputschmittel.«

»Das ist verrückt! Das ist völlig verrückt!«

Ich sehe Peter an, der schuldbewusst wegschaut. Bestimmt hat er auch Adderall genommen, denke ich plötzlich. Als er seinen Job noch hatte. Dann sehe ich Angie an, auch sie wirkt nicht beunruhigt. Vielleicht greift sie ebenfalls zu Aufputschmitteln. Vielleicht tun das alle. Alle außer mir.

»Coco, es hilft mir einfach, mich besser zu konzentrieren«, beharrt Julia. »Das ist keine große Sache.«

»Also, wann darfst du hier wieder raus?«, fragt Angie und wechselt damit das Thema.

Nehmen jetzt alle Drogen, um ihre Träume zu verwirklichen? Ist das die neue Norm? Auch gut.

Was ist mit meinen Träumen?

Ich möchte glücklich verliebt sein. Joe wird sich niemals in mich verlieben. Und es ist mir völlig schnuppe. Ich will ihn nicht haben.

Ich möchte glücklich verliebt sein in Topher.

Und dann drehe ich mich um und entferne mich in Richtung Ausgang.

»Wo gehst du hin?«, ruft Julia mir hinterher.

Ich gebe ihr keine Antwort.

Sie braucht es nicht zu wissen.

Ich werde zu Mel Arnetts Party gehen. Ich werde Topher finden. Und ich werde ihn küssen.

Kapitel 25

Die Party ist in Murray Hill, wo Mel wohnt. Ich habe Topher vorhin geschrieben. Es war so einfach.

Wie war noch mal Mels Adresse?

Einfach perfekt, oder? Ungezwungen und mit dem subtilen Hinweis, dass ich Mels Adresse einmal kannte, weil wir natürlich die ganze Zeit in Kontakt standen, obwohl Mel zu Julias Jahrgang gehört und wir nie miteinander gesprochen haben und ich sie das letzte Mal gesehen habe, als ich fünfzehn war, und sie sich sicher gar nicht mehr an mich erinnern würde.

Topher hat mir eine Sekunde später die Adresse geschickt. Was praktisch einer Einladung gleichkommt.

Während ich im Foyer von Mels Haus auf den Aufzug warte, trage ich einen knallroten Lippenstift auf. Meine Rüstung.

Gerade als der Aufzug kommt, betreten zwei Typen, die ich von früher aus der Highschool kenne, das Gebäude: Zack Ober und Jay Mitchell. Zack und Jay waren eine Klasse über mir und eine Klasse unter Julia und Topher und Mel, und sie haben zum festen Kreis der coolen Leute gehört, zu den Jungs, die im Unterricht oft Blödsinn gemacht und anderen dumme Streiche gespielt haben. Die beiden leben nun auch in New York? Ist denn jeder nach seinem Studium hierhergezogen oder was?

Ich halte ihnen die Aufzugtür auf.

»Danke«, sagt Zack.

Ich schenke ihm ein kurzes Lächeln, zu nervös, um etwas zu erwidern. In der Highschool hat Zack nie mit mir gesprochen.

»In welche Etage müssen wir?«, fragt Jay.

Ich räuspere mich. »In die elfte.«

O mein Gott. Ich gehe tatsächlich auf eine Party, auf der sich die beliebtesten Leute meiner alten Schule treffen. Dieselben Leute, die mir früher immer das Gefühl gegeben haben, unsichtbar zu sein, minderwertig, sodass ich mich sogar gehemmt fühlte, wenn ich nur durch die Flure ging. Ich erinnere mich, dass ich mich damals ständig gefragt habe, ob diese Leute alle zu ihrem zwölften Geburtstag eine Anleitung zum Coolsein bekommen hatten. Alle schienen Regeln zu kennen, die ich nicht kannte. Alle schienen immer zu wissen, was sie sagen sollten und in welchem Moment. Ich war einfach … Ich war so unbedarft. Traurig und unbedarft.

Als der Aufzug zum Stehen kommt, hält Jay die Tür auf und gibt mir den Vortritt.

»Nein, nein, nach euch«, sage ich rasch. Jay hat mir tatsächlich die Tür aufgehalten! Total nett.

Jay und Zack steigen aus dem Aufzug und gehen durch den Flur auf eine offene Tür zu. Ich folge ihnen. Die Musik ist so laut, dass ich sie im ganzen Körper spüre. Als wir die Wohnung betreten, sehe ich, dass alle aus meiner alten Highschool da sind.

Die Leute grüßen Jay und Zack, mich ignorieren sie. Augenblick, erinnern die sich etwa nicht an mich? Ernsthaft? Ich habe jahrelang dieselbe Schule besucht wie sie.

Ich werde Topher suchen gehen. Und dann sehe ich weiter.

Ich durchquere den Flur und erreiche einen kleinen Wohnbereich. Die winzige Küchentheke ist übersät mit offenen Spirituosen und Coca-Cola-Flaschen und roten Plastikbechern. Der ganze Raum ist überfüllt mit Menschen, die tanzen und trinken. Hauptsächlich trinken.

Ein spitzer Schrei erregt meine Aufmerksamkeit, und ich sehe eine Gruppe von Mädels, die ich als Footballer-Groupies in Erinnerung habe. Sie lassen gerade eine Flasche Tequila kreisen und prosten sich kreischend zu.

Das hier ist okay! Es ist absolut okay.

Topher wird es nichts ausmachen, dass ich hier aufkreuze. Topher scheint nichts etwas auszumachen. Obwohl es schwer ist zu sagen, was genau in seinem Kopf vor sich geht. Topher lächelt nämlich immer.

Vielleicht ist es unmöglich, jemals einen anderen Menschen in- und auswendig zu kennen. Selbst meine Freundinnen und meine Schwester glaube ich nicht wirklich zu kennen … Ich bin mir nicht sicher, ob ich jemals wissen werde, was sich in ihren Köpfen abspielt. Zum Beispiel Julia. Warum lässt sie sich so sehr mit Arbeit überhäufen, dass sie verschreibungspflichtige Medikamente nehmen muss, um das Pensum durchzuhalten? Und warum zieht Madeleine sich immer tiefer in ihr Schneckenhaus zurück? Wie kann ich die anderen jemals verstehen, wenn ich nicht weiß, was sie in ihrem Leben durchgemacht haben? Ich weiß nicht, wovor sie sich am meisten fürchten oder was sie sich am meisten wünschen. Wie kann ich jemals einen anderen Menschen richtig kennen, wenn ich mich selbst kaum richtig kenne?

Sei still, Coco.

Ich muss aufhören zu grübeln und stattdessen Topher finden und ihn küssen. Und mein Herz muss aufhören, so schnell zu schlagen. Warum bin ich nervös? Ich bin nur auf einer Party. Das ist ganz normal.

»Coco, hey!«

Topher.

»Hey!« Ich lächle zu ihm hinüber, und Erleichterung übermannt mich.

Topher streckt mir die Arme entgegen, um mich zu begrüßen. Es ist das erste Mal, dass wir uns offiziell umarmen, glaube ich, und ich nehme einen zitronigen Duft an ihm wahr.

»Cool, dass du mir gesimst hast. Ich wusste nicht, dass du heute auch kommst«, sagt er.

»Äh … ich war … gerade in der Nähe.«

Bei Topher – er steht in einem kleinen Gang, der wohl in den hinteren Wohnbereich führt – drängt sich eine Schar von Typen, mit denen er schon seit der Highschool befreundet ist. Ein paar von ihnen sind bereits so betrunken, dass sie mit halb geschlossenen Augen an der Wand lehnen. Es ist noch nicht einmal neun Uhr.

Topher gibt mir einen Becher mit einer braunen Flüssigkeit. Ich nippe daran. Billiger Whiskey. Nicht annähernd so gut wie das Zeug, das ich schon den ganzen Sommer in der Destille trinke. Aber ich sage nichts. Ich nehme einen großzügigen Schluck und blicke mich dann um.

So sieht also eine Party mit den angesagten Leuten aus. Hat keiner von denen nach der Highschool neue Freunde gefunden? Auf mich wirken sie ziemlich durchschnittlich. Auf unserer Hauseinweihungsparty im letzten Jahr ging es deutlich wilder zu.

Plötzlich fliegt die Badezimmertür direkt neben uns auf, und vier Frauen kommen nacheinander herausgestolpert, kichernd und schnatternd. Sie bahnen sich einen Weg durch die Betrunkenen. Die Letzte, die herauskommt, ist Mel Arnett.

»Hey, T-Bone!«, sagt sie zu Topher, dann fällt ihr Blick auf mich. »Du, dich kenne ich. Kenne ich dich?«

»Ich bin Coco«, sage ich. »Danke für …«

Mel unterbricht mich mit einem Schniefen und reibt sich kurz die Nase. »Hi, Coco! Freut mich, dich kennenzulernen! Seid ihr gut versorgt, Leute? Toph, brauchst du was? Ich kann dir alles besorgen, was du willst. Einfach alles. O mein Gott, da ist Jessica! Ich muss los! Tschauiii!«

Topher fängt meinen Blick auf und zwinkert mir zu.

»Auf ex?«, sagt er, und wir trinken beide unseren billigen Whiskey in einem Zug aus. »Verdammt gut das Zeug. Lass uns noch einen nachschieben.«

»Klar!«, sage ich. »Habt ihr hier auch einen Kilbeggan?«

»Was ist das?«

»Ein irischer Whiskey, der leicht nach Honig schmeckt …«

»Ich weiß nur, solange es braun ist und mich breit macht, schmeckt mir alles«, sagt Topher. »Scheißegal, ob Scotch, Bourbon oder Canadian.«

Ich lächle. »Ich liebe Whiskey. Ich finde …«

Topher hört mich nicht mehr, er entfernt sich bereits in Richtung Theke, um Nachschub für uns zu holen.

Während ich auf ihn warte, lasse ich meinen Blick über

die Gesichter schweifen. So viele Leute, an die ich seit der Highschool nicht mehr gedacht habe. Ich kann nicht glauben, dass sie immer noch so zusammen abfeiern. Vielleicht bilde ich es mir ein, aber auf dieser Party hier herrscht eine wirklich seltsame Stimmung.

Genau genommen ist sie nicht seltsam.

Es ist einfach nur langweilig.

Dann wird mir bewusst, dass niemand lacht. Alle sind nur hier, um hier zu sein. Entweder starren sie sich gegenseitig an oder sie sind zu betrunken, um überhaupt etwas wahrzunehmen. Ist das nicht bizarr? Bei unseren Hauspartys hört man die Leute ständig lachen und schnattern und kreischen – sie haben *Spaß*.

»Coco …«, höre ich eine männliche Stimme hinter mir. Mein Herz erstarrt vor Schreck. Ich kenne diese Stimme. Sie gehört Eric. Mit angehaltenem Atem drehe ich mich um. »Du siehst toll aus!«

Ich hasse ihn.

Ich verabscheue seine dumme Frisur und seine schlechte Haut und sein schmieriges Lächeln. Mir ist schleierhaft, wie ich Eric jemals attraktiv finden konnte. Mir ist schleierhaft, wie ich jemals mit ihm schlafen konnte.

»Äh, danke …«, sage ich, meine Stimme ist wegen der lauten Musik kaum zu hören.

Ich hasse ihn.

Ich hasse ihn wirklich.

Er hat sich nie wieder bei mir gemeldet, nachdem wir dieses eine Mal miteinander Sex hatten. Ich habe versucht, ihn darüber zu informieren, was los war, habe ihm von der Abtreibung erzählt, aber er hat nicht auf meine E-Mails geantwortet. So ein Typ ist Eric.

Ein Scheißtyp.

»Komm mit!«, sagt er nun und greift nach meiner Hand. »Lass uns ins Bad gehen, ich muss mit dir reden.«

»Nein, nein danke …« Ich ziehe meine Hand aus seinem Griff.

»Komm schon, sei nicht so langweilig!«

»Sie hat Nein gesagt, Mann«, sagt Topher, der in diesem Moment zurückkommt. »Schwirr ab.« Eric zieht sich gehorsam zurück und verschwindet dann ins Bad, zusammen mit ein paar Jungs, mit denen er damals in der Schule befreundet war. Topher gibt mir den nächsten Becher mit billigem Whiskey. Ich sehe ihn an, überwältigt vor Dankbarkeit. Er hat mich vor Eric beschützt. Ich habe das Gefühl, als könnte mir rein gar nichts passieren, solange Topher an meiner Seite ist. »Kümmere dich nicht um Eric. Er ist ein verdammter Schwachkopf«, sagt er.

»Das stimmt«, sage ich. »Ein verdammter Oberschwachkopf.«

Topher stupst mich mit seiner Schulter an. »Ich freu mich, dass du gekommen bist.«

Ich kann kaum atmen. »Ich freu mich auch, dass ich gekommen bin.«

Ich sehe ihn an. Seine Lippen sind nicht so weit entfernt von meinen. Wenn ich meinen Kopf zur Seite neige, so wie jetzt, und ihm in die Augen sehe, wird er sich vielleicht zu mir herunterbeugen und mich küssen.

Küss mich, denke ich und richte meine ganze Willenskraft auf ihn. *Küss mich, bitte, küss mich, küss mich, küss mich sofort.*

Aber Topher bewegt sich nicht.

Wie kann ich ihn dazu bringen, dass er mich küsst?

Soll ich mich einfach auf die Zehenspitzen stellen und ihn küssen? Soll ich ihn solange anschmachten, bis er mich küsst? Wie habe ich Joe das erste Mal geküsst? Ich kann mich nicht erinnern. Es ist einfach passiert. Verdammt, das war ein toller Kuss. Nein, denk jetzt nicht an Joe, das erzeugt nur ein seltsames Gefühl. Soll ich es wagen und Topher einfach küssen? Scheiß drauf. Warum nicht?

Also stelle mich auf die Zehenspitzen, nähere mein Gesicht seinem und …

»Toph!«

Die schönste Frau der Welt steht plötzlich direkt vor uns. Lange braune Haare und lange braune Beine und lange braune Wimpern, die bestimmt nicht echt sind, und ein superknappes schwarzes Minikleid.

O nein.

»Maggie!« Topher legt einen Arm um die Taille der Schönen, zieht sie eng an sich und küsst sie dann leidenschaftlich. Ich kann die Zungen der beiden sehen.

Ich hole tief Luft. Mein Gott, sie hat Ähnlichkeit mit einer Barbiepuppe. Ihre Beine sind so dünn, dass es mich wundert, dass sie sich darauf halten kann. Ist das Tophers Freundin? Er hat nie eine Freundin erwähnt, oder?

Sie presst ihren Körper so fest gegen seinen, dass ich mir vorkomme, als würde ich die Privatsphäre der beiden stören, also sehe ich auf den Boden.

Maggie trägt zehn Zentimeter hohe Plateauschuhe von der Sorte, die Angie immer als »bah, so gewöhnlich« bezeichnet. Sie hat hübsche Zehen. Natürlich sind sie perfekt lackiert in diesem schimmernden Apricot-Rosé-Nude-Ton, den ich im Nagelstudio nie finden kann, nie, egal, wie viele Muster ich durchsehe, bevor ich mich für eine Farbe entscheide. Ich schaue auf meine ollen Sandalen und meine Zehen mit dem drei Wochen alten, halb abgesplitterten lilafarbenen Nagellack. Warum habe ich mich für Lila entschieden? Das ist die schlimmste Farbe überhaupt. Meine Zehen sehen aus wie tote Trauben.

Schließlich lösen Maggie und Topher sich voneinander, und Maggies Augen wandern umher und landen schließlich auf mir. »Du bist bestimmt …«

»Eine alte Bekannte aus Rochester«, sagt Topher. »Coco, Maggie. Maggie, Coco.«

»Oh, richtig, Coco! Du siehst genau so aus, wie Topher dich beschrieben hat!« Sie lächelt mich an. Ihre Augen scheinen sich nicht so zu bewegen beziehungsweise Fältchen zu werfen, wie sie sollten, ihre Stirn erinnert an hartes Plastik. Ich starre sie neugierig an. Hatte sie eine Botox-Behandlung? Ist das jetzt schon ein Thema? »Dank dir hat Topher seinen Kurs bestanden, wie ich gehört habe.«

»Ach ja?« Ich bin irritiert. »Oh, du meinst, weil ich ihm bei seiner Hausarbeit geholfen habe?«

»Du hast ihm nicht geholfen. Du hast sie geschrieben.«

»Nennst du mich etwa dumm, Maggiemoo?« Topher küsst sie wieder. Er benutzt gern viel Zunge.

»Woher kennt ihr beiden euch?«, frage ich.

»Maggie und ich haben uns letztes Jahr kennengelernt«, sagt Topher. »Sie wohnt in L.A., aber ihre Eltern leben hier, auf der Upper West Side und …«

»Central Park West«, korrigiert sie ihn rasch.

»… deshalb ist sie hier oft zu Besuch«, beendet er

seinen Satz, ohne sich daran zu stören, dass sie ihn unterbrochen hat.

Sie schauen sich in die Augen und zwinkern sich verliebt zu. Es sieht aus wie eine Szene aus dem Drehbuch einer Realityshow.

»Äh … und was machst du in Kalifornien?«, frage ich, nur um den Raum zu füllen.

»Ich arbeite für einen Filmproduzenten.« Maggie klingt gerade angeberisch genug, dass ich mir sofort sicher bin, dass ich sie nicht leiden kann.

»Maggie und ich fahren morgen in die Hamptons und machen ein paar Wochen Urlaub, bevor im Herbst das neue Semester beginnt«, erklärt Topher.

Ich war kurz davor, ihn zu küssen, und er hat eine *Freundin*.

Was habe ich mir nur dabei gedacht?

»Kannst du die hier öffnen?«, sagt Maggie und gibt Topher eine Flasche Weißwein. Ich glaube, es ist ein guter. »Du weißt ja, dass ich billigen Fusel nicht trinken kann.«

»Sicher, Baby. Noch einen Drink, Coco?«, fragt Topher mich.

»Nein! Ich meine, nein danke«, sage ich rasch und trinke meinen letzten Schluck Whiskey. »Ich muss noch … arbeiten.«

»Oh, wo arbeitest du?«, fragt Maggie lächelnd.

»In einer Bar in Brooklyn.« Vor lauter Hektik lasse ich zweimal meine Tasche fallen. »Tschüs!«

»War nett, dich kennenzulernen, Coco!«, ruft Maggie mir hinterher.

Als ich in Richtung Ausgang gehe, treffe ich Eric wieder.

»Coco!« Er streckt seine Hände nach mir aus, in einer davon hält er einen vollen Plastikbecher mit Bier.

Ich nehme ihm den Becher aus der Hand und schütte ihm das Bier direkt ins Gesicht.

»Scheiße, was soll das?«, prustet er empört.

»Fick dich, Eric.«

Ich gehe aus der Wohnung und knalle die Tür hinter mir zu. Dann eile ich zum Aufzug und fahre hinunter. Unten auf der Straße halte ich ein Taxi an. Die Fahrt bis nach Brooklyn wird mich eine Stange Geld kosten, aber das ist mir egal.

Ich werde nie glücklich verliebt sein. Ich werde nie herausfinden, was ich mit meinem Leben anfangen soll. Ich muss mich dringend von allem ablenken, was real ist, ich brauche eine Wirklichkeitsflucht, im wahrsten Sinne des Wortes. Und nein, ein Buch wird mir heute Abend leider nicht helfen.

Kapitel 26

Nach ein, zwei Stunden in einer sehr vollen Destille, in denen ich Joes beste Kreationen in Rekordgeschwindigkeit hinuntergestürzt habe, fühle ich mich viel besser.

»Alles okay, Coco?«, fragt Joe mich zum achten Mal.

Heute Abend ist unerwartet viel Betrieb, und wahrscheinlich sollte ich Joe anbieten, ihm hinter der Theke zur Hand zu gehen, aber ich habe keine Lust zu arbeiten. Ich habe nur Lust, mich zu betrinken.

»Ob alles okay ist?« Ich sehe Joe an. »Das ist eine gute Frage.« Meine Schwester liegt im Krankenhaus wegen einer Überdosis verschreibungspflichtiger Amphetamine. Ich war vorhin als ungeladener Gast auf einer Party und hätte beinahe Topher geküsst. Topher hat eine Freundin, und alle, die ich damals an der Highschool bewundert habe, sind merkwürdig und langweilig. Joe will mich nur für Sex, und es war dumm von mir zu glauben, dass da jemals mehr sein könnte. Ich verstehe alles falsch. Ich bin so eine Idiotin. »Nein, es ist nicht alles okay.«

Joe sieht mich stirnrunzelnd an. »Ich dachte, du wärst krank.«

»Mach mir noch einen Whiskey Smash. Smash mich!«

In diesem Moment erklingt aus den Lautsprechern der Akkordanschlag einer Gitarre. Ich schaue zur Bühne, wobei ich ein Auge zukneifen muss, um besser fokussieren zu können. Die Band macht sich gerade für einen Auftritt bereit. Madeleine checkt das Mikrofon. Amy stimmt ihre Gitarre, und es gibt eine neue Drummerin, sie stellt gerade ihren Hocker auf die richtige Höhe ein.

Ich hickse. »Scheiße, yeah! Maddy!«

»Du bist echt süß, wenn du fluchst«, sagt eine blonde Frau neben mir an der Theke. Ich sehe sie an. Sie erwidert kokett meinen Blick.

»Du bellst den falschen Baum an, Schwester«, sage ich. »Warte, das ist nicht das, was ich … egal. Ich wusste gar nicht, dass Maddys Band heute Abend hier auftritt.«

»Es ist ein Überraschungskonzert«, sagt die Blonde. »Nur für Freundinnen und Freundinnen von Freundinnen.«

Ich lasse meinen Blick durch den Raum schweifen, und erst jetzt wird mir bewusst, dass alle Anwesenden hier, sieht man von Joe ab, weiblich sind. Und jung. Und heiß. Und lesbisch.

»Na ja, wenigstens gehe ich so nicht mit einer Zufallsbekanntschaft nach Hause und werde schwanger, hab ich recht?«, sage ich.

»Verdammt recht«, sagt die Blonde.

Ich hole mein Handy aus der Tasche und schreibe eine Nachricht an Angie.

Bin in der Destille. Komm schnell, Madeleines Band spielt!

Am Schluss füge ich ein paar Emoticons hinzu: die Frau in dem roten Kleid, den Oktopus und eine Fahne. Nur weil ich es lustig finde und weil ich betrunken bin.

»Ich bin betrunken«, sage ich zu Joe.

»Ich weiß, mein Schatz«, sagt er.

»Ich bin nicht dein Schatz.«

»Du wirst es später noch sein.«

Ich rolle mit den Augen und drehe mich wieder zur Bühne. Madeleine spricht gerade eindringlich mit Amy, der punkigen Gitarristin mit den pinkfarbenen Haaren, und etwas an der Art, wie die beiden sich unterhalten, kommt mir ungewöhnlich vor für zwei Bandmitglieder. Gleich darauf wirft Madeleine den Kopf nach hinten und lacht aus vollem Hals. Ich habe sie noch nie so entspannt und so fröhlich gesehen.

Amy beugt sich nun ganz nah zu ihr hinüber und raunt ihr etwas zu, und Madeleine sieht sie mit einem eigenartigen Funkeln in den Augen an und lächelt dann. Es ist, als ob sie … Ich meine, es ist, als ob sie …

Oh, ich verstehe.

Madeleine ist lesbisch.

»Das ergibt einen Sinn«, sage ich zu niemand Speziellem.

Kurz darauf gehen die Lichter im Raum aus, und Scheinwerfer erhellen die Bühne. Seit wann haben wir in der Destille Scheinwerfer? Die muss Joe organisiert haben …

Mit einem Trommelwirbel wird das Konzert eröffnet, und Spector spielt als ersten Song *I saw her standing there* von den Beatles.

Und plötzlich verwandelt sich die ganze Kneipe in eine Tanzfläche. Das Publikum flippt richtig aus. Ich zapple auf meinem Barhocker zur Musik und feuere Madeleine an.

»Okay, meine Lieben, holt euch für den nächsten Song

einen Shot an der Theke!«, ruft Madeleine in den Beifalljubel. »Der geht aufs Haus!«

Joe ist offenbar vorbereitet, weil auf der Theke fünfzig Schnapsgläser aufgereiht sind, die er gerade mit einer tödlich aussehenden Mischung aus einem riesigen Cocktailmixer füllt.

»Was ist da alles drin?«, frage ich ihn.

»Whiskey, Peychaud's Bitters, Zucker, geriebene Zitronenschale und ein klitzekleines bisschen Absinth.«

»Ein klitzekleines bisschen?«, wiederhole ich.

»Ein klitzekleines bisschen.«

»Wie können wir es uns leisten, gratis Alkohol auszuschenken? Schließlich sind wir pleite. Schon vergessen?«

Joe schüttelt den Kopf. »Jeder Gast hier hat zwanzig Dollar Eintritt für das Konzert bezahlt. Deshalb können wir uns das leisten.«

»Warum hat Maddy mir nichts von diesem Auftritt gesagt?«, frage ich weiter. »Ich war ja ursprünglich für heute Abend eingeteilt, ich hätte es also mitbekommen …«

»Ich hätte dich vor dem Konzert nach Hause geschickt«, gibt Joe nach kurzer Überlegung zu. »Madeleine hat mich gebeten, dir nichts davon zu sagen.«

Warum sollte sie so etwas tun? Ich bin ihre Freundin!

Die Frauen drängen zur Theke, um sich ihre Shots abzuholen, und da ich nicht leer ausgehen will, schnappe ich mir rasch zwei Gläser und kippe sie direkt hintereinander.

Dann passieren zwei Dinge.

Der Absinth erreicht mein Gehirn.

Und Spector beginnt, eine schnelle, schmutzige und sehr laute Version von *Wild Thing* zu spielen.

»ICH LIEBE DIESEN SONG!«, brülle ich.

Niemand schenkt mir Beachtung. Also kippe ich mir einen weiteren Shot hinter die Binde und brülle noch lauter. Und dann noch einen. Und dann …

Blackout.

Kapitel 27

Ich öffne die Augen und sehe einen Eimer, in dem sich wohl vor Kurzem noch Erbrochenes befunden hat – den Spuren nach zu urteilen. Mein Schädel pocht. Mein Magen brennt wie Feuer. Ich liege quer in meinem Bett, und mein Kopf und mein rechter Arm ragen über den Rand hinaus …

Ich schaue nach unten.

Auf dem Boden ist auch Erbrochenes.

Ich versuche zu stöhnen, aber es kommt kein Ton heraus.

O Gott.

»Coco, bist du wach? O Mann, endlich. Ich wollte schon den Notarzt rufen.«

Joe.

Joe liegt neben mir. Nackt. Dann wird mir bewusst, dass auch ich nackt bin. Und dass mein Hintern nicht bedeckt ist.

Ich ziehe die Decke über meinen Körper, doch von der Bewegung wird mir schlagartig so übel, dass ich würgen muss. Es kommt nichts hoch. Mein Magen schmerzt von den Krämpfen.

»Trink.« Joe gibt mir ein Glas Kokosnusswasser.

Ich zwinge das Wasser in mich hinein, zitternd vor Anstrengung, und zwei Sekunden, nachdem ich das Glas leergetrunken habe, erbreche ich alles direkt wieder in den Eimer. Ein bisschen Kotze tropft von meinem Kinn.

Ich lasse mich in mein Kissen plumpsen, mein ganzer Körper prickelt vor Übelkeit.

»Armes Häschen …« Joe schnappt sich von meinem Nachttisch ein Kleenex und wischt mir den Mund ab. »Was soll ich bloß mit dir machen, hm?«

Warum habe ich nicht daran gedacht, dass ich Alkohol nur in Maßen vertrage? Warum trinke ich überhaupt Alkohol? Was hat mich dazu gebracht, das für eine gute Idee zu halten? Warum trinkt überhaupt jemand Alkohol, wenn das dabei herauskommt?

»Ich hasse Alkohol.« Meine Stimme ist kaum lauter als ein Flüstern. »Ich werde nie wieder ein Glas anrühren.«

»Hab ich schon öfter gehört.«

»Ich meine es ernst.« Ich schließe die Augen. Das Reden strengt mich zu sehr an. »Das hier ist die Hölle. Ich bin im Feuerschlund der Hölle.«

»Aber gestern Abend warst du der Burner, Coco. Die Seele der Party.«

»Bitte geh«, flüstere ich. »Ich muss jetzt mit meiner Schande allein sein.«

Joe schlüpft lachend in seine Boxershorts und verlässt dann das Zimmer.

O Gott.

Jedes Mal, wenn ich die Augen schließe, beginnt mein Bett beängstigend zu schwanken, ohne dass ich mich überhaupt bewege. Wie eine Kombination aus Seekrankheit und Höhenangst.

Also lasse ich meine Augen offen und starre auf die

Leuchtsterne an der Zimmerdecke, die längst nicht mehr leuchten. Meine Mutter hat sie früher auch so betrachtet. O Gott, ich hoffe, sie kann mich jetzt nicht sehen. Zum ersten Mal wünsche ich mir, dass es kein Leben nach dem Tod gibt beziehungsweise keinen Himmel oder was auch immer, von dem man hinunterschauen kann. Wenn es einen gibt, kann meine Mutter nämlich sehen, was für eine erbärmliche Idiotin ich bin.

Erinnerungen an den gestrigen Abend kommen bruchstückhaft hoch, eine Montage des Wahnsinns.

Ich habe getanzt. Auf der Bühne. Auf einem Stuhl. Auf der Theke.

Ich habe eine Zigarette geraucht.

Ich habe einen Shot nach dem anderen getrunken.

Ich habe, wenn auch nur kurz, mit der blonden Frau, die mich zuvor an der Theke angesprochen hatte, herumgeknutscht und ihr dann erklärt, dass ich sie bedauerlicherweise nicht weiterküssen könne, weil ich hetero sei und weil ich einfach – *o Gott* – auf Penisse stünde, aber dass sie meine volle Unterstützung habe, was ihr Recht betreffe, wen auch immer zu vernaschen und zu heiraten, mit oder ohne Penis.

Ich habe mit Joe einen … o mein Gott … einen Quickie auf der Toilette geschoben (was widerlich ist, ernsthaft, die Toilette ist zwar jetzt sauberer als früher, aber trotzdem, bah). Ich hatte tatsächlich … ja, ich hatte wohl … ich hatte definitiv Sex mit Joe auf der Toilette.

Ich habe ein Glas mit Whiskey Smash auf den Boden geschmissen und »Whiskey Crash!« gerufen und dann habe ich so sehr lachen müssen, dass ich von meinem Barhocker gefallen bin.

Warum können meine Erinnerungen nicht in der Versenkung bleiben, wo sie hingehören?

Ich habe versucht, auf der Bühne mitzusingen, fällt mir plötzlich mit einem neuen Anflug des Grauens wieder ein. Ich habe versucht, Schlagzeug zu spielen. Madeleine musste mich gewaltsam von der Bühne schaffen. Ich habe allen – *allen* – Drinks spendiert. Ich weiß, es ist dumm, seine Großzügigkeit zu bereuen, aber musste ich wirklich neunzehn Cocktailrunden bestellen und darauf bestehen, sie zu bezahlen, selbst als Joe versucht hat, sich zu weigern?

Warum, warum, warum habe ich mir so die Kante gegeben?

Weil ich mich darüber aufgeregt habe, dass Julia im Krankenhaus war.

Weil Julia sich gerade von meiner Schwester in eine Workaholic-Typ-A-New-Yorkerin verwandelt, die selbst ich nicht mehr wiedererkenne.

Weil ich mich dafür geschämt habe, dass ich beinahe Topher geküsst hätte, den Mann, in den ich so verschossen war, dass es beinahe wehgetan hat, und dazu noch praktisch vor den Augen seiner perfekten Barbiefreundin.

Weil ich wegen dieser einen Nacht dachte, ich hätte mich in Joe verliebt, und er sich niemals, nie und nimmer, in mich verlieben wird beziehungsweise verlieben kann.

Weil kein Mann sich jemals in mich verlieben wird, und vor allem weil mir vollkommen bewusst ist, wie erbärmlich es ist, so etwas zu denken und in Selbstmitleid zu baden.

Mein Handy piept.

Eine Nachricht von Pia: *Wie geht es deinem Kopf heute Morgen, Star?*

Habe ich Pia gestern Abend überhaupt gesehen?

Dann fällt mir auf, dass ich gestern jede Menge SMS verschickt habe, woran ich keinerlei Erinnerung habe.

An Pia: *Maddy ist LESBISCH! Ich vielleicht auch. Nicht wirklich. I love Topher! Komm Party machen! Xxxxxx*

An Angie: *ICH BIN DICHT! Das ist vollll fnnn xxxxx*

An Pia: *Ich tanz grad AUF DER THEKE xxooxxooxx*

An Joe: *Komm aufs Klo für ein Quiki xxxx*

An Pia: *Ich möchte, dass du mich von nun an STAR nennst, okay?????*

An Angie: *Nenn mich STAR!*

An Topher: *Wie ist dein Abend?*

An Topher: *Ich hoffe VOLL ätzend. Nur Spaß!! STAR xoxoxox*

An Topher: *Du solltest mit MIIIIR gehn*

An Topher: *Ichhabnichtwirklichversuchtdichzuküssenwarbloßspaß*

An Topher: *Aber wenn du mich küssen willst wär das voll okay oxoxoxoxox*

O nein.

O lieber Gott im Himmel … Warum, warum, warum?

Ich habe Madeleine geoutet. Ich hatte in der Destille Sex mit Joe auf der Toilette. Und Topher – ich mag mir gar nicht ausmalen, was Topher nun von mir denkt. Bestimmt hält er mich für eine Loserin.

Und keiner hat auf meine Nachrichten geantwortet. Nicht ein Einziger.

Außer ich habe die Antworten gelöscht?

Ich weiß es nicht mehr.

Joe kehrt nun in mein Zimmer zurück, und ich verstecke mein Handy rasch unter dem Kopfkissen.

»So, ich muss jetzt los in die Bar«, sagt er und beginnt, sich anzuziehen. »Ich muss ein paar Sachen für die Band vorbereiten.« Er gibt mir einen flüchtigen Kuss auf die Stirn. »Bist du okay?«

»Ich schäme mich so«, sage ich. »Ich hab mich wie ein Volltrottel aufgeführt.«

»Quatsch, hast du nicht! Es ist gesund, hin und wieder ein bisschen die Sau rauszulassen.«

Nachdem er gegangen ist, starre ich wieder an die Decke. Ich bin zu verkatert und offen gesagt zu beschämt, um mich zu bewegen. Kurz darauf klopft es an meiner Tür. Es ist Julia, die mit einer großen, eisgekühlten Flasche Cola hereinkommt.

»Ich dachte, die kannst du vielleicht gebrauchen«, sagt sie. »Ich hab gerade Joe getroffen. Er hat mir erzählt, dass du gestern Abend ziemlich wild gefeiert hast.«

»Danke, Juju, oh, vielen Dank …« Ich lasse die Flasche beinahe fallen in der Eile, sie an meine Lippen zu setzen. »Wann bist du aus dem Krankenhaus zurück?«

»Gestern Abend. Ich hab dir ja gesagt, es war nichts.«

Julia legt eine Hand auf ihre Hüfte und schaut zu, wie ich gierig den halben Inhalt der Cola in mich hineinschütte und anschließend einen tiefen Rülpser ausstoße. Normalerweise findet Julia Rülpsen lustig, heute lächelt sie nicht einmal.

»Ich denke, Coco, es ist Zeit, dass du erwachsen wirst.«

»Wie bitte?«, flüstere ich.

»Dieses ganze kindische, wilde Getue, das bist einfach nicht du. Du musst davon wieder runterkommen.«

Ich bin für einen Augenblick nicht fähig zu antworten. Ist das ihr Ernst?

Dann finde ich meine Sprache wieder. »Sag mir nicht, wer ich bin. Und sag mir nicht, dass ich runterkommen soll. Du bist diejenige, die gestern Abend im Krankenhaus war.«

»Das war *beruflich* bedingt«, zischt Julia.

»Du darfst nicht länger so viel arbeiten!« Meine Stimme gibt nicht mehr her als ein wütendes Krächzen. »Das ist nicht gesund!«

Ich sage Julia sonst nie, was sie tun soll. Sie reißt die Augen vor Überraschung auf. Sie ist sichtlich verärgert. »Und du kannst nicht länger deine Zeit in einer Kneipe vergeuden und mit deinem Loserchef herumpoppen.«

»Joe ist kein Loser.« Mir wird ganz heiß vor Wut. »Wie kannst du es wagen, ihn so zu nennen?«

»Weil er ein Loser ist! Warum zum Teufel gehst du nicht einfach mit Topher aus? Er wäre viel besser für dich geeignet.«

»Topher hat eine Freundin. Aber das ist eigentlich gerade nebensächlich. Für wen hältst du dich, dass du mir sagst, wer für mich geeignet ist? Warum denkst du immer, du wüsstest alles besser? Sieh dich doch mal an, dich und Peter. Peter ist der netteste Kerl der Welt, und du wolltest ihn zum Teufel jagen.«

»Du kannst mich mal am Arsch lecken, Coco.« Julia stößt ein verächtliches Lachen aus, ihr Versuch, die Oberhand zu gewinnen.

»Nein, *du* kannst *mich* am Arsch lecken«, erwidere ich.

»Ich hab's so satt, dass du mir ständig sagst, was ich tun soll! Du bist nicht für mein Leben verantwortlich.« Ich drehe meine Stimme so laut und so kräftig auf, wie ich kann. »Fuck. Off.«

Das habe ich noch nie zuvor zu jemandem gesagt, zu keiner Menschenseele, und nun habe ich es ausgerechnet zu meiner Schwester gesagt, zu dem Menschen, den ich mehr als alles andere liebe. Nichts ergibt mehr einen Sinn.

Julias Gesicht ist rot vor Wut. »Ich gehe jetzt arbeiten. Das machen Erwachsene nämlich so.«

»Viel Spaß beim Adderall-Missbrauch, wenn du dich auf den Weg machst.«

»Viel Spaß beim Im-Bett-Rumhängen wie ein bockiges versoffenes Loserbaby, das du bist.«

Ich werfe mich rücklings in mein Kissen und schließe die Augen, damit Julia meine Tränen nicht sehen kann, die kurz vorm Überquellen sind, und Gott sei Dank macht sie einen Moment später kehrt und knallt die Tür hinter sich zu.

Kapitel 28

»Nette SMS-Nachrichten gestern Abend, Süße«, sagt Pia.

Angie sieht mich an und lacht.

Für einen kurzen Moment fühle ich mich etwas besser. In Angies und Pias Gesellschaft muss ich immer lächeln. Aber dann denke ich wieder an den vergangenen Abend und an meinen Streit mit Julia. Ich habe den ganzen Tag im Bett verbracht und hatte Hangover-Träume, die nach Reue und Erbrochenem geschmeckt haben. Nun ist es Abend, und ich bin vor ungefähr zehn Minuten in die Küche hinuntergegangen, wo Pia und Angie am Tisch Karten spielen. Im Moment knabbere ich an einem Buttertoast, ganz langsam.

»Bitte hört auf, mich zu piesacken. Ich kann das gerade nicht ertragen. Meine geistige Zurechnungsfähigkeit hängt an einem hauchdünnen Faden, und ich schwöre, es fehlt nicht mehr viel, bis er reißt. Ich hab mich gestern total danebenbenommen.«

»Hast du nicht! Deine SMS waren zum Schießen. Jeder muss mal auf die Kacke hauen.«

»Nein.« Ich schüttele den Kopf und höre schnell wieder damit auf, weil es wirklich wehtut. »Ich hätte beinahe Topher geküsst, dabei hat er eine Barbie als Freundin …«

»Warte. Was? Fang bitte ganz von vorne an.«

Also erzähle ich den beiden die ganze Geschichte. Dass Julia kollabiert ist (»Diese Frau düst auf einer Einbahnstraße in Richtung Quarterlife Crisis«, bemerkt Pia), dass ich kurz davor war, Topher zu küssen, nur wenige Sekunden, bevor seine Freundin aufgetaucht ist (»Und er hat sie vorher nie erwähnt? Was für ein Bastard«, sagt Angie), dass ich Eric sein Bier ins Gesicht geschüttet habe (beide jubeln vor Freude) und dass ich mich schließlich in der Destille auf einen von Absinth befeuerten Selbstzerstörungstrip begeben habe.

»Wie kommt es eigentlich, dass du nicht in Joe verliebt bist?«, fragt Pia. »Ich finde ihn total sympathisch.«

»Joe ist toll«, sage ich. »Aber er ist ein Womanizer, weißt du.«

»Ach ja? Bist du dir da sicher?« Angie sieht mich mit zusammengekniffenen Augen an. »Weißt du, immer wenn du mit Joe zusammen bist, kannst du nicht aufhören zu lächeln.«

»Wirklich? Na ja, das liegt wohl daran, dass er so witzig ist. Egal, völlig irrelevant, Joe ist nicht näher an mir interessiert. Er hat gesagt, wir sind nur Freunde. Topher wäre da schon die bessere Wahl für mich.«

Angie und Pia wechseln einen Blick.

»Was genau«, beginnt Pia vorsichtig, »ist eigentlich so toll an Topher?«

»Er ist …« Ich unterbreche mich und überlege kurz. »Er ist … du weißt schon, der Held unserer Highschool. Alle haben ihn angebetet. Frag Julia.«

»Niemand betet mehr jemand anderen an, wenn man aus der Highschool raus ist«, sagt Angie. »Das hat nichts zu bedeuten. Ist Topher denn auch ein guter Typ?«

»Er hat mir mal ein Sandwich gemacht.«

»Hat er auf deine Vollrauschnachrichten geantwortet?«, fragt Pia.

Ich schließe kurz die Augen und durchlebe den Horror prompt erneut. »Nein. Aber er wollte heute mit seiner Freundin in den Urlaub fahren. Sie war nett … Sie hat gesagt, dass er dank mir seinen Schein bekommen hat.«

»Warum?«, fragt Pia. »Was hast du gemacht? Hast du für ihn eine Hausarbeit geschrieben oder so was?«

»Nein. Ich hab sie nur überarbeitet«, sage ich.

»Was?«, explodiert Pia. »Das sollte eigentlich ein Scherz sein. Du hast tatsächlich Tophers Hausaufgaben gemacht wie eine Helikoptermutter?«

»Süße, Topher nutzt dich aus«, sagt Angie. »Tut mir leid, es ist so.«

Bevor ich darauf antworten kann, kommt Madeleine von ihrer abendlichen Laufrunde. Oh, Shit.

»Hey«, sagt sie und geht an den Küchenschrank, um ihr kleines Einweckglas mit selbst gemischtem Studentenfutter herauszunehmen.

Ich muss mich bei Madeleine dafür entschuldigen, dass ich sie in meiner SMS an Pia ohne Erlaubnis geoutet habe. Und dafür, dass ich mich gestern in meinem volltrunkenen Zustand wie die Axt im Walde aufgeführt habe. Und für alles andere auch.

»Äh … Maddy?«

Madeleine dreht sich um und erwidert meinen Blick. Mir rutscht das Herz in den Magen.

Genau in diesem Moment kommt Julia herein. Ihr Gesicht ist von der Sommerhitze gerötet. Sie wirkt steif vor Anspannung. Ist sie immer noch wütend auf mich? Oder auf jemand anderen?

Sie steuert direkt auf Madeleine zu. »Warum hast du mir nicht gesagt, dass du lesbisch bist?«

Oh.

Scheiße.

Es entsteht eine lange Pause. Alle halten die Luft an und warten auf Madeleines Reaktion.

Ich nehme an, Pia hat Julia von meiner SMS erzählt. Warum habe ich nicht einfach meine Klappe gehalten und es Madeleine selbst überlassen, sich zu outen, falls sie überhaupt dazu bereit war?

Madeleine dreht sich wieder ihrem Studentenfutter zu. »Weil es dich einen verdammten Scheißdreck angeht?«

Angie hebt den Kopf. »Es geht uns schon was an, wenn du dich vor der ganzen Welt outest, außer vor uns.«

Ich räuspere mich. »Angie … Hast du nicht neulich erst zu mir gesagt, dass es niemanden etwas angeht, was ich mit meiner Vagina mache?«

Pia verschluckt sich an ihrem Wein.

»Hier geht es nicht nur um eine Vaginasache«, erwidert Angie. »Hier geht es um eine Lebensentscheidung.«

»Es ist *meine* Lebensentscheidung und *meine* Vagina«, sagt Madeleine. »Nicht eure.«

»Ich dachte, ich wäre deine beste Freundin!« Julias Stimme wird brüchig. »Wir haben doch früher immer über Jungs geredet. Du hattest auf dem College einen Freund. Du …«

Madeleine kehrt uns weiterhin den Rücken zu. »Weshalb hast du ein Problem damit, Julia?«

»Ich habe kein Problem damit. Das ist nicht der Punkt!«

»Und was ist dann der verdammte Punkt? Es ist mein Leben.« Madeleine bemüht sich sehr, ruhig zu bleiben, aber ich sehe, dass ihre Hände zittern.

Mir ist schlecht. Julia und Madeleine streiten sich sonst nie. Madeleine und Pia streiten sich vielleicht oder Julia und Angie, nicht Julia und Madeleine.

»Ich denke, Julia meint nur, dass wir uns wünschen würden, dass du ein bisschen offener wärst«, sagt Pia, überraschend sanft. »Wir sind uns alle so nah, trotzdem haben wir das nicht von dir gewusst. Das ist, als … das ist, als …«

»Das ist, als würden wir dich überhaupt nicht richtig kennen«, sagt Angie.

Madeleines Kiefer malmt vor Anspannung. »Natürlich kennt ihr mich.«

»Blödsinn«, sagt Pia. »Zeig uns deine Unterarme. Zeig uns, was sich unter diesen langen Ärmeln verbirgt, die du immer trägst.«

Es wird mucksmäuschenstill.

Madeleine dreht sich immer noch nicht um.

Julia, Pia und Angie wechseln Blicke miteinander. Ich kapiere das nicht … Warum müssen wir Madeleines Unterarme sehen?

Julia hat mich übrigens noch keines Blickes gewürdigt. Auf eine demonstrative Art. Während sie mit Madeleine streitet, kann ich nur ihren Rücken sehen. Man kann die Beziehungen innerhalb einer Frauengruppe an ihrer Körpersprache ablesen, daran, wer wen anschaut, wer zu wem zurückschaut und wer über wessen Sprüche lacht … Jede kleine Nuance ist reich an Bedeutung. Und Julia gibt mir gerade zu verstehen, dass sie immer noch wütend auf mich ist.

»Zeig mir deine Arme, Madeleine«, wiederholt Pia. »Ich will die Narben sehen.«

Narben?

Plötzlich schleudert Madeleine das Einweckglas auf den Boden. Es zerbricht, und das Studentenfutter fliegt durch die Luft. Dann marschiert Madeleine aus der Küche, bleibt in der Tür kurz stehen und dreht sich ein letztes Mal zu uns um.

»Wenn ihr wirklich meine Freundinnen wärt, würdet ihr mich nicht so behandeln. Lasst mich einfach mein Leben leben.« Sie ringt um Beherrschung. Ich habe noch nie erlebt, dass Madeleine so kurz davor steht, die Nerven zu verlieren. »Momentan ist alles schon schwer genug für mich.«

»Wir sind da! Rede mit uns!«

»Ich will nicht mit euch reden!«, schreit sie, bevor sie gleich darauf ihre Fassung zurückgewinnt, zitternd von der Anstrengung. »Julia, du kannst mich nicht dazu zwingen, dass ich mich dir anvertraue. Du bist nicht der Boss der ganzen verdammten Welt. Du kontrollierst die arme Coco schon seit Jahren, und schau, was dabei herausgekommen ist.«

»Was?«, frage ich.

»Ich lasse mir das von dir nicht bieten«, sagt Madeleine. »Ich ziehe aus.«

Sie dreht sich um und knallt die Tür hinter sich zu.

Niemand sagt etwas.

»Fuck!«, schimpft Julia dann aufgebracht. »Warum

will jeder immer gleich ausziehen? Es ist immer wieder derselbe Mist. Jetzt sind es außer mir nur noch die Partyzwillinge und meine gottverdammte Schwester.«

»Partyzwillinge?«, wiederholt Angie. »Leck mich, Julia.«

»Übrigens, deine gottverdammte Schwester zieht auch aus«, sage ich leise.

Ein langes Schweigen folgt auf meine Worte.

Julia findet als Erste ihre Sprache wieder. »*Was*?«

Ich stehe auf.

»Ich will dich nicht mehr in meiner Nähe haben. Unser Verhältnis ist total verlogen. Du nimmst Drogen, um dein Leben in New York zu bewältigen. Schön, das ist deine Sache. Willst du hören, was meine Sache ist? Ich habe letztes Jahr mit Eric geschlafen, und ich wurde schwanger. Und ich habe abgetrieben.« Julia keucht erschrocken auf. Pia und Angie sind plötzlich wie erstarrt, sie wagen kaum zu atmen. Ich fahre fort. »Ich habe es dir nicht gesagt, weil ich wusste, du würdest kein Verständnis dafür haben. Was sagt das über uns aus? Was sagt das über unsere Beziehung aus?«

Julia ist so verdattert, dass sie kaum sprechen kann. »Wirklich? Aber …«

»Ich will deine Meinung gerade nicht hören, Julia«, fahre ich ihr über den Mund. »Nach dem Sommer werde ich nach Rochester zurückgehen und wieder bei Dad leben. Ich will nicht länger mit dir unter einem Dach wohnen.«

Wieder setzt ein langes Schweigen ein.

Und ich glaube, ich bin über meine Worte genauso erschrocken wie alle anderen.

Ich will das alles hier wirklich nicht mehr.

Ich möchte mein altes Leben zurückhaben. Bevor das alles passiert ist. Bevor alles so kompliziert wurde. Bevor ich versucht habe, wild zu sein, bevor ich mein Leben in ein Chaos verwandelt habe. Als ich weder ein Liebesleben noch ein Sexleben noch ein persönliches Leben hatte, als ich mich noch nicht blöd getrunken und schwachsinnige Nachrichten verschickt und versucht habe, Männer zu küssen, die weit außerhalb meiner Liga waren. Als ich nichts weiter getan habe, als zu lesen und zu backen und zu essen, und als jeder sich um mich gekümmert hat, weil ich noch zu jung war und zu dumm, um auf mich selbst aufzupassen.

Ich werde zurück in unser Elternhaus gehen und mir einen Job in einer Vorschule besorgen. Irgendeinen Job. Es ist mir egal. Nächste Woche werde ich meine Zelte hier abbrechen. Ich möchte die Prom Night in der Destille noch abwarten, um sicherzustellen, dass alles gut läuft für Joe. Nichts hält mich mehr hier. Niemand bittet mich zu bleiben.

Ich starre auf den Küchentisch, unfähig, den anderen in die Augen zu sehen, und warte darauf, dass jemand etwas sagt. Aber es herrscht nur Schweigen. Totales Schweigen.

Dann verlässt Julia die Küche.

Sie knallt nicht einmal die Tür zu, was seltsam ist, schließlich hätte man eine solche Reaktion normalerweise von ihr erwartet. Sie verschwindet einfach still und leise, ohne ein Wort. Ich höre ihre Schritte auf der Treppe nicht, was wohl bedeutet, dass sie das Haus verlassen hat.

Ich sehe Pia und Angie an, die auf ihre Spielkarten starren.

Plötzlich habe ich das Gefühl, die Küchenwände würden immer näher rücken. Ich ertrage es nicht, heute Nacht in diesem Haus hier zu schlafen. Oder morgen hier herumzuhängen. Ich brauche Raum.

Also mache ich etwas, das wahrscheinlich die schlechteste Idee aller Zeiten ist.

Ich schreibe Joe.

Kapitel 29

Und so bin ich praktisch bei Joe eingezogen.

Ganz so ist es nicht.

Ich will im Moment einfach nicht in unserem Haus sein. Es ist ja ohnehin nur vorübergehend.

Heute Abend ist die Prom Night in der Destille. Und morgen gehe ich zurück nach Rochester.

Ich habe es Joe noch nicht gesagt. Er wird es sicher locker nehmen, aber ich möchte ihn nicht von seinem großen Abend ablenken. Er hat wie besessen an dem Audiosystem in der Bar herumgetüftelt. Ich habe diese Woche jede freie Minute genutzt, um die Deko zu basteln. Das ist Joes große Chance, Gary zu zeigen, wie gut die Bar laufen kann, wenn dort Livemusik geboten wird. Ich wünsche mir wirklich sehr für ihn, dass alles klappt.

Joe bewohnt ein kleines Apartment in einem Haus ohne Aufzug, am Rande von Red Hook. Es gibt eine Pantry-Küche und ein kleines Bad. Joe bricht jeden Tag gegen Mittag auf, um die Bar zu öffnen. Ich gehe an den meisten Nachmittagen nach Hause in die Union Street, wo ich dusche und mich für meine Abendschicht in der Bar umziehe. Um die Zeit bin ich sicher, dass meine Schwester und die anderen noch arbeiten und ich ihnen nicht begegne. Es ist wie ein völlig anderes, völlig neues Leben. Und ich liebe es.

Ich habe die Mädels seit über einer Woche nicht gesehen. Ich habe auch nicht mit ihnen gesprochen. Es ist, als ob der große Streit nie stattgefunden hätte. Als würden wir uns nicht kennen. Es ist seltsam, und ich hasse es, und ich weiß, ich bin ein Feigling, weil ich nichts daran ändere, aber ich habe Angst. Was, wenn ich die anderen frage, ob wir uns versöhnen und wieder Freundinnen sein können, und sie jagen mich zum Teufel? Von Topher habe ich auch nichts mehr gehört. Ich schätze, er hat meine schrägen Nachrichten erhalten und die Augen verdreht. Ich frage mich, ob er sie seiner perfekten Freundin gezeigt hat. Ich frage mich, ob sie darüber gelacht hat.

Ich mag nicht drüber nachdenken.

Heute Morgen bin ich von der hellen Sonne, die in Joes Schlafzimmer schien, geweckt worden. Ich habe mich wie ein kleiner Bär an Joes Rücken gekuschelt und meine Atemzüge seinen angepasst, langsam und gleichmäßig. Dann bin ich wieder eingeschlummert.

Als ich vor ein paar Minuten wieder wach wurde, war Joe bereits weg. Keine Notiz, nichts.

Das ist okay. Ich lebe nicht mit Joe zusammen, nicht wirklich, obwohl es sich vielleicht so anfühlt, seit ich bei ihm wohne. Joe und ich haben keine feste Beziehung. Wir haben nur eine Freundschaft Plus. Inklusive Schlafplatz, wenn man einen braucht.

Ich höre, dass die Wohnungstür zufällt, und gleich darauf kommt Joe mit frischem Kaffee und gefüllten Tüten aus der Bäckerei ins Zimmer.

»Okay, du hast die Wahl zwischen cremegefüllten Keksen, Zimtschnecken und Kürbisbrot mit Schokoraspeln«, sagt Joe. »Ein besonderes Frühstück, weil heute die Prom Night ist und du viel Energie brauchen wirst.«

»Mhhh … eine Zimtschnecke, bitte.« Ich lächle träge und nehme meinen Kaffeebecher entgegen.

»Ich möchte das Kürbisbrot, weil …«

»… es die männlichste, die maskulinste Wahl ist?«

»Richtig.« Joe grinst mich an.

Ich beiße in meine Zimtschnecke. »Mhhh, die ist lecker.«

»Ich liebe es, dir beim Essen zuzusehen«, sagt Joe. »Du knabberst alles immer erst ganz vorsichtig an und machst dann zwischen jedem Bissen eine Pause, ganz bewusst, als würdest du den Geschmack auskosten.«

»Sag einer Frau nie, dass du ihr gern beim Essen zusiehst!« Ich werfe ein Stück Zimtschnecke nach ihm.

»Na warte …« Joe stürzt sich auf mich und hält mich auf dem Bett fest, dann schnappt er sich aus der Tüte einen Keks und versucht, ihn mir in den Mund zu stopfen.

Ich wehre mich, aber ich muss zu sehr lachen, und im Nu ist mein ganzer Mund mit süßer Creme verschmiert.

»Oh, du hast da was auf der Oberlippe. Lass mich das wegmachen.«

Joe küsst mich und leckt gleichzeitig die Creme von meinen Lippen. In mir erwacht ein kleines Feuer, wie immer, wenn wir uns küssen, und plötzlich kann ich nicht anders, als ihn enger an mich zu ziehen, und dann … Na ja, ihr könnt es euch denken.

»Bist du aufgeregt wegen heute Abend?«, fragt Joe mich eine Weile später.

»Ja, total.« Ich stoße ein zufriedenes Seufzen aus. »Das wird der beste nichtoffizielle Abschlussball aller Zeiten. Und ich habe eine Überraschung für dich.«

»Was denn?«

Ich zögere, um die Spannung in die Länge zu ziehen. »Ich war mir nicht sicher, ob ich es dir sagen oder ob ich dich einfach überraschen soll, aber dann hab ich irgendwo gelesen, dass Überraschungen total überbewertet sind, weil das Beste daran die *Vorfreude* ist, und …«

»Sag schon!«

»Ich hab Ian James kontaktiert.«

»Ian *James?*«

»Weißt du noch? Das ist der Musikproduzent, den wir draußen vor dem Ace Hotel getroffen haben. Ich hab ihn auf Twitter ausfindig gemacht und ihn für heute Abend in die Destille eingeladen, damit er sich die Band anschauen kann. Und damit er dich kennenlernen kann.«

Joe starrt mich an. »Ernsthaft?«

»Yep.« Ich grinse. »Ich meine, vielleicht wird er nicht kommen, weißt du, der Kontakt ist über Twitter gelaufen und nicht über eine goldene Einladungskarte. Trotzdem … Das könnte deine große Chance sein.«

»Wahnsinn, Coco.« Er packt mich und küsst mich so stürmisch, dass ich aufjaule. »Danke. Danke! O Mann, glaubst du, er kommt? Ich meine, wahrscheinlich nicht, er ist bestimmt zu beschäftigt. Aber wenn er doch kommt … Ich schwöre dir, Maddy ist ein Riesentalent. Sie kann es schaffen. Bis ganz nach oben.«

»Glaubst du?« Ich lächle. »Ich liebe ihre Stimme.«

»Ich auch. Im Grunde liebt jeder ihre Stimme. Deshalb haben wir die Band umbenannt in MADS. Spector war gut und schön für eine Coverband, für das neue Material brauchen wir allerdings …«

»Das neue Material? Du meinst neue Songs?«

»Ja. Madeleine und Amy schreiben schon seit einer Weile zusammen Songs«, sagt Joe. »Hast du das nicht gewusst?«

Ich schüttle den Kopf.

»Du sprichst nicht viel mit deinen Freundinnen«, bemerkt er.

Ich habe ihm nicht erzählt, dass ich den anderen aus dem Weg gehe. Aber wenn ich genauer darüber nachdenke, war ich den ganzen Sommer, auch schon vor dem großen Streit, hauptsächlich mit mir selbst beschäftigt. Zwischen Joe und Topher und der Bar und der Uni war ich nur auf mich selbst fixiert. Ich kann mich nicht erinnern, wann ich meine Freundinnen das letzte Mal gefragt habe, wie es ihnen geht. Nicht dass es jetzt noch eine Rolle spielen würde, nehme ich an. Schließlich gehe ich weg.

Warum fühle ich mich bei diesem Gedanken so unwohl?

Ich sehe Joe an. »Ich schätze, wir unterhalten uns nicht mehr so oft miteinander wie früher.«

»Millennials unterhalten sich ständig«, erwidert Joe. »Wir stehen permanent in Kontakt miteinander und kommunizieren auf siebzehn Social-Media-Kanälen gleichzeitig, richtig? Ich persönlich denke ja, dass die Leute einfach nur gern Millennials sagen.«

»Millennials?« Das erinnert mich an etwas …

Oh, richtig. Das Interview mit Vics Nichte Samantha. Es ist … Wann war es noch? O mein Gott … Es ist heute. Ich habe nicht mehr daran gedacht, seit Topher und ich im Washington Square Park Vic und Samantha getroffen haben.

Ich sollte hingehen, richtig? Wahrscheinlich wird das Interview langweilig sein, es bringt jedoch Geld ein. Geld, das ich dringend gebrauchen kann. Es wird vielleicht Wochen dauern, bis ich einen neuen Job finde, wenn ich wieder in Rochester bin …

Die Zukunft. Ich hasse es, an sie zu denken.

Joe beginnt wieder, mich zu küssen. Er knabbert an meinem Hals, und ich stoße unwillkürlich ein peinliches Stöhnen aus.

Er hebt seinen Kopf. »Alles in Ordnung?«

Ich nicke.

Er fährt fort, mich zu küssen, und ich zittere und schlinge meine Arme eng um ihn, ziehe seinen Körper so fest wie möglich an meinen. Ich kann nicht anders, ich begehre ihn. Mein Körper reagiert einfach sofort auf seine Berührungen, abgekoppelt von meinem Gehirn.

Und dann passiert es.

Joe löst sich von mir und sieht mich an.

»Kein anderer hätte sich so viel Mühe gegeben, um für mich Ian James aufzuspüren. Coco, ich … O Gott, ich liebe dich.«

Ich stoße ihn so schnell von mir weg, dass er beinahe aus dem Bett fällt.

»Was?«

Er fängt an zu lachen. »Ich sagte, ich …«

»Du irrst dich!«

»Äh … Ich denke, das wüsste ich …« Joe lacht über meine Reaktion. »Doch. Ich liebe dich.«

»Sag das nicht!« Ich schnappe mir ein Kissen und umklammere es fest, um eine physische Barriere zwischen Joe und mir zu schaffen.

»Warum?«

»Joe, ich kann nicht … Ich will nicht …« Mir ist schlecht. »Es tut mir so leid, Joe, wahnsinnig leid …«

»Was tut dir leid?«

»Nein, nein, ich wollte nur, tut mir leid, ich …« Ich bedecke mein Gesicht mit den Händen. »Ich dachte, wir wären nur Freunde, so lautete die Abmachung, das war … das war der Deal.«

Joes Miene ist plötzlich wie versteinert. »Freunde. Wir leben praktisch zusammen, und du denkst, wir sind nur *Freunde?*«

»Du hast selbst gesagt, dass wir nur Freunde sind. Eine lockere Affäre, haben wir gesagt.« Ich gerate in Panik und presse das Kissen an meine Brust. »Außerdem, so ist es wahrscheinlich am besten, weil ich morgen weggehe aus New York. Ich bleibe nur noch, bis die Prom Night vorüber ist, danach ziehe ich zurück nach Rochester.«

»Du ziehst *weg?* Und wann wolltest du mir das sagen? Auf dem Weg zu der verdammten Grand Central Station?«

»Ich dachte … Ich … Es tut mir leid …«

»Hör auf, dich ständig zu entschuldigen.« Joe steht auf und stellt sich ans Fenster.

»Es tut mir wirklich …«

»*Was* tut dir leid? Dass du dich wie ein Arschloch benimmst?«

Ich zucke zusammen. »Joe, wir waren uns einig, dass wir nur Freunde sind. Du kannst nicht einfach die Regeln ändern.«

Er dreht sich um, und sein Gesicht ist weiß vor Wut. »Freunde? So behandelst du deine Freunde? Du hast mich nur benutzt wegen meiner Wohnung, richtig? Hattest du mit den anderen Stress? Wolltest du deswegen nicht nach Hause gehen?«

Ich bin sprachlos. Wie hat er das erraten?

»Ich bin nicht dämlich, Coco«, sagt er. »Obwohl, eigentlich doch. Ich muss dämlich sein, richtig? Oder warum sonst würde ich mich von dir wie ein verdammter Idiot behandeln lassen?«

»Ich habe … Das stimmt nicht …«, stammle ich. »Das mit uns sollte nur eine Affäre sein, hast du beschlossen, haben wir beschlossen.« Ich gerate ins Stocken, mein Verstand rast. »Du bist doch derjenige, der gesagt hat, dass eine Trennung niemals eine schlechte Entscheidung ist! Schon vergessen? Du solltest dich freuen.«

Joe kann mich nicht einmal ansehen. »Raus.«

Ich ziehe mich so schnell an, wie ich kann, meine Hände zittern. Ich bin so dumm. Warum habe ich das nicht kommen sehen? Ich weiß nicht, was ich gerade empfinde. Schuld? Traurigkeit? Einen Schock? Unmut?

Unmut gewinnt.

Und als ich mich schließlich zum Gehen wende, bin ich entschlossen, das letzte Wort zu haben.

»Joe?«

Er sitzt nun auf dem Bett, die Ellenbogen auf die Knie gestützt, und verbirgt sein Gesicht in den Händen. Er gibt keine Antwort.

»An dem Abend, an dem wir uns kennenlernten, hast du mit Angie geflirtet«, sage ich. »Du hast deutlich gemacht, dass du auf sie stehst und nicht auf mich, schon vergessen? Du hast mich über sie ausgefragt. Ich war nur dein Trostpreis. Ich war deine zweite Wahl. Verdammt, ich war wahrscheinlich deine fünfte Wahl, weil die anderen alle schon vergeben oder lesbisch waren. Du hast dich nie so verhalten, als wäre ich etwas Besonderes für dich.« Joe hebt den Kopf. Ich atme tief durch. »Es tut mir leid, dass ich dir nicht gesagt habe, dass ich aus New York weggehe, aber tu nicht so, als würde ich dir das Herz brechen.«

»Das ist es ja, Coco«, sagt Joe und sieht mich endlich an. »Du brichst mir gerade das Herz.«

Ich starre ihn an.

Ich weiß nicht, was ich sagen soll.

Joe steht auf und schaut wieder aus dem Fenster, er versucht, sich zu beruhigen. Dann dreht er sich um, und sein Blick ist kalt und hart.

»Komm heute Abend nicht auf die Party. Du bist gefeuert.«

Kapitel 30

Schuldgefühle.

Nichts ist so schlimm wie Schuldgefühle. Es ist, als würde man von innen mit einem Messer aufgeschlitzt.

Das ist es also, wovon Pia gesprochen hat, als es um ihren Betrug an Aidan ging.

Und dabei habe ich Joe nicht einmal betrogen. Tatsächlich dachte ich, ich würde das Richtige tun, ich dachte, ich würde einfach die Wahrheit sagen. Seit dem Moment, in dem ich Joes Wohnungstür hinter mir zugeknallt habe, schwirrt jedoch ein neuer, schrecklicher Gedanke in meinem Kopf herum.

Ich habe den nettesten Menschen verletzt, dem ich begegnet bin, seit ich in New York wohne.

Blind vor Tränen und mit einem Kloß im Hals, der so groß ist, dass mir das Schlucken richtig Schmerzen bereitet, schaffe ich es irgendwie, nach Hause zu kommen und wie ferngesteuert zu duschen und mich umzuziehen, bevor ich mit der Subway nach Manhattan fahre zu dem Interview mit Samantha. Es fällt mir schwer, Joe aus meinem Kopf zu verdrängen. Ich werde einfach die Fragen beantworten und meine hundert Dollar einstecken. Danach fahre ich wieder nach Hause, packe meine Sachen und bereite mich auf meine Abreise vor.

Das Interview findet in einem Gebäude im tiefsten Nolita statt, und als ich dort auftauche, sehe ich, dass ich nicht der einzige Millennial bin, den Samantha rekrutiert hat. Es sind Dutzende, die draußen auf der Straße an Häuserfassaden und parkende Fahrzeuge gelehnt warten. Jeder versucht, etwas Schatten abzubekommen.

Es ist so heiß. New York ist im Sommer ein Glutofen … Ich werde den ganzen Winter in Rochester verbringen, wird mir plötzlich bewusst. Ich werde jede Nacht allein in dem Haus sein, in dem ich aufgewachsen bin. Das Haus befindet sich auf einem riesigen Grundstück und ist monatelang eingeschneit. Es wird ein langer, einsamer Winter werden, einer der Winter, von denen ich viele nach dem Tod meiner Mutter erlebt habe … Es wird sein, als wäre ich nie nach New York gegangen.

Ein gestresst wirkender Typ – einer der Studenten, die diese Studie durchführen, nehme ich an – kommt nun aus dem Gebäude und verteilt Kopien. Es ist eine Art Einwilligungserklärung, mit der man der Forschungsgruppe das Recht einräumt, dass sie alles, was man sagt, für ihre Arbeit oder für was auch immer verwenden darf. Ich unterschreibe und gebe das Blatt zurück.

Dann warten wir weitere zwanzig Minuten, die meisten schlagen die Zeit mit ihren Smartphones tot. Wie haben die Menschen sich die Zeit vertrieben, bevor es Facebook und Instagram auf dem Handy gab? Und wie haben die Leute es vor dem Handyzeitalter überhaupt geschafft, sich zu treffen? Was haben sie gemacht, wenn einer sich verspätete oder im Stau festsaß oder den Treffpunkt vergessen hatte? Es muss ein Albtraum gewesen sein.

Joe hat mir nicht geschrieben.

Joe wird mir nie wieder schreiben.

Hör auf, Coco. Du kannst nichts dagegen machen.

Gleich darauf erscheint Samantha mit einem Klemmbrett. Sie sieht mich nicht.

»Okay! Danke, dass Sie alle heute gekommen sind!«, sagt sie. »Wenn ich gleich Ihren Namen aufrufe, treten Sie bitte vor. Wenn ich Ihren Namen nicht aufrufe, können Sie sich gern im nächsten Jahr wieder bewerben. Gut, fangen wir an. Abbott!« Ich blicke mich um, und ein junger Mann mit einem riesigen Kopfhörer um den Hals tritt hervor. »Amies!«

Was?

Topher kommt von der anderen Straßenseite herüber. Er schlendert auf den Eingang zu, und ich sehe, dass ein paar Frauen sich nach ihm umdrehen, wie das jeder von uns macht, wenn ein schöner Mensch unseren Weg kreuzt. Um ehrlich zu sein, aus irgendeinem Grund finde ich Topher heute nicht schön. Er sieht irgendwie … leer aus.

Schließlich kommt Samantha zu den Namen, die mit R beginnen, und tatsächlich ruft sie kurz darauf: »Russotti!«

Ich bewege mich langsam in Richtung Eingang und sehe, dass nur noch direkt neben Topher ein Platz für mich frei ist.

Wie soll ich ihm begegnen? Ich meine, vor nicht allzu langer Zeit haben wir uns praktisch täglich gesehen. Wir waren ständig in Kontakt, und nun sind wir wieder Fremde. Topher hat auf meine peinlichen SMS nie geantwortet und sich auch nicht mehr gemeldet. Er ist einfach abgetaucht. Es scheint ewig her zu sein.

»Coco! Alter!« Topher drückt mich fest an sich. »Wie geht's dir?«

Ich bin im ersten Moment verblüfft, dann erwidere ich seine Umarmung. »Gut! Wie geht's dir?«

»Bestens.« Er lässt ein lässiges Lächeln aufblitzen, seine Zähne heben sich strahlend weiß von seiner Sommerbräune ab. »Ich hab für meine Hausarbeit eine Eins bekommen. Noch mal danke für deine Unterstützung.«

»Klar.«

Meine Unterstützung. Ich habe das verdammte Ding geschrieben. Und Topher hat mir versprochen, mich zum Essen einzuladen, als Dankeschön, ohne sein Versprechen jemals einzulösen. Der Blödmann.

»Maggie und ich urlauben in Amagansett. Mann, ich liebe die Hamptons, du nicht auch? Trotzdem konnte ich die Gelegenheit nicht verstreichen lassen, einfache hundert Dollar zu verdienen. Außerdem, Maggies Chef hat einen Heli, und Maggie ist heute Morgen ohnehin in die Stadt geflogen auf einen Abstecher ins Russ & Daughters Cafe, also dachte ich mir, warum komme ich nicht einfach mit?«

Topher beginnt, von seinem Flug mit dem Hubschrauber zu erzählen, und ich schalte ab, eine Taktik, denke ich plötzlich, die ich oft angewendet habe, als wir noch Freunde waren. Topher hat immer viel geredet, und ich habe mich in Gedanken lieber mit der Faszination beschäftigt, die er auf mich ausgeübt hat, als ihm zuzuhören.

Oder vielleicht waren wir keine Freunde.

Wir können keine Freunde gewesen sein. Weil Topher nichts an mir liegt. Ich meine, er ist höflich, er lächelt und sagt danke und bitte. Aber er interessiert sich nicht wirklich für jemanden, außer für sich selbst. Das ist wahrscheinlich die Eigenschaft, die ihn an der Highschool so beliebt gemacht hat.

Ich erkenne das nun. Topher hat mich nur in seine Seminare eingeladen, weil er wusste, dass ich für ihn mitschreiben würde, wenn er Besseres zu tun hatte. Beziehungsweise dass ich sogar seine Hausarbeit schreiben würde.

Wie konnte ich je das Gefühl haben, ihn zu mögen?

Und dann wird mir bewusst: Ich habe nie das Gefühl gehabt.

Ich mochte die Vorstellung, dass der frühere Held unserer Schule etwas in mir sah, das allen anderen damals entgangen war, die Vorstellung, dass Tophers Freundschaft meine ganzen Teenagerjahre, in denen ich mich ungeliebt, einsam und verloren gefühlt hatte, ungeschehen machen könnte. Wenn ein Kerl, der so cool und beliebt war wie Topher, mich leiden konnte, spielte es keine Rolle mehr, dass Eric mich wie Dreck behandelt hatte und ich mich selbst nicht mochte.

Aber nichts und niemand kann die Vergangenheit ändern.

Und es spielt auch keine Rolle.

Ich lächle zum ersten Mal, seit ich Joes Apartment verlassen habe.

»Coco Russotti!«

Eine große junge Frau mit langen roten Haaren ruft meinen Namen auf. Ich trete rasch zu ihr.

»Kommen Sie mit.«

Ich werfe einen letzten Blick zurück zu Topher. »Bis dann.«

Kapitel 31

Ich bin irgendwo tief im Innern eines alten Universitätsgebäudes in einem langen Raum, der mit seltsamen provisorischen Wänden in mehrere Büros unterteilt wurde. Alles wirkt alt, verstaubt, vergessen. Die Trennwände sind so dünn, dass ich das Stimmengemurmel aus den Nachbarkabinen hören kann.

Jessie, die rothaarige Studentin, richtet die Videokamera aus.

»Okeydokey!«, sagt sie dann. »Als Erstes machen wir einen Myers-Briggs, das ist ein einfacher psychometrischer Test. Sie haben wahrscheinlich schon davon gehört.«

»Klar.« Was?

»Damit wollen wir herausfinden, wie Millennials sich auf die klassischen Persönlichkeitstypen verteilen, ob es sich identisch verhält mit älteren Generationen, also namentlich mit der Generation X und den Babyboomern«, erklärt sie mir. »Nach dieser Erstbefragung werden wir zehn Teilnehmer auswählen, die wir dann intensiver interviewen. Zunächst werde ich Ihnen allerdings verschiedene Aussagen vorlesen, und Sie antworten mit Ja, wenn Sie der Aussage zustimmen, und mit Nein, wenn Sie ihr nicht zustimmen. Alles klar?«

»Ich denke, ich habe das Konzept verstanden«, sage ich.

Jessie lächelt nicht. »Okay, fangen wir an. Sie kommen fast immer pünktlich zu Ihren Terminen.«

»Äh … richtig. Ich meine, ja«, sage ich. »Sorry.«

»Anscheinend haben Sie das Konzept doch nicht so gut verstanden, wie Sie dachten«, bemerkt Jessie. Meine Augen werden schmal. Zimtzicke. »Sie arbeiten gern in einem aktiven und temporeichen Umfeld.«

»Äh …« Ich überlege kurz.

Arbeite ich gern in einem temporeichen Umfeld? Ich weiß nicht. Meine Lieblingszeiten in der Vorschule waren die Lesestunden, wenn es ruhig und gemütlich zuging, aber das mag daran liegen, dass Miss Audrey mich in diesen Stunden nicht schikanieren konnte.

Und in der Destille habe ich am liebsten gearbeitet, wenn wenig los war, weil Joe und ich dann den ganzen Abend quatschen und herumalbern und lachen konnten. O Gott, Joe …

Plötzlich bildet sich in meiner Kehle ein dicker, schmerzhafter Kloß.

Warum sollte ich wegen Joe weinen? Ich bin diejenige, die Schluss gemacht hat.

Ich verdränge Joe rasch wieder aus meinem Kopf. Ich glaube nicht, dass Erzieherin jemals der richtige Beruf für mich war, folglich habe ich die stressigen Zeiten natürlich nicht genossen. Und vielleicht war die Arbeit hinter der Theke auch nicht das Richtige für mich. Nur woher soll ich wissen, ob ich gern in einem aktiven Umfeld arbeite, wenn ich diesen sagenhaften Traumberuf erst einmal finden muss? Woher soll ich das wissen?

Jessie starrt mich an, während sie wartet. »Ein einfaches Ja oder Nein genügt.«

»Nein«, sage ich schließlich.

»Sie genießen es, einen großen Bekanntenkreis zu haben.«

»Nein«, sage ich. »Ich bin lieber in meinem engsten Freundeskreis.«

Obwohl zwischen mir und meinen Freundinnen gerade Funkstille herrscht, vermisse ich sie. Ich frage mich, wie es ihnen wohl geht. Hoffentlich arbeitet Julia nicht wieder bis zur Erschöpfung; sie kann noch so wütend auf mich sein, ich wünsche mir einfach, dass sie gesund und glücklich ist. Und ich hoffe, Madeleine kann mir verzeihen, dass ich sie ohne ihr Einverständnis geoutet habe.

»Coco!«, fährt Jessie mich an.

»Sorry! Was? Ich meine, wie bitte?«

»Sie fühlen sich angesprochen, wenn Sie sich TV-Serien anschauen.«

»Sie meinen emotional angesprochen? Ja«, sage ich. »Absolut. Sehr stark angesprochen. Auch bei Reality-Shows.«

Jessie ignoriert meine Kommentare und stellt weitere Fragen. Und noch mehr. Und noch mehr.

Und dann sind wir endlich fertig.

Ich bin richtig erschöpft davon, so viel über mich selbst nachzudenken.

»Okay, Sie sind der sogenannte ISFJ-Typ«, sagt Jessie, ohne dass sie sich die Mühe macht, mich anzusehen. »Dieser Persönlichkeitstyp ist ziemlich gängig, circa zwölf Prozent der Bevölkerung sind ein ISFJ. Charakteristisch für den ISFJ ist, dass er hilfsbereit und fürsorglich ist, dass er Beziehungen wertschätzt und die Harmonie in seinen Beziehungen.«

Nicht in letzter Zeit, denke ich.

»Der ISFJ kann gut Informationen speichern, er ist fantasiebegabt, zuverlässig, geduldig, freundlich, rücksichtsvoll, bescheiden, anständig, hilfsbereit, traditionsverbunden …« Jessie listet die Eigenschaften auf, als wäre ich der langweiligste Mensch auf der Welt. »Und die Familie steht bei ihm grundsätzlich an erster Stelle. Er ist derjenige, der sich um andere kümmert. Wir nennen diesen Typ den Fürsorger.«

»*Fürsorger*? Wollen Sie mich auf den Arm nehmen?«

Jessie hebt überrascht den Kopf. »Was?«

Ich kann nicht einmal antworten.

Ich habe den ganzen Sommer versucht, wild zu sein. Ich habe versucht, eine andere zu sein, eine, die eine lockere Affäre hat und sich betrinkt und auf Theken tanzt und Bildung stiehlt.

Und trotzdem bin ich immer noch dieselbe.

Ich bin der beschissene *Fürsorger*. Das brave Mädchen.

Jessie redet bereits weiter. »… und was möchten Sie aus Ihrem Leben machen?«

»Äh …« Ich zögere kurz. »Warum fragen Sie mich das? Ich weiß es nicht. Ich, tja, ich weiß es einfach noch nicht.«

»Nun«, sagt Jessie, »ich kann Ihnen sagen, wo Ihre Stärken liegen. Als Fürsorger ist Ihre soziale Kompetenz …«

»Bilden Sie sich nicht ein, mich zu kennen!«, unterbreche ich sie schroff. »Verdammte Scheiße, ich bin es leid, dass andere mir sagen, wie ich bin und was ich tun soll.«

»Es besteht kein Grund, ausfallend zu werden.«

»Was sagt diese Liste aus? Welche Berufe für meinen Persönlichkeitstyp infrage kommen? Lehrerin? Bibliothekarin? Sozialarbeiterin?«

Die Berufe, die mein Vater und meine Schwester mir erlaubt haben. Im wörtlichen Sinn. *Erlaubt*.

Weil ich so dumm bin, dass ich *unmöglich* für mich selbst entscheiden konnte. Wer bekommt gesagt, was er mit seinem Leben anfangen darf? Wer setzt anderen solche Grenzen? Das ist verrückt!

»Ehrlich gesagt, ja …«

»Fahren Sie zur Hölle!« Ich brülle nun. »Sie werden nicht über mein Leben bestimmen! Sie kennen mich nicht! Ich kenne mich nicht einmal selbst! Für wen zum Teufel halten …«

Plötzlich fliegt die Bürotür auf, und Samantha steht im Raum. »Coco! Was ist hier los? Jeder kann Sie hören!«

Jessie springt auf und klappt ihren Laptop zu. »Sie ist ausgeflippt, bevor wir mit der ersten Fragerunde durch waren. Ich bin weg.«

Sie stolziert hinaus und knallt die Tür hinter sich zu.

Samantha und ich sehen uns an.

»Möchten Sie darüber reden?«, fragt Samantha sanft.

Und obwohl es das Letzte ist, was ich will, breche ich unvermittelt in Tränen aus.

»Ich … ich weiß es einfach immer noch nicht«, sage ich zum x-ten Mal, nachdem ich Samantha alles erzählt habe. »Ich habe keine Ahnung. Ich weiß nicht, was ich will, ich weiß es einfach nicht …«

»Ist schon okay«, sagt Samantha, auch zum x-ten Mal.

»Ich habe allen gesagt, dass ich nach Rochester zurückgehe und mich wieder in einer Vorschule bewerben werde. Aber das will ich gar nicht. Das will ich auf keinen Fall. Gleichzeitig weiß ich nicht, was ich will …«

»Das ist auch okay«, sagt Samantha.

»Nein, es ist nicht okay«, erwidere ich. »Die anderen wissen alle, was sie wollen. Meine Schwester wusste praktisch von Geburt an, dass sie Investmentbankerin werden wollte. Meine Mitbewohnerin Madeleine möchte eine Buchhalterin sein und eine Sängerin, und ich denke, sie möchte vielleicht auch eine Lesbe sein …«

»Okay …« Samantha wirkt verwirrt.

»Und meine Freundin Pia? Sie hat ihren Job verloren, aber sie hat nur ein paar Wochen gebraucht, um herauszufinden, was sie gut kann. Und selbst wenn sie damit wieder aufhört, braucht sie sich keine Sorgen zu machen. Pia ist einfach jemand, dem immer etwas einfällt. Und Angie wollte unbedingt in der Modebranche arbeiten, und sie hat ihren Traum wahrgemacht. Für die anderen ist es so einfach.«

»Denken Sie, die anderen würden das auch von sich selbst sagen?«, fragt Samantha. »Coco, Sie wissen nicht, wie es ist, in ihren Schuhen zu stecken.«

»Sie haben alle … ihr eigenes Ding. Ihre Begabung. Und ich nicht. Ich habe nichts. Außer dass ich verdammt noch mal weiß, wie man anderen *hilft*.« Ich spucke die Worte förmlich aus. »Ich bin *erbärmlich*.«

»Das sind Sie nicht«, sagt Samantha. »Sie sind nur gerade dabei herauszufinden, was Sie wollen.«

»Was, wenn ich es nie herausfinde?«, sage ich. »Ich bin einundzwanzig. Ich sollte es inzwischen wissen.«

»Nein, von sollen kann keine Rede sein«, widerspricht

Samantha wieder. »Und Ihre Schwester und Ihre Freundinnen sind wie alt? Zweiundzwanzig, dreiundzwanzig? In dem Alter *denkt* man vielleicht, man weiß, was man will, man weiß es jedoch noch nicht, nicht wirklich. Ein paar Jahre mehr, ein paar Abenteuer mehr, und man entdeckt neue Talente und Leidenschaften an sich. Das Leben steckt voller Überraschungen.«

»Aber die anderen sind so gut in ihren Jobs …«

»Sicher, das bedeutet allerdings nicht, dass das für sie bereits das Ende der Fahnenstange ist. Können Sie sich vorstellen, wie langweilig unser Leben sein würde, wenn wir alle mit einundzwanzig unser Schicksal kennen würden? Es dauert Jahre, um herauszufinden, was man wirklich will. Tatsächlich ist das Herausfinden der beste Part. Sie sollten ihn genießen, Coco. Diese Phase, in der Sie sich jetzt befinden, ganz am Anfang Ihres Erwachsenenlebens – die macht Spaß.«

»*Spaß?*« Ich lache erstickt. »Es ist die Hölle!«

»Es ist nicht die Hölle, es ist eine Welt voller Möglichkeiten. Wissen Sie, was die Hölle ist? Überhaupt keine Wahl zu haben.« Ich denke kurz über Samanthas Worte nach. Sie hat recht. Als ich mich in dem Job in der Vorschule gefangen fühlte, in einem Leben, das nicht zu mir passte, das war die Hölle. »Sie brauchen sich nicht zu beeilen«, fährt Samantha behutsam fort. »Wissen Sie, die Frauen Ihrer Generation erleben ein unglaublich hohes Maß an Stress und Angst. Sie spüren einen wahnsinnigen Erfolgsdruck, ohne zu wissen, was Erfolg überhaupt für sie persönlich bedeutet … Und um es noch schlimmer zu machen, haben Sie ständig Zugriff auf eine Flut von Informationen, wissen Sie? Das Internet und die sozialen

Medien bewirken, dass Sie überinformiert, überkonzentriert und überfordert sind, um Ihre Ziele zu erreichen. Und es ist nicht einfach, seine Ziele zu erreichen. Es ist nicht einmal einfach, seine Ziele festzulegen.«

»Genau«, sage ich. »Genau so geht es mir gerade.«

»Das ist in Ordnung«, erwidert sie sanft. »Es sollte nicht einfach sein. Es ist zu wichtig.«

»Aber wo fange ich an? Wie finde ich das Richtige heraus? Was, wenn ich die falsche Entscheidung treffe?«

»Sie können keine falsche Entscheidung treffen, weil das alles Teil Ihrer Reise ist. Sie gewinnen Perspektive, Erfahrung, Wissen … Alles, was Sie tun, formt Ihre Persönlichkeit. Dies hier ist das einzige Leben, das Sie jemals haben werden, Coco. Niemand außer Ihnen kann entscheiden, was Sie daraus machen, niemand außer Ihnen kann dafür sorgen, dass Sie zufrieden sind. Es liegt bei Ihnen selbst.« Sie unterbricht sich kurz und mustert mich. »Wollen Sie wissen, was mein Onkel Vic mir empfohlen hat, als ich in Ihrem Alter war und versucht habe herauszufinden, was ich aus meinem Leben machen soll?«

»Ja«, sage ich. »Bitte.«

Samantha lächelt. »Er sagte: Überleg dir einfach, was du aufrichtig liebst. Was dich zum Lächeln bringt. Und dann … wird alles ganz einfach sein.«

Kapitel 32

Ich verlasse das Gebäude, während Samanthas Worte in meinem Kopf widerhallen.

Überleg dir einfach, was du aufrichtig liebst …

Für einen verrückten, irrationalen Augenblick muss ich an Joe denken. Prompt übermannt mich wieder dieses Gefühl von Schuld und Traurigkeit, und noch etwas, etwas Größeres und Bedeutsameres, ein Gefühl, das ich vorher nicht zugelassen habe … Ich verdränge diese Gedanken rasch wieder. Joe und ich sind Vergangenheit. Als Freunde und als … was immer wir sonst noch waren. Er hält mich für ein Miststück. Und er hat wahrscheinlich recht.

Dann denke ich an Bücher. An die Sommerkurse mit Topher und daran, wie es mir an jenem ersten Tag in Frau Professor Guffeys Vorlesung erging. Daran, wie viel Spaß es mir gemacht hat, Tophers Hausarbeit zu schreiben. Wie gut es sich angefühlt hat, meine Gedanken in Worte zu fassen. Eine Stimme zu haben. Das habe ich aufrichtig geliebt.

Und plötzlich wird mir bewusst: Das war das, was mir jeden Tag Schmetterlinge im Bauch verursacht hat. Das war das, was ich aufregender fand als alles, was ich jemals erlebt hatte. Es war gar nicht Topher. Es war das College.

Und nun weiß ich, was ich zu tun habe.

Ich mache mich schnurstracks auf den Weg nach Greenwich Village, um die einzige Person zu suchen, die mich vielleicht versteht.

Frau Professor Guffey.

Eine Stunde später klopfe ich zögernd an ihre Bürotür. Als die Literaturprofessorin die Tür öffnet und mich sieht, lächelt sie.

»Coco, ich habe gehofft, Sie wiedersehen. Kommen Sie herein.«

Sie schließt die Tür hinter uns und sieht mich dann fragend an. Ihre Augen leuchten so intensiv, dass es mir schwerfällt, ihren Blick zu erwidern.

Ich hole tief Luft.

»Ich bin gar keine Studentin.« Professorin Guffey sagt nichts. »Es tut mir leid, dass ich gelogen habe. Ich meine, ich habe nicht wirklich gelogen, schließlich hat mich nie jemand gefragt, aber ich habe Ihre Vorlesung illegal besucht. Wahrscheinlich, weil ich einfach … Wissen Sie, ich fand Ihren Kurs so spannend und …« Ich verstumme. Wird sie mich jetzt rauswerfen? Mich verhaften lassen?

»Ich weiß. Ich habe es gleich vermutet.«

Ich bin so verblüfft, dass ich nicht weiß, was ich sagen soll. Die Professorin geht hinter ihren Schreibtisch, um sich zu setzen, sie bedeutet mir, auf dem abgewetzten Besucherstuhl Platz zu nehmen.

»Wirklich? Warum?«, bringe ich schließlich krächzend heraus.

Die Professorin seufzt. »Ich weiß es nicht, Coco. Nennen wir es dreißig Jahre in den Schützengräben. Ich habe es einfach geahnt. Sie waren noch so unerfahren, so lernbegierig … Sie haben nicht reingepasst.« Mein Gesicht wird lang. Ich war nicht so cool und so smart wie die anderen Studenten. Das meint sie damit. Ich habe gewirkt wie eine Dumpfbacke, die Bildung klauen will. »Ich meine, Sie haben die anderen in der Klasse ausgestochen«, verbessert sie sich rasch. »Sie haben aufmerksam zugehört, sich Gedanken zu den Büchern gemacht, sich aktiv an der Diskussion beteiligt. Es war, als würde ein Scheinwerfer von oben auf Sie herunterstrahlen. In den Sommerkursen trifft man normalerweise nicht sehr viele Studenten wie Sie an.«

»Oh«, sage ich.

»Dann habe ich Sie nach Ihren Namen gefragt«, fährt die Professorin fort, »und ich wusste, dass auf meiner Teilnehmerliste keine Coco stand. Meine Mutter hieß auch Coco. Ich hätte mich an den Namen erinnert.«

»Oh«, sage ich wieder. »Es tut mir leid, dass ich Sie getäuscht habe.«

Professorin Guffey lächelt. »Machen Sie sich darüber keine Gedanken. Ich fand es schön, dass jemand so viel Begeisterung für meine Vorlesung aufbringt, dass er sich als Student ausgibt.« Ich grinse. »Also, was führt Sie zu mir?«

»Ich habe Ihre Vorlesungen geliebt. Zum ersten Mal in meinem Leben hatte ich das Gefühl, das zu tun, wofür ich bestimmt bin. Und ich möchte … ich möchte gern an der NYU studieren. Ich möchte Literaturwissenschaften studieren. Ich weiß nicht, ob das überhaupt geht, aber ich bin hier, weil ich hoffe, Sie können mir helfen …« Während die Worte nur so aus meinem Mund purzeln, wird mir bewusst, wie dumm das alles klingen muss.

»Nun, eins nach dem anderen, Coco. Können Sie sich denn ein Studium leisten?«

»Ich habe einen privaten Studienfonds«, sage ich. »Ich weiß nicht, ob das Geld reicht, doch ich bin mir sicher, dass ich über die Runden kommen werde. Notfalls gehe ich nebenher kellnern … Das Problem sind nicht die Studiengebühren, sondern meine Noten. Sie sind nicht gut genug. Und ist es nicht ohnehin bereits zu spät? Verschwende ich meine Zeit, wenn ich mir darüber Gedanken mache?«

»Für eine Zulassung an der NYU sind nicht nur gute Noten entscheidend, Coco … Sie können den Eignungstest wiederholen und sich mit besseren Noten bewerben. Sie können Ihre ACP-Noten einreichen oder sich ein Empfehlungsschreiben von Ihrer letzten Schule besorgen. Vor allem jedoch geht es um den Essay, in dem Sie die Beweggründe für Ihre Bewerbung darstellen. Ich denke, damit werden Sie sicher keine Probleme haben, oder?«

Ich kaue nachdenklich auf meiner Unterlippe. »Wirklich? Es ist noch nicht zu spät?«

»Wir haben Ende August, das ist zwar spät für eine Bewerbung, aber nicht zu spät. Es gibt immer kurzfristige Möglichkeiten im Zulassungsverfahren, wenn man weiß, an wen man sich wenden muss. Ich kann Ihnen helfen, alle nötigen Unterlagen auszufüllen und mit den richtigen Leuten zu sprechen.«

Das habe ich nicht erwartet. Ich habe ein Nein erwartet.

»Coco, wenn Sie etwas wirklich wollen, können Sie es auch wahrmachen. So einfach ist das.«

»Warum sind Sie so nett zu mir?«, frage ich mit erstickter Stimme.

»Weil … weil Sie mich an mich selbst erinnern, als ich damals auf dem College anfing.« Ihr Gesicht wird weich. »Sie sind einfach gerade im Begriff aufzuwachen.«

»Ich möchte wieder aufs College gehen«, sage ich entschieden. »Ich möchte an der NYU studieren. Und ich werde alles tun, was nötig ist, um diesen Wunsch wahrzumachen.«

Kapitel 33

Auf dem Weg von der Subway zur Union Street sehe ich, dass ich einen Anruf von meinem Vater verpasst habe. Seufzend wähle ich seine Nummer. Ich muss ihm sagen, dass ich es mir anders überlegt habe.

»Hi, Daddy, sorry, dass ich mich jetzt erst melde …«

»Gut.« Mein Vater ist bei der Arbeit, er spricht in seinem dominanten Geschäftston. »Also, du landest morgen Mittag am Flughafen. Ich komme dich abholen, und für das Abendessen besorgen wir uns Pizza.«

»Äh …«

»Ich kann es kaum erwarten, dich zu sehen, meine Kleine. Ich wusste schon immer, dass du für New York nicht gemacht bist. Du wirst dich besser fühlen, sobald du wieder zu Hause bist.«

»Ich, äh …« Ich hole tief Luft. »Ich habe es mir anders überlegt. Ich möchte hierbleiben. Und ich möchte mich an der NYU bewerben.«

Ich erzähle ihm von Samantha und von der Professorin und davon, dass ich weiß, dass ich einfach *weiß*, dass ich Literatur studieren sollte. Ich erreiche unser Haus und setze mich auf die Vordertreppe, und ich versuche, meinem Vater zu erklären, wie lebensverändernd mein Sommer gewesen ist.

Am anderen Ende der Leitung herrscht Schweigen.

»Was, wenn du dich irrst, Schätzchen?«, fragt Dad schließlich leise. »Was, wenn dich das Studium nicht glücklich macht? Was dann?«

»Dann … werde ich mir etwas einfallen lassen«, sage ich. Wieder bleibt es auf der anderen Seite still. Mein Vater glaubt nicht an mich. Aber vielleicht ist das okay. Ich glaube nämlich an mich selbst. »Hey, Daddy?«

»Ja?«

»Was macht dich glücklich?«

»Mich?« Mein Vater überlegt kurz. »Golf. Wein. Zu wissen, dass es dir und deiner Schwester gut geht. Vor allem dir, schätze ich, du warst noch so jung, als Mom …« Er verstummt kurz, dann räuspert er sich. »Das Einzige, was mich wirklich glücklich macht, ist zu wissen, dass es nichts gibt, worüber du dir Sorgen machen musst, beziehungsweise wovor du Angst haben musst, nach allem, was du durchgemacht hast.«

»Ich werde hier gut aufgehoben sein, Daddy«, sage ich. »Versprochen.«

»Gut. Nun, ich denke, ich muss einfach darauf vertrauen, dass du recht hast«, sagt er. »Weißt du, Coco … du klingst anders. Du klingst erwachsen.«

Ich lächle. »Ich bin erwachsen.«

Nachdem wir aufgelegt haben, hallen die Worte meines Vaters über seine Vorstellung von Glück in meinem Kopf wider. Das ist der Grund, warum er mir immer gesagt hat, was ich tun soll.

Mein Vater hält mich nicht für dumm. Er wollte mich immer nur beschützen. Ich war noch ein Kind, als meine Mutter starb, ein verträumtes, lesewütiges, zartbesaitetes kleines Mädchen. Dad wollte verhindern, dass ich jemals wieder verletzt werde. Deshalb hat er mich immer wie ein Baby behandelt. Für ihn war ich noch ein Baby.

Und das Erschreckende ist: Bis vor Kurzem hat mir das gefallen. Es ist schön, wenn man jemanden hat, der auf einen aufpasst.

Nur ist es viel, viel schöner, selbst auf sich aufzupassen.

»Alles in Ordnung, mein Mädchen?«

Ich stehe auf und sehe Vic, der draußen auf dem Stuhl neben seiner Haustür sitzt.

»Du hast das ganze Gespräch eben mitgehört, oder?«, frage ich grinsend.

Vic schmunzelt. »Wenn du Privatsphäre willst, meine Kleine, dann telefonier nicht auf der Vordertreppe.« Er hebt lächelnd den Kopf. »Das hörte sich an, als hättest du herausgefunden, was du mit deinem Leben anfangen willst.«

»Ich weiß immer noch nicht, was ich mit meinem gesamten Leben anfangen will«, sage ich. »Das ist jedoch okay, weil ich weiß, was ich als Nächstes tun werde. Alles andere wird sich nach und nach ergeben.«

Vic nickt. »Das klingt wie ein Plan.«

»Und Vic, nur damit du es weißt: Ich mag mich inzwischen. Zum ersten Mal in meinem ganzen Leben gefällt es mir, ich zu sein.«

»Jetzt klingst du schon wie ich. Als Nächstes wirst du von den Menschen in deinem Leben anfangen, die du liebst. Dass du nur wirklich glücklich sein kannst, wenn sie glücklich sind.«

Wieder kommt mir blitzartig Joe in den Sinn. Aber …

Bevor ich meinen Gedanken beenden kann, kommt

Angie aus dem Haus gestürmt und knallt die Tür hinter sich zu. Es ist das erste Mal seit fast zwei Wochen, seit diesem schrecklichen Streit mit Julia, dass wir uns begegnen. Sollte sie nicht auf der Arbeit sein?

»Hi, Vic! Oh, Coco, dem Himmel sei Dank! Ich brauche dich ganz dringend. Kannst du mir helfen?«

»Klar!«, antworte ich.

»Wir fahren nach Tribeca«, sagt sie. »Ich erklär dir alles auf dem Weg.«

Kapitel 34

Die Erinnerung an die Szene mit Joe heute Morgen sitzt wie ein großer Bluterguss in meiner Seele. Wenn ich draufdrücke, tut es weh.

Ist das nur mein schlechtes Gewissen? Ich habe jemanden verletzt, der mir unheimlich wichtig war, der mich besser kennt als jeder andere, der zu meinem besten Freund geworden ist. Was hätte ich denn sonst tun sollen? Ich musste ihm die Wahrheit sagen.

Genau das muss ich mir einfach immer wieder einreden, jedes Mal, wenn ich glaube, dass ich gleich in Tränen ausbrechen werde.

»Ist alles gut mit dir?«, fragt Angie, als wir in die Bahn einsteigen. Angie sprüht geradezu vor Begeisterung, aber sie hat mir noch nicht erklärt, warum. »Coco? Fehlt dir was?«

»Ja … Nein … Sorry«, sage ich und schüttele den Kopf, um meine Gedanken zu vertreiben. »Ich bin okay. Was haben wir beide jetzt vor?«

»Sam kommt heute nach Hause.« Angie ist so happy, dass ihre Stimme versagt. Sie räuspert sich und fährt dann fort. »Er wird heute Nachmittag ankommen. Die Überfahrt hat wohl so gut geklappt, dass sie zwei Tage eingespart haben. Ich habe es gerade erst erfahren. Wir beide werden Sam einen schönen Empfang bereiten.

Zuerst machen wir allerdings einen Abstecher zum West Broadway, in den Balloon Saloon. Ich habe nämlich einen Plan.«

Angies Plan beinhaltet offenbar ein Dutzend runde rote Heliumballons, die jeweils einen Durchmesser von anderthalb Meter haben. Der Verkäufer muss uns durch den Hinterhof hinausführen, weil die Ballons zu groß sind, um durch die Vordertür zu passen. Danach gehen wir in der glühend heißen Sonne den West Broadway entlang, jede mit einem Strauß aus sechs riesigen roten Ballons. Autofahrer hupen fröhlich, Kinder kreischen vor Begeisterung, ein kleiner Hund dreht durch und bellt uns hysterisch an.

»Gott, ich liebe Aufmerksamkeit«, sagt Angie.

Ich lache. »Man könnte meinen, die haben alle noch nie zwei erwachsene Frauen gesehen, die rote Riesenballons mit sich herumtragen.« Ich unterbreche mich kurz und sehe sie an. »Warum zum Teufel tragen wir eigentlich rote Riesenballons mit uns herum?«

»Na ja«, erwidert Angie, »Sam hat mir gesagt, dass er, wenn er sich seine Rückkehr nach New York ausmalt, immer den Moment vor Augen hat, an dem er den Hudson River erreicht und dem Hafen entgegensieht, während er nach mir Ausschau hält, und dass ihn diese Vorstellung stresst, weil es schwierig ist, jemanden zu erkennen, wenn man noch zu weit weg ist, und so die Möglichkeit besteht, dass man der falschen Person entgegenstarrt … Also dachte ich mir, mit den Ballons sieht er sofort, wo ich bin.«

»Wow. Das ist total romantisch.«

»Findest du es nicht doof?« Angie wirkt unsicher, ein

ungewohnter Anblick. »Sei ehrlich. Ich kann es verkraften.«

Ich schüttle den Kopf. »Es ist perfekt.«

Als wir mit unseren Riesenballons an einer Straßenkreuzung stehen bleiben, sieht Angie mich wieder an. »Bist du wirklich sicher, dass dir nichts fehlt?«

Ich hole tief Luft. »Nun ja, ich denke, ich werde doch in Brooklyn bleiben.«

»Hurra!« Angie umarmt mich, und unsere Ballons stoßen in der Luft zusammen.

»Und ich werde an der NYU studieren. Dieses Mal offiziell, ohne zu schummeln.«

»Fuck.« Angie grinst. »Und warum machst du dann einen so verdammt unglücklichen Eindruck?«

»Ich hab mit Joe Schluss gemacht«, sage ich. »Weißt du noch, als du gesagt hast, dass eine Freundschaft Plus okay ist, solange beide nicht mehr wollen? Tja, er wollte mehr.«

»Und du nicht?«, sagt Angie. »Das ist seltsam.«

»Warum?«

»Wir hatten alle den Eindruck, dass zwischen Joe und dir eine gute Chemie besteht. Ich meine, ich weiß, Julia wollte dich mit Topher verkuppeln, aber das war klar, sie ist mit ihm befreundet. Wärst du mit Topher zusammengekommen, hätte sie für eure Beziehung verantwortlich sein können.«

Sie hat recht. Sie hat vollkommen recht. Genau wie mein Vater hat auch Julia immer versucht, mich zu beschützen. Wie sehr waren meine Entscheidungen wohl von ihr beeinflusst, obwohl ich dachte, ich würde in eigener Sache handeln?

Ich bin mir nicht einmal sicher, ob sie das mit Absicht getan hat. Ich vermute, sie hat unbewusst das Verhalten unseres Vaters imitiert und mich wie eine kleine Schwester behandelt, auf die man immer aufpassen muss. Vielleicht ist die Dynamik von Familienbeziehungen tief verwurzelt, lange bevor die Kinder sie wirklich wahrnehmen. Kein Wunder, dass Julia sich so aufgeregt hat, als ich begonnen habe, mich auszuleben. Sie ist praktisch darauf programmiert, mich zu beschützen. Das geschieht unbewusst. Es ist halt so … beziehungsweise *war* es so.

Ich bin mir sicher, es war gut gemeint. Wenn man es genauer betrachtet, ist es Tradition. Familien mussten immer ihre Töchter beschützen, denn wenn sie das nicht taten, widerfuhren den Mädchen schlimme Dinge. Das ist schon seit Jahrhunderten so. Früher hat es auch bedeutet, dass wir nicht arbeiten durften, dass wir nicht allein leben oder Grundbesitz haben durften, dass wir nichts machen durften, ohne dass jemand auf uns aufpasste, dass wir nicht für uns selbst denken durften. Wir waren klein und verletzlich und schwach.

Aber diese Zeiten sind vorbei. Ich bin stark. Und ich brauche niemanden mehr, der mir sagt, wie ich mein Leben führen soll.

Als wir den Hafen am Battery Park erreichen, ist Angie fast am Ende mit den Nerven wegen des Wiedersehens mit Sam. Sie checkt immer wieder ihr Handy, weil Sam sich noch nicht wieder gemeldet hat.

»Er müsste inzwischen hier sein«, murmelt sie, während wir an den Jachten vorbeigehen, die friedlich im Wasser schaukeln. »Ich kann sein Schiff nicht sehen. Kannst du es sehen?«

Ich schaue hinaus auf den Hudson River. Fähren und Segelboote und Touristenschiffe schippern den Fluss hoch und runter. Aber kein Sam.

Unsere Ballons sind an langen Bändern befestigt und stoßen im Wind sanft gegeneinander. Bestimmt sehen wir zum Schießen aus, als könnten wir jeden Moment vom Boden abheben. Touristen, die an uns vorbeikommen, machen Fotos von uns.

»Wo bleibt er?«, murmelt Angie wieder. »Coco, halte nach einem Speedboat Ausschau. Die *Peripety* legt auf der anderen Flussseite im Liberty Harbor von Jersey City an, weil sie repariert wird, Sam will eine Überfahrt hierher organisieren oder ein Fischerboot kapern.«

»Warum kommt er nicht einfach zu uns nach Hause?«, frage ich.

»Es war hier auf dem Pier, wo wir voneinander Abschied genommen haben«, sagt Angie. »Genau hier, exakt an dieser Stelle. Hier habe ich Sam das letzte Mal gesehen. Also werden wir uns hier auch wieder begrüßen … O Gott, wo bleibt er?«

Angie starrt so angestrengt zum Horizont und auf jedes Schiff, das in unsere Nähe kommt, dass ihr sicher schon die Augen wehtun.

»Ist er das?«, ruft sie aufgeregt, als sich ein Speedboat nähert. »Mist. Das ist er nicht.«

»Ich sehe ihn!«, rufe ich. »Oh, doch nicht, ist nur ein Fischer. Wer zum Teufel fischt im Hudson River? Kannst du dir vorstellen, wie eklig die Fische schmecken müssen?«

Angie gibt keine Antwort. Mir wird mit einem Mal bewusst, wie sehr sie Sam liebt. Wie sehr sie ihn in den letzten Monaten vermisst hat und wie schmerzhaft der Abschied von ihm gewesen sein muss.

»Wie hast du das gemacht?«, frage ich sie. »Wie hast du es geschafft, dich von Sam zu verabschieden, obwohl er wahrscheinlich hiergeblieben wäre, wenn du ihn darum gebeten hättest? Du warst frisch verliebt. Das muss echt hart gewesen sein.«

Angie richtet ihren Blick für einen Moment auf mich, und ihr Gesicht ist so ernst, wie ich es noch nie gesehen habe.

»Das war das Schwerste, was ich jemals tun musste. Aber ich wusste, dass Sam zu mir zurückkommen würde. Und ich wusste, dass er gehen musste. Wenn du jemanden liebst, möchtest du, dass der andere in jeder Hinsicht glücklich ist, selbst wenn das bedeutet, dass er dich verlassen muss, um seine Träume zu verwirklichen. Weißt du, aus diesem Grund dachten wir, dass du Joe wirklich gernhast. Du hast dir für diese Prom Night den Arsch aufgerissen, nur für Joe, richtig?«

Ich weiß überhaupt nicht, was ich sagen soll.

Sie hat recht.

Ich möchte Joe glücklich machen. Das möchte ich wirklich. Die ganze Idee mit dem Abschlussball hatte nur den Zweck, Joe glücklich zu machen. Ich habe Ian James ausfindig gemacht, nur um Joe glücklich zu machen. Aber bedeutet das …

»Da ist Sam!«, schreit Angie. Sie verschluckt sich fast an ihren Worten. »Da drüben! Ich hab ihn an seinem Kopf erkannt, ich kann ihn sehen! Er ist auf dem kleinen Speedboat!«

Wir fangen beide an zu winken und auf der Stelle zu

hüpfen, sodass die gigantische rote Ballontraube über unseren Köpfen ins Schaukeln gerät. Sam winkt zurück. Er hat unsere Ballons gesehen. Er weiß genau, wo wir sind.

Das Speedboat kommt immer näher, und Angie ist dermaßen überwältigt vor Aufregung und Vorfreude, dass ihr Tränen in den Augen stehen. Ich schiebe meine Hand in ihre, und sie umgreift sie fest.

Sam steht auf und hält sich mit einer Hand am Boot fest, während er mit der anderen wie verrückt winkt. Normalerweise sieht er immer richtig adrett aus, jetzt hat er sich einen Bart wachsen lassen. Er strahlt über das ganze Gesicht.

Das Speedboat kommt ungefähr fünfzehn Meter von uns entfernt zum Stehen, und Angie stürmt auf Sam zu. Sie lässt ihre Ballons vor Schreck los, und sie schweben in die Luft empor. Gleich darauf fällt sie Sam um den Hals, und die beiden beginnen, sich wild zu küssen.

Ich komme mir vor wie ein Störenfried und richte meinen Blick in den blauen Himmel, lasse meine Ballons auch los und beobachte, wie sie zu den anderen aufsteigen und über der Stadt davonschweben, bis sie nur noch als winzige Punkte erkennbar sind. Ein wunderschönes Bild.

Ich frage mich, wie viele Menschen in New York die Ballons wohl gerade sehen können. Ich wette, dass jeder bei ihrem Anblick lächeln muss.

Ich frage mich, ob Joe sie sehen kann. Ich hoffe es.

Und plötzlich trifft mich wie ein Schlag in die Magengrube die Erkenntnis, die alle anderen offenbar längst gewonnen haben.

Ich liebe Joe.

Kapitel 35

Auf dem Weg zur U-Bahn hole ich mein Handy aus meiner Tasche und wähle Joes Nummer. Er nimmt das Gespräch nicht an.

Und leider bezweifle ich, dass ein »Ich liebe dich, es tut mir leid, bitte, hab mich wieder lieb« die Art von Botschaft ist, die man auf eine Mailbox spricht oder als SMS verschickt.

Aber so kann ich nicht in die Destille gehen, um Joe meine Gefühle zu offenbaren und ihn um Verzeihung zu bitten, in diesem wüsten Zustand, vom Wind zerzaust und völlig durchgeschwitzt. Ich weiß, im Film machen die Figuren das so, nur das hier ist das wirkliche Leben. Wäre dies ein Film, hätte ich mich in Joe auf den ersten Blick verliebt oder bei unserem ersten Kuss oder in dem Moment, in dem er mir sagte, dass er mich liebt.

Ich habe mich damals jedoch noch nicht in ihn verliebt.

Oder vielleicht habe ich mich in ihn verliebt, und es war mir nicht bewusst.

Wie auch immer.

Wenn ich diese Sache wirklich durchziehe, muss ich dabei so gut wie möglich aussehen.

Also muss ich zuerst nach Hause fahren.

Außerdem habe ich auch noch ein paar andere Sachen

wiedergutzumachen. Ich muss unbedingt mit Madeleine reden. Und mit meiner Schwester. Sie sind genauso wichtig wie Joe.

Als ich unsere Küche betrete, treffe ich dort Julia an. Sie sitzt in ihrem Businessanzug am Küchentisch und starrt ins Leere.

Es ist Freitagnachmittag. Warum ist sie nicht auf der Arbeit?

»Ich bin gefeuert«, sagt sie, bevor ich fragen kann.

»Oh, Mist.«

»Betriebsbedingt, so die offizielle Begründung. Sie haben unsere ganze Abteilung nach Hause geschickt und noch viel mehr. Insgesamt achttausend Leute, quer durch die Bank.«

»Verdammter Kackmist«, sage ich.

Julia grinst, und ihre Augen heften sich endlich auf mich. »Es ist seltsam, dich fluchen zu hören. Aber auch irgendwie süß.«

»Es tut mir so leid. Bist du okay?«

»Ich glaube, ich stehe unter Schock. Ich meine, es geht mir gut. Wir erhalten eine saftige Abfindung, und ich bin mir sicher, dass ich bald einen anderen Job finden werde. Ich bin nur … arbeitslos.« Julias Kichern schrammt hart an der Grenze zur Hysterie. »Das war nicht Teil meines Plans.«

Ich setze mich zu ihr an den Tisch und nehme ihre Hand in meine.

»Es wird alles gut, Juju.«

»Ich weiß. Es kam nur so … unerwartet. Ich kann mit ›unerwartet‹ nicht gut umgehen.«

»Es tut mir furchtbar leid, dass ich mich nicht bei dir

gemeldet habe«, sage ich. »Ich glaube, so lange haben wir noch nie miteinander geschmollt.«

»Ich hätte dich anrufen sollen.« Julia sieht mich an, ein leises Lächeln im Gesicht. »Ich hasse es, mit dir zu streiten. Ich bin froh, dass du zurück nach Rochester gehst, ich denke, das ist ein kluger Schachzug. Es tut mir unheimlich leid, was dir mit Eric passiert ist und was du alles durchgemacht hast. Ich wünschte, ich hätte es früher gewusst, dann hätte ich für dich da sein können, ich hätte … Ich hätte dich nicht verurteilt, ich schwöre. Ich liebe dich. Und ich … ich vermisse dich.«

Ich hole tief Luft. Das wird jetzt hart.

»Julia, du und Dad, ihr habt mir immer gesagt, was ich mit meinem Leben anfangen soll.« Julia öffnet den Mund, um mich zu unterbrechen, und ich fahre eilig fort. »Nein, ich denke, ich wollte das auch, weißt du, es hat mir gefallen. Es fühlte sich sicher an. Aber ihr beide könnt nicht wissen, was für mich das Beste ist. Das kann nur ich selbst herausfinden. Das ist der Grund, aus dem ich so einen wilden Sommer hatte. Das ist der Grund, aus dem ich in der Vorschule gekündigt und mit Joe herumgeschäkert habe. Ich habe einfach … das Leben für mich selbst entdeckt.«

Julia sieht mich stirnrunzelnd an. »Was willst du mir damit sagen? Dass du nun zurück nach Rochester gehst und wieder als Erzieherin arbeitest, weil du das Leben für dich selbst entdeckt hast?«

»Nein. Ich gehe nicht zurück nach Rochester. Die Entscheidung, aus New York wegzuziehen, habe ich nur getroffen, weil ich Angst hatte. Ich dachte, in Rochester könnte ich wieder in mein altes Ich schlüpfen. Aber ich habe mich verändert, Julia.«

»Wir haben uns alle verändert«, erwidert sie. »Wir leben hier nun seit einem Jahr. Das ist eine lange Zeit.«

Ich nicke. »Und ich weiß jetzt, was ich machen möchte … Ich möchte an der NYU studieren.«

»Wow …« Julia starrt mich an. »Das ist ja ein Ding! Bist du sicher?«

Ich erzähle ihr von Frau Professor Guffey. Davon, dass ich mir sicher bin, dass meine Zukunft irgendwo anders liegt, dass ich eines Tages herausfinden werde, was ich aus meinem Leben machen möchte, aber dass ich dafür wieder aufs College gehen müsse. Ich erkläre ihr, wie ich mich gefühlt habe, wenn ich in der Vorlesung saß. Als wäre in mir ein Licht angegangen.

Julia nickt. »Ich kenne das. So habe ich mich manchmal während der Arbeit gefühlt. Als wäre es genau der Ort, wo ich hingehöre.«

»Richtig!«, sage ich.

Wir lächeln uns einen Augenblick lang an.

»Da ist noch was«, sage ich. »Ich weiß, du hältst Joe für einen Loser. Aber …« Ich hole tief Luft. »Ich liebe ihn, Julia. Ich liebe ihn wirklich. Joe ist der beste Mensch, den ich kenne. Natürlich abgesehen von dir und Maddy und Angie und Pia.«

»Ich halte Joe nicht für einen Loser«, erwidert Julia sanft. »Ich war ihm gegenüber hartherzig, weil ich nicht wollte, dass du verletzt wirst, Coco.«

»Wenn ich verletzt werde, dann ist es eben so. Ich wurde schon öfter verletzt, und ich habe es jedes Mal überlebt. Und wenn es wieder passiert, werde ich damit klarkommen. Ich bin selbst für mein Leben verantwortlich, und wenn das bedeutet, Fehler zu machen, dann ist es meine Entscheidung. Du musst aufhören, mich immer beschützen zu wollen«, sage ich so behutsam wie möglich.

»Wie bin ich bloß auf die Idee gekommen, ich könnte dich beschützen? Ich kann mich nicht einmal selbst beschützen, sonst wäre ich jetzt nicht entlassen worden«, sagt sie traurig.

Ich drücke ihre Hand.

»Dann sind du und Joe nun offiziell ein Paar?«

»Nein.« Ich beiße mir fest auf die Unterlippe, um zu verhindern, dass ich in Tränen ausbreche. »Ich habe heute Morgen mit ihm Schluss gemacht.«

»Du liebst ihn, und du hast mit ihm Schluss gemacht?« Julia zieht eine Augenbraue hoch.

»Mir war nicht klar, wie es um meine Gefühle bestellt ist, als ich … egal. Der Punkt ist, ich möchte heute Abend auf die Prom Night gehen, mich entschuldigen und hoffen, dass Joe mir verzeiht.«

»Denkst du, er verzeiht dir?«

»Das ist es ja gerade«, sage ich. »Ich weiß es nicht.«

Julia mustert mich. »Na ja, ich spiele ja nur ungern die gute Feenmutter, aber so kannst du nicht auf die Prom Night gehen.«

Ich grinse. Meine Schwester schafft es immer, mich zum Lächeln zu bringen.

Sie greift nach ihrem Handy.

»Ich mache dir rasch einen Termin beim Friseur. Und ich trommle die Mädels zusammen. Wir werden aus dir eine gottverdammte Ballkönigin machen.«

Kapitel 36

»Wow«, sagt Pia, als ich ihr Zimmer betrete. »Ich glaub nicht, was ich sehe …«

Ich trage ein silbernes Kleid, das Angie für mich aus dem Atelier organisiert hat. Sie hat es mir mit Sam vorbeigebracht, bevor die beiden wieder in seine Wohnung zurückgekehrt sind, nicht ohne mir zu versprechen, dass sie nachher in die Destille kommen würden. Ich habe Angie noch nie so glücklich erlebt. Ihr Lächeln war so breit, dass ich ihre Backenzähne sehen konnte.

Dieses Kleid hier hätte ich mir in meinen kühnsten Träumen nicht ausmalen können. Es ist eins dieser Kleider, in denen man sich schlank und hübsch fühlt, sodass man sich auch schlank und hübsch verhält. Ich trage dazu silberne Pumps von Pia, die hoch genug sind, um mich größer zu machen, aber nicht so hoch, dass ich nicht darin laufen kann.

Ich muss ständig an Joe denken.

An all die Male, an denen er lieb und hilfsbereit gewesen ist, nicht nur mir, sondern auch meinen Freundinnen gegenüber. Daran, dass er mich immer aufgemuntert hat. Daran, dass er mich ständig zum Lachen gebracht hat. Daran, wie glücklich es mich gemacht hat, ihn glücklich zu machen.

Ich habe ihn völlig falsch eingeschätzt. Ich habe ihn

für einen schlagfertigen, charmanten Aufreißer gehalten, der das wilde Spiel einer Freundschaft mit gewissen Vorzügen gewohnt war. Ich habe ihn für arrogant gehalten, nur weil er selbstbewusst und witzig war.

Ich habe die schlechteste Menschenkenntnis in der ganzen verdammten Geschichte der Welt.

Und wenn ich nun zurückblicke, erkenne ich, dass Joe tatsächlich mehr für mich übrig hatte.

Sicher, bei unserer ersten Begegnung hat er mit Angie geflirtet, aber wenn ich genauer darüber nachdenke … Von dem Moment an, als wir auf der Vordertreppe standen, wollte er nur mich. Er hat mich bestärkt, er hat an mich geglaubt. Er war lieb und einfühlsam und aufrichtig.

Und er hatte recht.

Ich bin ein Miststück.

Und nun sitze ich hier, in diesem sagenhaften silbernen Kleid, fertig frisiert, und Pia verpasst meinem Make-up den letzten Schliff, und ich breche gleich auf zur Prom Night, um Joe um Verzeihung zu bitten.

Julia hält mir eine Motivationsrede, während sie mit ihrem Laptop auf Pias Bett liegt und ihr LinkedIn-Profil aktualisiert.

»Also, du musst ihm nur in die Augen schauen und sagen: Alter, ich hab Scheiße gebaut. Mein Fehler. Ich denke, dass wir …«

»Gott, sie liebt ihre Ansprachen«, flüstert Pia, die nun als finalen Touch Highlighter auf meine Wangenknochen aufträgt.

Glücklicherweise hört Julia kurze Zeit später auf, sich mit mir zu beschäftigen. »Ich glaube, ich werde mein LinkedIn upgraden auf Premium. Denkt ihr, das lohnt sich?«

Mein Gott, ich bin so nervös.

Ich weiß, es ist unreif, und ich weiß, dass die Prom Night nicht echt ist, aber auf eine seltsame Art erinnert mich mein Nervenflattern an den Moment, als ich mich für meinen richtigen Abschlussball zurechtgemacht habe. An dieses Gefühl, dass alles möglich ist. Andererseits … Damals habe ich ein hässliches grün-schwarzes Kleid getragen, das ich mir gekauft hatte, weil es mir passte, und nicht, weil es mir gefiel. Und mein Abend hat in Tränen und Kummer geendet.

Das wird mir heute Abend nicht passieren.

Ich hoffe nur, Joe verzeiht mir.

Pia und Julia begleiten mich natürlich. Um mich zu unterstützen, doch auch Madeleine. Ian James wird heute Abend kommen, es könnte Madeleines große Chance sein, entdeckt zu werden.

»Ein kleiner Schluck zum Lockerwerden?«, fragt Pia und bietet mir ein Glas Wein an.

Ich schüttle den Kopf. »Ich muss vollkommen klar sein.«

»Ich nicht«, sagt Julia, nimmt das Glas und leert es in einem Zug. »Ich hab Peter bereits vorgewarnt, dass er mich später nach Hause tragen muss. Mehr Wein, bitte.«

Ich räuspere mich. »Also, wie wäre es, wenn ich zu Joe sagen würde: Joe, es tut mir unheimlich leid, ich liebe dich auch über alles … Nein, das ist doof.«

»Wie wäre es mit: Meine Schwester ist voll der Arsch, weil sie mein Urteilsvermögen getrübt hat?«, schlägt Julia vor.

»Jules, du bist vielleicht ein Arsch, aber du bist *unser* Arsch«, sagt Pia.

»Jules, ich kann dir nicht die Schuld geben«, sage ich. »Es war mein Fehler. Mein Leben, meine Entscheidungen, meine Fehler.«

Die Haustür fällt ins Schloss. Es ist Madeleine. Wir wechseln alle einen Blick untereinander, dann stehe ich rasch auf und laufe hinaus in die Diele.

»Maddy?«, rufe ich, gerade als sie im Begriff ist, die Treppe hochzugehen.

Sie sieht mich misstrauisch an und bleibt stehen.

»Bitte, Madeleine, hör mich an«, sage ich. »Es tut mir unheimlich leid, dass ich dein Privatleben öffentlich gemacht habe. Und es tut mir leid, dass ich so lange gebraucht habe, um mich zu entschuldigen. Ich schätze, ich hatte Angst, du würdest mich hassen, was total bescheuert ist, ich weiß, aber hey! So bin ich halt. Und … es tut mir leid. Du warst meine Freundin, und ich habe dich enttäuscht.«

Madeleine schenkt mir ein schiefes schwaches Lächeln.

»Ist schon okay.«

Wir starren uns einen Moment lang an. Soll ich sie umarmen? Madeleine steht nicht auf Umarmungen, historisch gesehen.

»Ich bin wirklich gespannt auf euren Auftritt heute Abend«, sage ich schließlich. »Ich habe gehört, dass ihr ein paar tolle neue Songs geschrieben habt. Und du wirst es nicht glauben, aber Ian James kommt.«

Madeleines Gesicht wird lang. »Wer?«

»Ian James! Du weißt doch, der große Musikproduzent!« Ich gerate kurz ins Stocken. »Hat Joe dir nichts davon gesagt?«

Madeleine sieht mich an, als hätte ich ihr gerade erzählt, dass ich jemanden umgebracht habe. »Ian James?«

»Joe hat ihn damals vor dem Ace Hotel angesprochen, und ich habe ihn kontaktiert und …«

Madeleines Blick wird plötzlich glasig, und ich sehe, wie die ganze Farbe aus ihrem Gesicht weicht. Es ist, als würde jemand einen Instagram-Filter im echten Leben anwenden. Im nächsten Moment stößt sie mich unsanft zur Seite und stürmt die Treppe hoch in Richtung Bad. Ich laufe ihr hinterher, doch bis ich das Bad erreicht habe, ist es zu spät: Sie hat sich eingeschlossen.

»Maddy?«, rufe ich. »Alles okay?« Alles, was ich hören kann, sind die Würgegeräusche von jemandem, der sich gerade übergeben muss. »Hallo?«, rufe ich. »Maddy? Mach die Tür auf. Ich kann deine Haare halten.« Es entsteht eine lange Pause. »Ich werde die Tür auftreten, wenn du nicht rauskommst!«, rufe ich.

Dann höre ich ein Lachen. Madeleine lacht so selten.

»Wirklich?«

»Das ist mein Ernst«, sage ich. »Ich habe erstaunlich viel Kraft. In meinen Beinen. Ich bin wie ein Puma.«

»Ein Puma?« Madeleine lacht wieder, und mein Bauch entspannt sich. Das Lachen ist ein gutes Zeichen.

»Bitte, komm raus, Maddy.«

Wieder entsteht eine Pause, dann höre ich, dass die Tür entriegelt wird, und Madeleine kommt aus dem Bad. Sie ist sehr blass, beinahe durchsichtig. Sie lehnt sich mit dem Rücken an die Wand und lässt sich auf den Boden gleiten. Sie sieht so erschöpft aus, dass ich mich plötzlich auch müde fühle und mich direkt neben sie auf den Boden gleiten lasse, in meinem Ballkleid.

»Scheiße, Coco«, flüstert Madeleine. »Ich glaube nicht, dass ich das packe. Ich bin total nervös und aufgedreht, und mir ist schlecht, mein Magen tut weh …«

»Was hast du heute gegessen?«

Sie zuckt mit den Schultern. »Ich hatte zum Mittag einen grünen Smoothie.«

»Ernsthaft? Das ist keine Nahrung. Du isst nicht genug.«

»Ich bin kein Ernährungsfreak«, sagt Madeleine, als könnte sie meine Gedanken lesen. »Es ist nur so, dass ich manchmal … so voll bin mit … Emotionen, schätze ich, dass ich das Gefühl habe, dass nichts mehr in mich hineinpasst. Dass ich nicht einmal mehr schlucken kann.«

»Ist das auch der Grund, warum du …« Ich weiß nicht, wie ich es sagen soll. »Kannst du mir deine Unterarme zeigen?«

Madeleine seufzt. »Das ist eigentlich keine große Sache. Siehst du? Es sind nur ein paar …« Sie schiebt einen Ärmel hoch, und ich sehe kleine helle Narben.

»Die hast du dir selbst zugefügt?«, frage ich. »Du wolltest dir selbst Schmerzen zufügen?«

Sie nickt und beißt auf ihre Unterlippe. »Danach habe ich mich besser gefühlt. Als hätte ich Emotionen abgelassen. Ich habe keine verdammte Ahnung, warum es sich gut angefühlt hat, es war einfach so.«

»Ich habe immer gebacken, wenn ich mich schlecht gefühlt habe«, sage ich. »Es hat mich beruhigt, hübsche, leckere Sachen zu backen.«

»Ich esse auch gern hübsche, leckere Sachen«, sagt sie. »Ich habe nur ein schlechtes Gewissen, wenn ich das mache. So, als hätte ich es nicht verdient. Als dürfte ich nur Sachen essen, die ich nicht so gern mag.«

»Du solltest netter zu dir selbst sein.«

»Du zu dir auch«, erwidert sie. »Du hast keine Vorstellung davon, wie schön du bist.«

»Ich hab mich nie schön gefühlt«, sage ich. »Außer wenn ich mit Joe zusammen war.« Ich unterbreche mich und denke kurz nach. O Gott, ich hoffe, er verzeiht mir. »Du wirst dir nicht wieder Schmerzen zufügen, oder, Maddy?«

»Ich denke nicht …«, sagt Madeleine leise. »Ich weiß es nicht.«

»Du brauchst deine Emotionen nicht mehr auf diese Art herauszulassen«, sage ich. »Du hast die Musik. Du kannst sie mit deiner Stimme herausschmettern, Madeleine. Wenn du singst, steht alles still.«

Sie lacht und schüttelt den Kopf. »So gut bin ich nun auch wieder nicht.«

»Doch, bist du!«, widerspreche ich. »Ian James ist bereits auf dich aufmerksam geworden. Er hat dich in jener Nacht vor dem Ace Hotel singen gehört, und er fand dich große Klasse. Er kommt auf die Prom Night, um *dich* zu sehen. Also, alles, was du heute Abend machen musst, ist, du selbst zu sein. Du wirst ihn umhauen. Ich glaube an dich, Madeleine.«

Tränen strömen über ihr Gesicht, als sie mich ansieht. »Und was, wenn ich nicht an mich selbst glaube?«

»Das macht nichts«, sage ich. »Ich glaube genug an dich, dass es für uns beide reicht.«

Sie beugt sich zu mir und umarmt mich, es ist die erste richtige Umarmung zwischen uns.

»Okay, ich mach es. Ich werde heute Abend singen. Weißt du, Joe hat wirklich Glück, dass er dich hat.«

»Tatsächlich hat er mich nicht mehr«, sage ich. »Aber ich hoffe, das ändert sich bald wieder. Mit deiner Hilfe.«

Kapitel 37

»Das Ambiente ist perfekt.«

Pia, Julia, Madeleine und ich verharren kurz am Eingang der Destille und mustern den überfüllten Raum, in dem die Party bereits in vollem Gange ist. Joe und ich haben in den letzten Wochen unheimlich hart gearbeitet, und die Mühe hat sich bezahlt gemacht. Girlanden hängen an der Decke. Blaue Lichterketten verleihen dem Raum eine Unterwasseraura. Jede Oberfläche ist mit Muscheln bestreut. Fische und Korallen und Quallen aus Papier schmücken die Wände. Ein Hai aus Pappmaché grinst fröhlich von seinem Aussichtspunkt über der Theke herunter. Joe ist es sogar gelungen, jemanden zu finden, der ihm eine Fuhre perfekten weißen Sand geliefert hat.

Die Bar strahlt eine charmante Strandatmosphäre aus, selbst gemacht echt, typisch Brooklyn eben. Und ich möchte einfach nur lächeln.

Aber ich muss mit Joe reden.

Und ich habe furchtbare Angst davor.

Es wimmelt hier von Menschen … Sorry, von Ballgästen. Ein paar Anwohner, vertraute Gesichter, die im Sommer regelmäßig hergekommen sind. An diesem Abend haben sie ihre ganzen Freunde mitgebracht. Sie haben an den Veränderungen in der Destille teilgehabt, und sie scheinen auf ihre Bar aufrichtig stolz zu sein.

Ich sehe eine große Gruppe von Frauen, an die ich mich vage von dem Abend erinnere, an dem ich total betrunken war, und außerdem viele Pärchen, und Julias Freund, falls er das noch ist, Peter der Große, der ein paar Kumpels mitgebracht hat.

Aidan ist auch da. Er ist für das Wochenende nach New York gekommen und wartet nun zusammen mit Jonah, Pias altem Freund aus dem italienischen Restaurant, in dem sie früher gearbeitet hat, auf Pia.

Madeleine bahnt sich einen Weg zur Bühne, wo die Band gerade ihre Instrumente aufbaut. Sie begrüßt Amy mit einem Küsschen und flüstert dann mit ihren Bandkollegen. Ich schätze, sie erzählt ihnen gerade von Ian James. Die anderen machen erschrockene Gesichter. Es ist ihre große Chance.

Ich schaue hinüber zur Theke, wo Joe die Gäste bedient. Mein Herz bleibt bei seinem Anblick stehen.

Er ist nicht allein. Er hat für heute Abend eine Aushilfe organisiert: einen gammligen Typen mit Vollbart, der in einer anderen Kneipe von Gary arbeitet, glaube ich. Es ist, als wäre ich nie da gewesen.

Ich nähere mich schüchtern der Bar und stelle mich an die Theke in der Hoffnung, dass Joe mich bemerkt. Er ist darauf konzentriert, Cocktails zu mixen, aber sein Stirnrunzeln verrät mir, dass er in Gedanken ganz woanders ist. Mein Magen verkrampft sich vor Nervosität.

Es kommt mir vor, als würde ich Joe zum ersten Mal sehen. Ich hatte mich so sehr an seinen Anblick gewöhnt, dass es ist, als hätte ich ihn gar nicht richtig angesehen. Und nun, da ich ihn richtig ansehe, merke ich: Er ist so … schön. Er ist vollkommen. Und mehr als das – das wird jetzt doof klingen, also habt Nachsicht mit mir –, ich kann sehen, dass sein Charakter genauso ist. Oder vielleicht ist er nicht vollkommen, denn das ist keiner von uns. Aber er ist für mich vollkommen.

»Äh … Joe?«

Er sieht kurz auf, dann dreht er sich weg. »Hey.«

Er geht hinüber an das andere Ende der Bar, wo die Kasse steht. Dann bedient er ein paar Leute.

Ich warte darauf, dass er zu mir kommt, doch das tut er nicht. Er bedient einfach weiter, so weit wie möglich von mir entfernt, und weigert sich, in meine Richtung zu blicken, weigert sich, zur Kenntnis zu nehmen, dass ich noch da bin.

»Joe, können wir reden?« Er hasst mich. Joe hasst mich wirklich. Und ich habe es verdient. »Joe …« Meine Stimme ist kaum lauter als ein Flüstern.

Er ignoriert mich.

Ich weiß nicht, was ich tun soll. Mir ist nach Weinen zumute.

Also stehe ich einfach weiter an der Theke und warte. Dann beginnen die Leute zu jubeln und zu pfeifen, und ich drehe mich um und sehe, dass Madeleine am Mikrofon steht. Sie lässt ihren Blick durch den Raum schweifen und lächelt verführerisch, während sie das Publikum abcheckt wie ein Profi.

»Willkommen auf der Prom Night in der Destille, Leute!« Das Publikum, bereits alkoholisiert von Whiskey Smashes und Rob Roys, antwortet mit einem lauten Grölen. »Okay, Leute, immer mit der Ruhe. Schont eure Kräfte. Wir sind die ganze Nacht hier.«

Madeleine wirkt im Gegensatz zu früher unheimlich

selbstbewusst auf der Bühne. Vor ein paar Monaten hat sie sich bei ihren Auftritten noch so verhalten, als würde sie am liebsten von niemandem gesehen werden. Und nun kann kaum jemand die Augen von ihr abwenden. Sie wirft Amy einen Blick zu, die zwinkert ihr aufmunternd zu und sieht dann wieder zum Publikum.

»Also, diejenigen, die uns schon kennen, erwarten wahrscheinlich, dass wir heute Abend Coversongs spielen. Und vielleicht machen wir das auch, später. Aber zuerst …«, Madeleine grinst, sie wirkt ganz und gar kontrolliert, »… ist es Zeit für etwas Neues!«

Amy eröffnet mit einem Gitarrenriff, der eine Welle der Begeisterung durch das Publikum schickt. Dann beginnt Madeleine zu singen. Ihre Stimme klingt heiser und rau und gefühlvoll. Die Gäste verstummen und starren wie gebannt zur Bühne.

Als der erste Song endet, bricht die Menge in tosenden Applaus aus. Ich klatsche und jubele mit, so laut ich kann. Der ganze Raum vibriert von dem Begeisterungssturm für Madeleine. Niemand, der nicht fasziniert wäre, der nicht pfeifen und lächeln und vor Freude jubeln würde. Ich blicke mich in der Menge um und sehe Julia, Peter den Großen, Pia, Aidan, Ian James …

Scheiße.

Es ist tatsächlich Ian James. Ich erkenne ihn sofort an seinem seltsamen Hut. Er lehnt wie selbstverständlich in der dunkelsten Ecke der Bar an der Wand.

»Joe!«, zische ich, gerade als die Band ihren zweiten Song anstimmt. »Er ist da! Ian James ist da!«

Joes Kopf fährt herum und schaut suchend in die Menge, bis er Ian entdeckt.

»Geh«, sage ich. »Geh und rede mit ihm. Ich kümmere mich solange um die Theke.«

Joe kommt zu mir und bleibt zögernd stehen. Er scheint nicht fähig zu sein, hinter der Theke hervorzukommen. Wie gelähmt vor Angst, Nervosität, irgendwas …

»Geh und rede mit ihm!«, wiederhole ich in eindringlichem Ton. »Das ist sie! Das ist die Chance, auf die du gewartet hast!«

»Ich … ich kann nicht …« Er schüttelt den Kopf. »Ich kann das nicht.«

»Doch, du kannst«, sage ich und drücke spontan seinen Arm. »Ich weiß, dass du das kannst.«

Joe sieht mich an, atmet einmal tief durch und setzt sich dann in Bewegung.

Ich kümmere mich sofort um die Leute an der Theke, bei jeder Gelegenheit werfe ich einen Blick zu Ian und Joe hinüber. Sie unterhalten sich kurz und schauen sich dann einfach zusammen das Konzert an. Nach vier Songs macht die Band eine Pause, gleich darauf sind die beiden in ein Gespräch vertieft.

Mein Gott, Joe tut es wirklich.

So voll wie heute habe ich die Destille noch nie erlebt. Die Prom Night hat richtig eingeschlagen. Es wird getanzt und getrunken und herumgealbert. Julia klatscht alles ab, was einen Puls hat, und Pia und Aidan knutschen innig miteinander.

»Wuuh! Die beste Prom Night aller Zeiten!«, ruft jemand, und ich sehe, dass Angie gekommen ist, zusammen mit Sam. Beide sehen überglücklich aus, ihre Gesichter glühen richtig. (Vielleicht sind das auch die Nachwirkungen vom Sex.)

Hinter Angie entdecke ich plötzlich Gary, den Besitzer der Destille. Gary, der eigentlich in Nantucket sein sollte. Der die Destille verkaufen möchte. Und der dieser Feier hier nie zugestimmt hat.

Shit.

Gary mustert die Dekoration, die Lichterketten, die Girlanden, den Sand, und sein Gesicht verhärtet sich. Er marschiert direkt an die Theke, schiebt rücksichtslos die Leute zur Seite, die ihm im Weg stehen.

»Wo zum Teufel ist Joe?«

»Er ist kurz rausgegangen«, sage ich. »Kann ich Ihnen etwas zu trinken anbieten? Seltzer, richtig?«

»Bring mir Joe«, sagt Gary. »Sofort.«

Ich bahne mir einen Weg durch die Menge zu der Ecke, in der Joe und Ian James stehen, die sich gerade mit Madeleine und Amy unterhalten, und bekomme noch den Rest ihres Gesprächs mit.

»Also dann, abgemacht. Montagmorgen nehmen wir gleich als Erstes im Studio ein Demotape auf.«

»Alles klar.« Joe schüttelt Ian die Hand. »Danke, Mann.«

Ian nickt und trinkt sein Bier aus. »Ich muss los. Aber ich freu mich schon darauf. Und Joe … Gute Arbeit!«

Er verabschiedet sich, und Amy und Madeleine sehen sich an und grinsen verzückt. Sie schaffen es kaum, nicht loszukreischen, bevor Ian James die Bar verlassen hat.

»Äh … Joe? Gary ist hier«, sage ich.

Joe wirft einen Blick zur Theke hinüber. »Scheiße.«

Er geht zu Gary. Ich folge ihm, während die Band in Jubel ausbricht und sich in die Arme fällt.

»Ich werde dich verdammt noch mal umbringen«, sagt Gary zu Joe. »Was zum Teufel ist hier los?«

Joe sieht ihm direkt in die Augen. »Ich habe versucht, deine Kneipe zu retten.«

»Retten? Indem du sie in ein Meerjungfrauendisneyland verwandelst?«

»Wir veranstalten heute eine Prom Night unter dem Motto Unterwasserwelt«, werfe ich ein. »Und Joe hat die Bar gerettet. Wir haben inzwischen jeden Tag gut zu tun. Vor zwei Monaten kamen vielleicht drei Gäste an einem Abend. Heute sind es dreißig, oft sogar mehr!«

Gary sieht mich an. »Zieh Leine.«

»Sprich nicht so mit ihr.« Joe geht einen Schritt auf Gary zu. Er ist größer, aber Gary ist ungefähr fünfzehn Jahre älter, fünfzig Pfund schwerer und verdammt viel gemeiner.

»Ich rede, wie's mir gefällt. Das hier ist mein Laden«, sagt Gary. »Jedenfalls noch bis Montag. Ich hab ihn verkauft. Dieses Drecksloch hier wird dichtgemacht. Stattdessen kommt ein 7-Eleven rein.«

Joe atmet scharf aus, als hätte er gerade einen Schlag in den Magen bekommen.

Gary lässt seinen Blick kurz durch den Raum schweifen. »Ich komme morgen Vormittag wieder, um mir die Bücher anzuschauen und die Schlüssel zu holen.«

Ich kann mich nicht länger beherrschen. »Arschloch!«

Gary schenkt mir einen verächtlichen Blick, dann dreht er sich um und entfernt sich in Richtung Ausgang, wieder pflügt er sich rücksichtslos durch die Menge. Joe starrt ihm nach, dann wandert sein Blick über die volle Bar, über die Leute, die ausgelassen trinken und feiern.

Und dann fängt er an zu lachen. Wie wahnsinnig.

»Ist schon gut«, sage ich. »Ist schon gut, Joe, wir können das wieder hinbiegen, wir können …«

Joe hört abrupt auf zu lachen. »Können wir nicht. Es ist vorbei, Coco. Danke, dass du Ian James eingeladen hast, damit er sich die Band ansieht. Ich weiß das zu schätzen.« Er dreht sich um und lässt mich stehen.

»Warte!« Ich packe seinen Arm, und er reißt sich los, aber dreht sich zu mir um.

»Was willst du, Coco? Ich hab schon danke gesagt.«

»Es tut mir leid, Joe. Es tut mir unendlich leid …«

Er nickt schroff. »Du hast dich heute Morgen schon entschuldigt.«

»Nein, nein, es tut mir leid, weil … weil als ich gesagt habe, dass ich dich nicht liebe. Da … da hab ich mich geirrt.«

»Klar.« Er erwidert nicht einmal meinen Blick.

»Mir war nicht bewusst …«, ich bringe kaum die Worte heraus, »… mir war nicht bewusst, dass ich mich in dich verliebt habe. Doch jetzt weiß ich es …«

»Und woher weißt du es?«

»Weil du mich unheimlich glücklich machst«, sage ich. »Und weil … weil ich dich glücklich machen möchte.« Ich kann seinen Gesichtsausdruck überhaupt nicht deuten. Die blauen Lichterketten tauchen alles in einen seltsamen Schimmer, und das Publikum wird immer lauter und krawalliger. So habe ich mir das nicht vorgestellt. Ich habe mir nie vorgestellt, dass ich Joe in einer lauten Kneipe meine Liebe offenbare, umgeben von blauen Lichterketten und betrunkenen Fremden in Festkleidung. »Ich weiß, dass ich dich liebe, weil ich jedes Mal, wenn ich an dich denke, lächeln muss. Weil du mein bester Freund geworden bist und weil … weil ich es einfach weiß.«

In diesem Moment beginnt die Band wieder zu spielen, und ich höre Madeleines Stimme. Sie singt eine Coverversion, die ich im ersten Moment nicht richtig einordnen kann. Madeleine flüstert die Worte, lässt sie dringend und sexy und ernst klingen.

»Imagine me and you … I do …«

Ich hole tief Luft. »Joe, ich habe mal in einem Buch gelesen, dass man, wenn man jemanden liebt, den ganzen Menschen liebt, so wie er oder sie ist, und nicht so, wie man ihn oder sie gern hätte. Und genau so empfinde ich für dich. Ich weiß jetzt, dass ich schon die ganze Zeit so für dich empfunden habe, aber es ist mir erst heute klar geworden … Weißt du, Joe, ich hatte eine Liste mit Dingen, die ich glaubte, zu meinem Glück zu brauchen. Tatsächlich brauche ich nichts davon.« Ich hole wieder tief Luft. »Ich brauche nur dich.«

Joe starrt mich an, er rührt sich nicht. Und dann, gerade als Madeleine den Refrain anstimmt, packt er mich und küsst mich so heftig, dass ich das Gefühl habe, gleich zu explodieren.

In diesem Moment spüre ich es.

Das vollkommene Glück.

Diese dumme Glücksliste war nie die Antwort. Um glücklich zu sein, muss ich nur mein Leben selbst in die Hand nehmen. Ich muss nur ehrlich zu meinen Gefühlen stehen, das Glück eines anderen über mein eigenes stellen. Ich muss nur aussprechen, was ich will. Ich bin die Einzige, die diese Dinge tun kann. Niemand kann sie mir abnehmen.

Und nun habe ich alles. Ich bin glücklich verliebt, ich gehe bald wieder aufs College, und ich starte in mein Erwachsenenleben auf die Art, wie ich es möchte. Es ist das beste Gefühl der Welt.

»Ich liebe dich«, murmelt Joe zwischen unseren Küssen.

Ich lächle ihn an und glaube, innerlich vor Freude zu platzen. »Ich liebe dich auch. Hör nicht auf, mich zu küssen.«

»Niemals.«

Das Leben läuft nicht immer so, wie man denkt. Aber es läuft immer so, wie es soll. Und ich kann es kaum erwarten zu sehen, was als Nächstes passiert.

Danksagung

Danke.

Danke an euch, weil ihr dieses Buch gelesen habt. Ich hoffe aufrichtig, es hat euch gefallen.

Ewiger Dank gebührt Jill Grinberg, Laura Longrigg, Vicki Lame, Dan Weiss, Fiona Barrows, Katelyn Detweiler, Cheryl Pientka, Sarah Lambert, Niamh Mulvey und allen anderen von St. Martin's Press, die geholfen haben, die Brooklyn-Girls-Reihe auf die Welt zu bringen, und vor allem diesen Abschlussroman.

Danke an all die Menschen, dir mir schreiben, dass meine Bücher sie aufmuntern, und an all die jungen Frauen, die ihr Erwachsenenleben ohne einen Masterplan beginnen, jedoch den Mut besitzen und die Hoffnung hegen, trotzdem ihren Weg zu gehen. Ihr macht eure Sache großartig.

Danke an meine Freunde, an die alten und die neuen, dafür, dass ihr unendlich witzig, ermutigend und inspirierend seid.

Danke an meine reizenden, lieben Eltern und an meine Schwester. (Und an meinen Schwager. Und an all meine angeheirateten irischen Verwandten.)

Und vor allem danke an meine perfekten Jungs: an Fox, meinen Mann, und an Errol und Ned, unsere kleine rothaarige Armee. Ich liebe euch.